谍局 1

暗流涌动

〔日〕松本清张 著
赵海涛 译

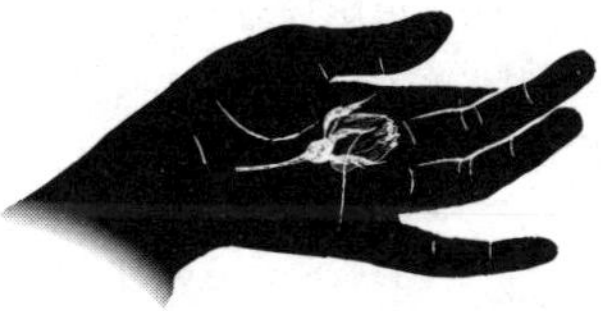

中国工人出版社

图书在版编目（CIP）数据

谍局. 1, 暗流涌动 / (日) 松本清张著 ; 赵海涛译. -- 北京 : 中国工人出版社, 2018.12

ISBN 978-7-5008-7095-1

Ⅰ. ①谍… Ⅱ. ①松… ②赵… Ⅲ. ①推理小说 - 日本 - 现代 Ⅳ. ①I313.45

中国版本图书馆CIP数据核字(2018)第284444号

著作权合同登记号 图字：01-2017-7718

谍局1：暗流涌动

出 版 人	王娇萍
责任编辑	葛忠雨
责任校对	董春娜
责任印制	黄 丽
出版发行	中国工人出版社
地　　址	北京市东城区鼓楼外大街45号 邮编：100120
网　　址	http://www.wp-china.com
电　　话	（010）62005043（总编室） （010）62005039（出版物流部） （010）62379038（分社）
发行热线	（010）62005049 （010）62005042（传真）
经　　销	各地书店
印　　刷	三河市万龙印装有限公司
开　　本	880毫米×1230毫米 1/32
印　　张	9.5
字　　数	217千字
版　　次	2019年2月第1版 2019年2月第1次印刷
定　　价	45.00元

1

这是银座的一幢混居楼，按照楼层纵向排列，在四楼竖着一个招牌，上面写着“银色俱乐部”。就在这里，去年秋天刚刚举行了小范围的开店五周年庆祝仪式。

三月中旬，一个寒风凛冽的夜晚，时间大约是九点。一位个头低又略显胖的男子，同一个体型有他两倍大的外国人一起来到这里。

在大楼入口处，有一位女招待，百无聊赖地坐着，一看有男客来店，忙起身相迎，并朝里面喊：“妈妈桑！妈妈桑！来客人啦！”

这家酒店的正中间是一条狭窄逼仄的通道。通道的左侧摆放着一列桌子，右侧从入口进来依次是卫生间、更衣室、长形柜台的酒场。在对面与窗户相邻的拐角处，最里面的桌子之间的空地上摆放着一架放着花束的钢琴。柜台是由两块樱木拼接而成，打磨成了耐看的米黄色，下方隐约现出直木纹的花式。两个酒保正背对着酒架忙碌工作。

百分之八十的桌子都坐满了客人，这个时间段就有如此盛况，真的算很不错了。一个穿着偏黑色西服的女人从里面走了出来，朝有些发福的外国男子抛出诡谲的媚笑。

二位男客在靠里的桌子跟前落座。这家酒店的老板娘，也就是前面被女招待称为“妈妈桑”的中上可南子，正对落座的外国人微微弯腰致意道：“欢迎光临！”外国人的眼角立刻堆起一圈笑意，显得彬彬有礼。从天窗投射进来的光落在外国客的脸庞上，这使他的笑容显得有些晦暗。这个外国人的头发是金黄色的，眉毛泛着白光，看上去不免让人感觉到有些老朽之气。

女老板娘这时候凑了过来，于是，三人一同举杯邀酒。

“仓田先生！”

可南子稍稍伸长下巴，向外国人旁边的胖男人问道：

“这位是意大利人还是美国人？”

那名外国人躬着背，怔怔注视着威士忌兑水用的玻璃杯。

“是澳大利亚人哦。”

仓田眼露笑意。

“原来是澳洲人啦。哎呀，这些都无关紧要，那么，您是大先生的朋友吗？”

可南子所说的大先生是国会议员，而眼前的仓田重三郎则是他的秘书。仓田总喜欢在赤坂、六本木一带喝花酒，每个月都会带不同的客人来这家居酒屋喝酒。这些人或是同为议员秘书的同事，或是新闻记者，或是议员选举区域来的客人，不一而足。

“是议员大人的朋友，当然也是我的朋友啰。”

仓田的回答近乎愚蠢。

“哦，是商社人员？”

国会议员不可能和外国商社没有关系。这也是在报纸上经常可以看到的报道。仓田点了点头，可南子继续问道："他会讲日语吗？"

"来日本仅是出差，语言方面完全不行啊。"

"这样啊。"

"怎么样，试着说说看？"

"我吗？"

"英语，可以说让我想起了在赤坂的'特洛皮卡纳'时代啊。"

"哎呀不了！很久以前的事情了。"

赤坂的"特洛皮卡纳"几乎可以说是外国客人的夜生活大本营。

"那你是什么时候开始在那里工作的呢？"

"哎，已经是十四五年前的事啦。"

抬起眼眸，可南子似乎正细数过往的年份似的。一双大大的眼睛，闪烁着如水晶般的点点光泽。不论从哪个角度看，可南子的身材都十分纤瘦，椭圆形的脸，线条流畅显清秀。不管怎样的唇均可与那略尖的下巴相配。其实她身长整体并不高，而由于身体纤细看上去显得高，整个身躯看上去也很笔直、修长。

看玻璃杯看得入迷的澳洲人时不时地抬起眼，瞧瞧眼前风情万种的可南子。

"说来，十四五年的话——"

"讨厌啦，偷算人家年龄，真是居心不良。"

可南子笑时露出来干净整齐的牙齿。

年龄应该三十四五吧。由于是白天，可以清楚地看到她眼尾的细纹，但是额头跟脸部、颈部的皮肤都很紧致。即使不化妆也很白皙，毋庸置疑的大美人。

仓田笑着用英语对澳大利亚人说了些什么，对方也仅是简短地低声作答，表情谦逊地冲可南子笑着。

仓田朝向可南子说："这位外国友人他对我说，妈妈桑很漂亮的呢！"

可南子微笑着朝澳大利亚商社人员微微点点头，然后说了句："Thank you！"然后从胸前西服口袋拿出名片递给他——银色俱乐部中上可南子。

看上去很雅致的印刷体。

澳大利亚人看着名片上的汉字面露难色。仓田将名字读给他，解释说她是这家店的老板娘。看样子，外国人似乎大致明白了名片上汉字的含义，仓田也就没有再介绍说她是这家店铺的实际经营者。

"可否给我要一张他的名片呢？"

可南子对仓田低语道。

"你直接问他要要看呗。"

仓田微微一笑。

"请给我一张您的名片吧，这应该怎么说呢？"

可南子歪着头。

"装糊涂可不行哦。"

"虽然很不好意思，还是索性问问看吧。"

可南子像下定决心一样，正面看着那澳大利亚人，说道：

"May I have your business card？"

"I'm sorry, Madam,but I left my business cards behind.Next time when I come and see you, I'm sure give you one." 澳大利亚人操着英文

回答可南子。

“不错嘛！”

仓田所说的自然是可南子的英语，夸她发音纯正。

可南子五年前一直在赤坂的特洛皮卡纳担任女招待。那家店的客户因多为日本商社接待的外国人而远近闻名。店里的女招待都会讲流利的英语，虽然说得有好有坏的，但是熟知英语的招待，会连一些情趣俗语也能运用自如。可南子就是其中之一。现在的她看上去像不会英语，是因为可南子不想让店里的人知道自己以前在特洛皮卡纳做过女招待。在特洛皮卡纳的时候，与外国人接触过的女人总会有种种的闲言碎语，被外人指手画脚。

仓田知道，可南子是想在詹姆斯·奥洛特面前看上去显得纯洁。明了此意的仓田轻轻嗤笑着，道：

“如何称呼您呢？”

“奥洛特，詹姆斯·奥洛特。”

“詹姆斯·奥洛特先生呀。”

澳大利亚人听到可南子说自己的名字，绿色的眸子看向她的脸，微微弯弯腰。

可南子笑着弯腰致意。

“在日本计划待到什么时候呢？”可南子看向仓田。

“呃，似乎要待一个月呢。”

仓田将可南子的话传达给詹姆斯，担任他们的翻译太费事了，仓田就让可南子自己坐过来干脆随便跟奥洛特聊。

即便如此，与其说中途过来的女子用手对奥洛特比画说着含糊不清的英语，不如说是其通过简单的词语殷勤地招呼着自己带来的客人。澳洲人对此笑眯眯地悉数接受。

“怎么样？店里忙吗？”

“稍有起色呢，昨晚太冷清了。”

“似乎哪里生意都不怎么样。”

“这个二月不太好，还有两周就是三月了，也不知会变得怎么样。”

“到了四月时令也变好了，生意会好转吧。”

“这样的话就好啦，要是比去年还糟糕的话真是让人心烦。”

可南子以仿佛是经营者的口吻说道，真是位慵懒的妈妈桑呀。作为经营主，对店里的营业额是负有责任的。实际上她是经营主的情人，这样的关系已经偷偷持续了五年之久，而这种关系在去年开始变得奇怪。经营主是一个60岁的叫岛村忠男的男人。在这一带游走的仓田在别处正好得知了这一秘密。

仓田在这事上不假辞色，只是拿着杯子和可南子漫无边际地聊天。

可南子凭借自己的第六感，意识到奥洛特的视线朝自己不断瞟来。这种调情并不露骨，可以说是一种偷窥的感觉，视线小心翼翼地落在玻璃杯上，一眨一眨的。他的视线就像是烛台的光，每隔三分钟闪烁一回，间歇地投射在可南子的侧脸上。他绿色的眼瞳中，有着如同掉落在绿草间的玻璃碎片般的亮光。

可南子感觉到这个澳大利亚人对自己颇有兴趣，就连她去与其他桌的客人讲话时也能感觉到背后有一道来自詹姆斯·奥洛特的灼热目光。行走于客席之间，可南子的双脚似乎被他的目光所缠绕。

可南子想，在此之前店里也偶尔有外国人来，但是被这样盯着看还是头一回。

仓田假装对此没有意识到，同代替妈妈桑来陪酒的女招待谈笑风生。

等最后的客人离开已是凌晨零点三十分，剩下的三个女招待跑去了更衣室，酒保则摘下围裙。伙计开始熄掉店里的灯，出纳员在疲倦地整理账簿。

电话响了。

“妈妈桑！”

收账的女人高高举起听筒，没有说打来电话的人是谁。

可南子想，是岛村忠男吧。岛村应该是询问当晚的营业额，他已经三天没有露面了，如果问营业额的话问出纳员就可以了。可南子本打算挂掉电话，却还是接过了听筒。

“是我……”电话里的人声音干涩。

映入可南子眼帘的是斜放在柜台上的晚报。

美国总统巴顿将于4月8日来访。与矶部首相的首次会晤定于4月9日。

上面是放大的印刷体文字和美国大总统的照片。接近美国总统来访的日子，各大报纸频繁出现照片。

“请问是妈妈桑吗？”不是岛村的声音。

可南子猛然从照片上收回思绪，急忙应答道：

“是的，是的。”

营业性的用语。

“我是仓田。”

“咦？”

“之前谢谢了。”

“哪里的话。”

“我现在在赤坂一家名叫离岛的餐厅，可否赏脸一起过来吃个饭？”

听声音不像是喝醉了。看看钟表，已经快凌晨一点十分了。作为女招待，陪安全的客人一起去寿司屋这样的事很常见，有时客人也会带店里的女子一起去。仓田是安全的客人，没有听闻他举止轻浮，也没有看到过他有那样的行为。

突然，詹姆斯·奥洛特的绿色眼眸掠过可南子脑海。

“奥洛特先生也一起吗？”

“不，他先回旅馆了，现在只有我。一个人吃夜宵太无聊了，所以想找人陪陪我。”

“这样啊，可怎么办呢？没有可以带去的女子哎，大家都回去了。”

“那正好。”

“欸？”

“额，正好有话与你说。”

“……”

“拒绝我了啊，不是什么色情的话。”

仓田每月都会来店里，是三年的常客了。到现在为止，他还没有打电话邀请过可南子呢。

“这样说来并不无聊啊。”

“别说那种话啦。”

可南子笑了。

“怎么样？肚子饿了吧？这家店的法国料理很有名，来点怎么样？”

可南子像下定决心一样，轻声说道：

“那我现在就去拜访。”

“呀，要来吗？真是太感谢了。”

听筒传来仓田高涨的声音。

“这家名叫离岛的店在赤坂哪一带呢？”

“三条街 A 座一层。赤坂翁城地铁站的一条胡同里，沿着道路走就到了，一看广告牌就知道了。”

“这个时间乘出租车去的话，大概 20 分钟吧。”

“15 分钟就够了。”

“那你稍等一下。”

放下听筒进入更衣室，从衣架上取下那件水貂外套。

可南子庄重地将自己纤细的身躯裹进外套里。

可南子对酒保和伙计们说：

“辛苦了！我先走了。”

“晚安。”

男服务生们没有说话而是笑着目送她出了店走向电梯。电梯不能直达一层，可南子不由得想象他们在说些什么。

赤坂的离岛餐厅一直营业到凌晨三点。从道路到地下一层的混凝土楼梯拐两个弯，就到了通道入口处。

可南子一进去就是宽敞的大厅，头顶的灯光令人目眩，年轻的男女们聚在一起喝酒。红色格子条纹的桌前基本都是满座，熙熙攘攘的嘈杂声从四面八方涌来，完全不像已是深夜的光景。可南子一进来，坐在附近的男女都抬起头看向她。

正不知如何是好时，发现对面有一个接近黑色的深紫色的门，门上有一行金箔字体的法语。可南子得知此处就是离岛时，门由内侧沉重地被打开了，一个穿着西服系着蝴蝶结领带的男子鞠躬说：

“欢迎光临，请稍等。”

从天窗照射下来的枝形吊灯的灯光和桌上没有灯伞摇曳着的烛光映照在墙对面的椭圆形镜子上，往里面走是绯红色的房间。盯着远方出神的可南子，她的水貂外套从肩膀上滑落了下来，打着蝴蝶结领带的服务生从后面用两手帮她接住了。

被引导着上了三阶绯红色绒毯，可南子看到认出她的仓田重三郎站在桌子前面，笑着迎向她，说道：

“欢迎欢迎！”

仓田低眸看向腕表。

“正好 15 分钟呢。”

可南子扶了下椅背坐在了仓田对面。铺着绛紫色布的桌子上，只有一个小小的雪利酒杯。仓田之前一边喝着餐前酒一边等着可南子的到来。

穿着红色西服胸前挂着胸牌的男子静静走近，递上了酒水的菜单。

“红酒，牌子随意。”

“我也一样。”

侍酒师向两人施礼离开了。

“说起随意啊……”

仓田拿出烟说道：“料理的话，轻食系列就交给我吧。否则等你来点单就有点晚了。”

“谢谢。”

可南子环视四周，每隔三面榆色墙壁就有一面镜子。桌子五个一行摆成三列，不论哪桌都围满了深夜不归的客人。这里中年男子与年轻女性居多，没有灯伞的烛光照在客人的侧脸上，微微泛出红晕。镜子中映照出客人的背影和正脸，桌上堆满花束。

“这家店似乎这个时段很受欢迎呢。”

“为什么呢？”

“因为从银座坐车过来只要 15 分钟，刚刚好。”

“有点遗憾，一年也就来两三次。15 分钟是根据这个时段的交通状况推断的，总之以后多来几次。”

侍酒师端着葡萄酒过来了，仓田试了下口味，可南子瞅了一眼酒瓶上的商标，是 1971 年的高级葡萄酒。作为收入颇丰的国会议员秘书的仓田出手很大方。

“来，首先干一杯。”

碰过酒杯，菜也上来了，鳄梨木的沙拉盘还有兔肉冻，仓田拿起胭脂色的手绢别在胸前。

“已经这个时间了，尽可能地点了一些轻餐，要是吃不完的话，我可以帮你哦。”

“不用啦，我开动了，肚子可是已经饿了哦！”

可南子夹起沙拉放入口中。

“嗯！很美味！”

可南子稍稍伸长下巴。

“欸，仓田先生？”

“嗯？”

“奥洛特先生为什么中途回去了呢？”

“一到日本就很忙，想必他累了吧。”

“虽然说是商人，是怎样的工作呢？”

“做出口冷冻鱼生意的。”

可南子又想起詹姆斯·奥洛特那花白眉毛下的深邃眼眸和偷看自己的样子。她也曾感觉到他灼热的视线。

“要是留下奥洛特一起就好了。你似乎对他十分好奇呢。”

“哎呀！并没有啦！总觉得奥洛特老是盯着我看。”

“可能对你感兴趣吧。”

“不是，也不是那样的眼神啦。冷静一点想，奥洛特先生只不过是在观察我。”

周围桌子都在低语交谈着，他们这桌显得稍有些许静默。

“冒昧问一下，你跟岛田老板在一起了吗？”

可南子轻轻地将刀叉放在盘子两边。

“看你询问的样子，是听说了我们之间的一些传闻吗？”

“听说了。”

仓田吃了沙拉，又切开了兔肉冻，点头道：

“听说岛村先生似乎带着新交的女朋友去了附近的店，他最近一直待在那个女人身边，和你的关系很紧张。”

“确实是这样，不过这也没有什么可隐瞒的。”

可南子直接回答道。

“我和他之间，已经结束了。”

脸上泛起苦涩的微笑。

“有跟他做最后的协商吗？”

仓田注意力似乎在餐具上，垂眸看着餐盘询问道。

“最近吗？即使我再忍也阻止不了他。管不了他与店里的女子发生关系的嗜好。这次的这个女人也是，为了她，他又会增加一家连锁店。”

原本可南子也是如此。“银色俱乐部”是岛村为可南子开的店，但并不是把这家店给她，而是以这层关系为枷锁来提升营业额。

“这样在一起多久了？”

“大约 5 年了。”

“说起来，五年前那时你还寄身于赤坂的‘特洛皮卡纳’呢。”

“岛村说让我成为老板娘，我就被打动了。”

银座所有的女人都梦想能够在银座成为居酒屋的老板娘吧。

“等明白岛村的真实意图时，为时已晚了。”

可南子喝掉了半杯酒，喘了一口气，说道：

“即使知道他与许多女人同居，那时也无法分手了。”

“现在，你们怎么样？”

“分手啊，我已经不抱什么希望了。”

“最后再和他谈谈？”

“谈与不谈……最后都是我被他抛弃。”

可南子一副自暴自弃的样子。

“那么，不久就要离开银色俱乐部了吧？”

“只能这样，岛村都已经找好接替我的人了。那个人也是一个心灵手巧的女人。”

可南子一副委屈的模样，烛光映照在她渐渐濡湿的眼睛里。

“那么，今后怎么办呢？”

“事到如今，也没有别的地方可去。”

“你作为被雇用的妈妈桑口碑还是很不错的吧？不如说是很抢手吧。”

“那之后岛村和我的事在银座的酒吧会尽人皆知，可能现在已经都知道了吧。世界太小了，有了这样的花边新闻，谁还会让我继续工作呢？”

“那么，今后怎么办呢？”

侍酒师识趣地走近，给可南子的杯子里添上酒。

“还不知道怎么办呢。”

可南子两手捂住脸。

仓田注视着她白皙双手的指甲。

“这种时候，有没有谁可以同你商量呢？”

可南子摇摇头。

“那么，我帮你想想。”

听到仓田的话，她把双手从脸上放下来。

“仓田先生，愿意与我商量吗？”

“我没有办法跟你商量，我没有那个能力。”

仓田有点慌张地说道。

“但是，你是议员秘书不是吗？有大先生作为后盾，交际很广不是吗？”

“商量的话，比起日本的国会议员，还是更有能力的人比较好。”

“为什么说是比起日本的国会议员呢？”

可南子神情怪异，直接反问道。

“你是说奥洛特先生吗？”

“为何直接说出是奥洛特先生呢？”

“因为他目不转睛地盯着我看来着。”

“如果是奥洛特，你觉得会怎样？”

“不要吧，毕竟今晚才初次相识，怎么和人家来商量呢？而且，就算是他先提出来，我也恕难从命。”

仓田两手端着杯子，突然闭起眼睛。

“好吧，接下来我要说的话，我希望你当作我的自说自话听一下。因为是自说自话，所以你不想回答也可以。”

仓田的声音毫无起伏，他开始说起来。

“……”

“12 年前，有一个美国人曾见过你，律师出身，由本希尔巴尼州议员晋升为上院议员，与你相见，是作为党的上院院内总理来日访问……”

“巴顿？”

可南子低语呢喃道，变了脸色。

仓田闭着眼睛，双手保持着抱着杯子的姿势继续嘟囔着。

“那个人，忘不了曾与你度过的两个夜晚。在去那家酒馆时对你暗生情愫，记住了那家店和你的名字，真是有情啊。他4月8日会来日本，他的夫人生病了，这次没有同行。”

“……”

“他说一定要与你再次相见。”

“你没有说谎吗？”

可南子脸色绯红，半信半疑地问。

仓田继续自言自语道：“我再不济也是国会议员的秘书，大先生是党内干部，没有必要说一些不知轻重的话。”

可南子默默低下头，唇角微微颤动着。

仓田微睁开闭着的双眼，看着她此刻的样子。

店里有客人走了，又有客人进来，只有喃喃细语声跟餐具碰撞的声音，桌子周围跳动的烛光和服务员走来走去的声音依旧。

“像我这样的人……”

仍低垂着头的可南子，低声竭力地说道。

“怎样才能见到大总统呢？”

一脸恍惚的议员秘书，骤然睁开双目，轻轻将从手中滑落的酒杯放在一旁，两肘支撑在桌子上窥视着可南子。

“那种场所会有引导的人。”

“那种场所，大总统一旦进入迎宾馆，就一步都不能自由外出了吧？外出的时候，就连访问地都被戒严了吧？”

“交给引导人就可以，引导人可是老手了。”

“奥洛特先生吗？他不是澳大利亚的进口商吗？”

可南子的神情与之前完全不同，刚才泛着泪光的眼睛一眨一眨，激动得满脸通红。

“就是奥洛特哟。”

仓田低声有力地说道。

“欸？”

“他会带你去大总统住的地方。”

“奥洛特先生是美国人吗？”

“那种事情就不用在意了，他是可以放心的人。你安静坐上他的车，按照他的指示做就行了。一定要保密。”

“明白了，我也不想让别人知道。在哪里乘坐奥洛特先生的车呢？”

“在大总统即将到来的这段时间，由我跟你联系。若你拒绝，就不用去见大总统了。巴顿先生会以朋友的名义拜访。”

“知道了。10年未见了，我也想见见他。新闻上大幅报道了大总统来日访问，他的照片也频繁出现，没想到是这样的事。”

“若能借此与巴顿先生相交，就是与日本议员差不多的功劳啊。”

可南子的瞳孔里蹿起烛光般的火苗。

“反正是被岛村抛弃的女人，我要自己寻找一条生路，不管要做什么样的事情……”

可南子嘴里发出的嘟囔声正好传入仓田的耳中。

2

每天一到晚上9点，无论是怎样高大上的高级酒店，前厅都会陷入一片寂静。直到傍晚，大厅的皮制长椅和扶椅上才挤满了等人或议事的客人。铺陈着丝绒地毯的大理石地板上，人们站着围成一圈低声交谈，看上去十分愉悦。酒店里人来人往，男男女女进进出出，大厅的自动感应门也不知疲倦地重复地打开合上。

前台服务员一边忙着应对客人，一边把即将出发的外国旅行团的行李物品用网兜环绕起来，进行妥当的保管。电梯前身着和服的迎宾小姐，向乘坐电梯的客人不停地鞠躬行礼。若是碰上楼上有婚礼宴席或是聚会派对，就能看见一位位身穿和服或晚礼服的女性的华丽优美的身姿，男士们也一身正装打扮，走向电梯。

这座位于赤坂的高级酒店，因被达官贵人们称赞为一流中的一流，所以就呈现出如此这般的气势。这般光景中也常有外国人出入，更为这里增添了几分别致的异国情调。

即便是如此，晚上9点一过，如此声名大噪的酒店大厅客人也是寥寥，座位逐渐空出来，耀眼的灯光也暗去了一半。前台闲下来的工作人员会闲聊起来，没有女招待的角落里，年轻的男人们打着哈欠。

此刻，工作人员开始打量起这个30分钟前就进来的中上可南子。她穿着一身黑色礼服，虽然身边放着小型手提箱，但丝毫不像是准备入住的客人。

不一会儿，她接到了仓田重三郎打来的电话，电话里他说让她在店里等到九点，奥洛特会来接她并为她带路。他希望可南子的服装不要太显眼，无须华丽，整洁即可，这也是总统的“期望”。

可南子接完仓田重三郎的电话，掏出之前的报纸，确认巴顿总统的在日行程。

4月8日

晚上7:30，巴顿总统乘坐专机抵达羽田机场，伊莎贝尔夫人因身体抱恙无法随行，总统直接移驾入住迎宾馆。

4月9日

上午10:00，总统访问皇居，11:30离开，下午1:00，砚部首相于迎宾馆拜访总统，1:15，砚部首相与巴顿总统于迎宾馆开始第一次会谈，同行的山内外相与普林赫姆国务卿进行会谈，3:00，四人召开全体会议，4:00，会议结束，7:45，首相于首相府主办晚餐会，晚会结束后，外相会见记者，10:40，总统与国务卿下榻迎宾馆。

4月10日

上午9:00，砚部首相、巴顿总统于迎宾馆进行第二次会谈。同时，山内外相与国务卿会谈。9:20，四人进行全体会议。中午，美方于银座的日本料理亭举行内部午餐会。2:40，于首相官邸进行砚部首相、巴顿总统第三次会谈。同行的山内外相与普林赫姆会谈。3:20，四人进行全体会议。会议结束后公开发表《共同声明》，首相会见记者。美国总统移步美国驻日大使馆出席联欢会。7:40，出席首相于迎宾馆举办的晚餐会。结束后国务卿会见记者，晚宿于迎宾馆。

4月11日

上午11:30，大总统于羽田机场登机，飞往下一访问地，菲律宾首都马尼拉。

……

行程如此紧密有致，世界各国瞩目日美间的这次首脑会议。

报纸报道了从4月8日总统抵达羽田机场到4月11日返程四天内的警备状态。警戒演习于一个月前开始，羽田机场、迎宾馆、首相府附近都被警备队伍层层包围，报纸这样报道过——一只蚂蚁也钻不过去。

可南子想："如此森严的警戒中，自己会被带去哪里呢？"无疑去处会是总统居住的地方。但总统的专车在行程中都会被警车前后簇拥，如同古代中国皇帝开路的御用骑队一样密不透风。

如果巴顿要见我的话，应该是在东京的哪所一流酒店吧，但他如何在那样的公开场合隐瞒身份呢？就算是深夜，总统的一举一动也一定有警备观察保护着，一旦他踏出迎宾馆一步，瞬间就会被警署和各路记者觉察到的吧。

12年前，他作为上院议员顺路到访日本时，完全没有享受这样的排场。那时候不过是身边有四五个贴身保镖罢了。

那年春天的一个夜晚，可南子与巴顿在康纳初识。那家店的客人多是美国人、英国人和东南亚人。女招待里有些精通英语的人，当然了，即便是不会讲英语也不妨碍招待工作。外国客人也并非只倾心于会讲英语的女人，一切都无关语言，他们只会选择最具有女性魅力的那一个红颜知己。

那晚只来了 10 个美国人，还夹杂着一些商人熟客，他们的饮酒方式十分豪爽。可南子也在这桌，但全场的焦点是几个能自由运用俚语的同伴，她只是默默无语地坐在角落一隅。

这些美国客人的中心是一个皮肤白皙、浓密的栗色头发垂到额前的男人，40 岁左右，身材微胖。他少有言语，一边微笑听着其他人开玩笑，一边倒酒，但见周围的人在言行中不乏对他的尊敬，从这一点可以看出他应该有重要的地位。

康纳虽然门店狭窄，却也有舞池。桌子被摆成一圈，其间可容纳七八对舞伴。最前面一张桌子上，红灯罩小台灯摇摇晃晃似乎要倒，配合着乐队的欢快节奏，星星点点的灯光如同流星划过，跳跃旋转，三色灯光变幻无穷，炫人眼目。这家店一开始就是给外国客人设计的，这也是店的特色。

一群人各自邀请了女舞伴，牵入舞池中央，乐队开始演奏《乘 A 列车而去》，此时那位重要人物站了起来，向可南子伸出手，一群人开始鼓掌打趣。

可南子非常困惑，她不明白他为何要选自己做舞伴。他温文尔雅，与可南子相互配合，他们踩着欢快的节拍在舞池中翩翩起舞。

共舞过程中，他一直微笑着，没有做任何暗示，可以说这只是一场再普通不过的交谊舞。许多客人邀女伴跳舞都醉翁之意不在酒，关键时刻甚至有些暗示性的动作。他只表现出一种淡淡的绅士风度，沉稳大方，礼貌热情。一曲结束，两人返回落座，他的同伴们又爆发出一阵热烈的掌声。

“一把手”此时也坐了过来，虽然被叫作“一把手”，但她其实只是个四十出头的老妓女，一张脸毫无魅力可言。她拥有数家大公司，公司在招待重要客人时总少不了她这个皮条客。

她对姑娘们的命令是绝对的，不服从她的命令就无立身之地，鸨母会利用她的权力不给姑娘们分配客人。康纳的妓女工资要比其他店的高两三倍，若是在鸨母那儿得不到分配的活，就只能拿到最基本的工资，即便如此，也还是比其他店的收入好很多，所以女孩子们对这个鸨母唯命是从。“鸨母”是女孩子们背地里给她起的外号，就这样，被大老板们信任的“鸨母”在这里具有绝对的统治力。

这群美国人连一个小时都没待够就走了。11:00左右，可南子被“一把手”悄悄叫过去。

“那个和你一起跳《乘A列车而去》的男人是上院议员巴顿先生，他马上就会扬名立万，如果被这种大人物一见钟情，你可就走运咯！”

随后，可南子晚上就去了那家贵族酒店，她默然走过前台，乘着电梯上了21楼，一下电梯，就遇到那群美国人中的一个正踱着步，随后他就把可南子带到了巴顿先生的房间门面前。

“好好干！我拿到钱就给你，放心！”

鸨母谄媚地对可南子说道，眼角都笑出了令人厌恶的皱纹。无疑，她早已精打细算地吃过回扣了。

可南子无法反抗，一方面这是这个店的潜规则，另一方面是她也对巴顿先生不乏好感。

此刻她想，自己也年轻过啊。

可南子突然回过神。莫非，今晚正是要在这家贵族酒店里与他共度良宵？仓田重三郎之前就打电话说过要她做好过夜的准备，所以，她带了一只略显古旧的手提箱，箱子里塞满了化妆用品和换洗衣物。

如果是在这家酒店的话——可南子又一次环视大厅。几乎接近天花板高度的墙壁上绘着著名版画家所做的壁画，由于关掉了一半灯，在昏暗的灯光下，画更显得朦胧。可南子看向外面，刚好汽车的车灯灯光打在了自动感应门的玻璃上。

澳大利亚的海鲜出口商奥洛特独自走进大厅，看见已起身的可南子，他把投向前台的视线收回，向可南子弯了弯腰，走近道：

“晚上好。”

奥洛特嘴角扬起：

“久等了。”

可南子惊愕地盯着奥洛特。

三个星期前的晚上，在银色俱乐部，仓田还吹嘘奥洛特完全听不懂日语。实际上，奥洛特也没讲过日语。

“奥洛特先生，你……”

“啊，稍微学了点日语。”

奥洛特倒有些不好意思。

但是，仅从寥寥的几个字就听得出他的日语非常好。他的语音完全没有外国人讲日语的口音。日语独特的平板语调，他说得极为自然。从与奥洛特接下来的交谈中，可南子更加确信了这点。

“请跟我来。”

他尽责地把可南子带到车前，这是一辆大型奔驰，黑色的车体上反射出酒店的灯光。一名同为外国人的司机将可南子的行李放入后备厢，殷勤地为她拉开车门。

安置好可南子，奥洛特也钻进车里坐在了可南子旁边。他并未叮嘱目的地，司机一言不发地发动了车子开了出去，酒店门童呆呆地望着他们驶去。

“我们去哪里？”

可南子一边盯着前面的路一边问道。

“您马上就知道了，我会带着您去，请您放心。仓田先生和您说过了吧？”

“嗯，说过了。”

汽车驶向六本木方向的斜坡，可以看见溜池。尽管已经这个点了，路上依旧车水马龙。司机中途变换到了左车道。

路过“饭仓”的灯光提示牌，司机把通行券递给收费站的工作人员。

再次发车的时候，可南子注意到收费站一侧停着两辆巡逻车，似乎是潜伏在那里，没开车灯。巡逻车前站着三个一身黑衣，手持警棒的机动警员，他们把脸隐藏在工作帽似的黑色阴影中，目光却暗暗看向车内。

“我不是澳大利亚人。”警部的机动警员从车前走过时，奥洛特微笑着回答可南子，“我是美国人。不好意思对你撒了谎，请别介意。”

不用说，他也肯定不是什么海鲜出口商。可南子暗自猜想着他的真实身份。奥洛特这个名字也无疑是假的，这一切应该是和仓田一起商量着骗自己的。

高速公路两侧，街灯闪耀。车每次转弯时会放慢速度，转弯处两个身穿黑色出勤服的机动警员站在那里。一人手持无线通信器，放在嘴边说着什么。鸟群般的警察，每两百米就站着一个，随后经过“天现寺”的路牌。这个收费站边也停靠着两辆巡逻车。部队在这集合，他们把警棒拄在地上，一个警员挥手示意可南子乘坐的车停下，但往车内一瞥，立即示意司机快速通过。

接下来又路过“目黑”的路牌。平时，夜晚的高速公路二号目黑线也没有如此车辆稀少的情况，今天车流量格外地小，想来应该不只是因为现在已近十点，也有警备力量在此集中的缘故。朝着巴顿总统一行下榻的迎宾馆方向行驶的车辆，都要在突然被用作讯问室的收费站接受严格的检查。

“我，稍微有点担心。”

车厢内，可南子对奥洛特说道：

“我的英语不好，即便见到了总统，也恐怕会很失礼。”

“你与巴顿第一次见面的时候是怎样的呢？”

奥洛特盯着前方问道。

“在康纳的时候，说过一点英语，但自从那次以后就没什么说英语的机会了，现在已经完全想不起了。”

“你见到巴顿的时候，自然会想起来的。”

奥洛特微笑着，然后说道：

“恋爱是不需要语言的。或者反之，不是有这样的名言吗，恋爱是最好的语言老师。”

可南子想起了12年前，她与巴顿共度的两个夜晚。事实上，语言根本是多余的，一切都由巴顿铺天盖地的热情推动向前发展。

回想当时，两人激情四射，如同原始人一样恣意妄为。刚开始，他慢慢地一点点消除她的羞耻心。她害羞地蒙住自己的脸颊，紧闭双眼，感觉自己就像是要供奉给祭坛的物品。但是，渐渐地，一股火苗蹿满全身，身体不由得发热起来，她双手也不由自主地从脸上移开，她情不自禁，紧紧抓挠着、撕扯着身下的床单。难以忍耐的痛苦不知不觉变成了快感，慢慢适应了他那粗暴的对待。

巴顿有着和可南子所经历过的与日本男性在情事上云泥之别的技巧，是以一种她从未见过的野兽一般的攻势。她不胜惊愕，这不仅是对接触到不同人种的惊异，还有的是对从未体验过的快感。

她接受着巴顿肆虐地撞击，也有缠绵对待，他把她当作落网的猎物凌虐着，也没有忘记要像对待幼儿那样怜恤她。他捉住又放掉，在不断翻弄的节奏中，她抛弃了尊严，不由自主地向他索求更多的肉欲。

狂风暴雨后在缓慢下来的余波中，他们精神恍恍惚惚，歇息后袭来的倦怠弥漫到两人身体的每个角落，而后陷入浮云一般的渺茫彷徨中，而这种状态一长，空虚感席卷而来，他们再次渴望陷入情爱的狂热当中。

她渴望自己的肌肤被粗暴对待，他也不负期望这么做了，她身上遍布啃咬出血的伤痕，如同被狮子爱抚一般，他也没有忘记舔舐抚慰这些伤痕。伤口的疼痛和他温热的舌头是如此妙不可言交融在一起。她扭动着身体，反而刺激他越发激烈的撞击。

亲密接触的高潮环节，那一刻没有任何语言障碍的性爱是两人共通的语言。第二晚不用说，两人越发情深意浓。上议员让可南子软下了身段，抛却了最初的难为情与羞耻感。

“如果您再来日本，一定要再见我。”

可南子祈求道。

“sure！”

上院议员坚定地回应道：

“我希望能再见到你，你会来美国吗？”

“真的可以吗？”

可南子的眼睛亮了起来，但巴顿并未提及旅费的事。他依旧点点头，但明显没有之前的坚定。

当时可南子想，他是上院议员，应该是个大忙人。如果去美国又要办些烦琐的手续，而且既然是幽会，应该也不能公然往他办公室里打电话。就算是写信给他，恐怕信递到他手上时也不知被多少人中途审阅过了。

岁月如梭，可南子渐渐从美梦中清醒过来。那两个夜晚对他而言不过是与妓女的肉体交欢，是只限于那个场合的放纵。

后来，詹姆斯·巴顿的名字开始时常出现在日本报纸上，可南子也继续不断地与各种各样的男子上床。现实才是她的生活。

当报纸上巴顿的名字和照片被放得越来越大时，他正作为总统候选人竞争选举。一开始报道他“希望渺茫”，之后逐渐出现“一匹黑马”这样的字眼，随着各州得票率的预测，他的照片被放得越来越大，也常常看到他对着热情的民众招手示意的抓拍照片。

最为人津津乐道的还是他与现任总统在电视上的辩论。现任总统年事已高，知性从容。与此相对，巴顿的候选演讲慷慨激昂，热情洋溢，尤其是与其他候选人对战时，他妙语连珠，打趣自嘲的语气，自信满满又得心应手。可南子看着电视里的转播，并无多大兴致。距离那两个夜晚已经过去十年了，此刻她的心情就如同看着一张褪了色的棕色报纸。比起这些，倒不如说她因热恋中的岛村到处拈花惹草而气恼的情绪来得更为实在。詹姆斯·巴顿当选时，她不过略微有些熟人走了运的欣慰之感。与那个外国人的一夜邂逅，早已不过是内心某个角落里长出的霉斑。

本次美国总统访日与首相会谈的报道愈演愈烈，会谈的行程也被公布。可南子却没有一点故人重逢的感慨万千。她认为这位即将来日访问的大人物，不过是曾经与自己多了那么一点交集，仅此而已。在银色俱乐部接到仓田重三郎打来的电话时，她表现出来的兴趣也仅限于瞥了一眼斜挂在吧台上方的报纸，有“巴顿总统即将访日”几个大字。

然而不久，这种心情就如暴风骤雨侵袭后一般面目全非。起因正是仓田重三郎打电话把可南子叫到赤坂的深夜餐厅“离岛”后，对她所说的一番话。

“听说巴顿总统想见你，他说记得是12年前在康纳工作的一个叫作可南子的女孩子。”

突然听到这番话，一时间仿佛成千上万只鸽子扇动翅膀从身边直冲而上。破旧照片上，残余的那一点尚未褪去的娇艳晕染到整张画面。在岛村那里产生的懊恼，也在震耳欲聋的翅膀扑打声中消失殆尽。

尽管兴奋得忘乎所以，可南子还是疑惑，仓田重三郎是从何得知总统心愿的呢？

仔细想来，这也并非什么难事。总统把自己的心愿透露给身边亲近的人，亲信就会全力在日本打探消息，毕竟是私事，也只好依靠层层关系。

最有可能的，自然不是官府，只可能是国会议员。也许是某个数次访美的亲美派议员。议员就把这事委托给了那些穿行在夜晚世界里的花花公子。

仓田重三郎无疑是有这个资格的，他常出没于银座、赤坂、六本木、新宿、青山等地娱乐场所。若是叫小葵，那他可能每个店都能找出一两个。上到各店老板，下到各店鸨母，他到处打探内部消息。

这个人嘴巴严实得很，绝不会趁着酒劲把知道的秘密泄露出去，所以经营者也好女人也罢，都对他敞开心扉，向他倾吐秘密，他就是拥有这样的“信誉”。正因如此，才能让他担起完成访日总统的心愿这一任务吧。之前的那晚会面，现在正坐在可南子身边，抽着雪茄的男人和当时与他一起来的那位仓田先生，都是他们的中间人。

车疾驰在夜晚的首都高速公路二号目黑线上。不久那条路就从本线岔路出来，车子开始朝着目黑路牌往下走。车右侧逐渐偏离了本线的高架桥，街灯上移，车左侧白色围墙和茂密的森林连绵不断，这就是占地 36000 英亩的迎宾馆的西侧风景。

目黑路牌的正上面，两辆巡逻车强烈的红光来回旋转打在屋顶上，后面的国道上黑压压地停着一排比公交车还大的机动队运输车。巡逻车前面，堡垒似的排列着机动队员。和中途高速公路上看到的一样，黑色的出勤服，长枪一样的警棒。只是这里人数更多，还有一队手持盾牌护在前面，排列开来。

“你就这样假装什么都不知道，别乱动。”

奥洛特取下雪茄，对旁边的可南子说道。

红色的指挥棒示意他们停下，出勤队伍里走出两个人，把手电筒的白光晃向车内并向他们走来。

白色的光从窗户射进来，奥洛特旁边的可南子尽量缩在他的肩膀后面。手电筒的光明晃晃照在叼着雪茄、泰然自若的奥洛特脸上，随后又照向他旁边的可南子。可南子依照奥洛特的叮嘱，目视前方，一动不动。

一束灯光照见的外国人的脸庞似乎把警官吓了一跳，接着光照向驾驶座，也是一个外国人。

“打扰了，请问你们要去哪里？”

警官肩膀微微前倾询问道。

“迎宾馆。”

司机生硬地答道。

警官再一次把手电筒照向奥洛特，从窗户边后退了两三步，稍微用手扶了一下帽子，把红色信号棒举起挥舞了几下，示意他们可以通过。

车子接下来一路疾驰，向迎宾馆开去。

可南子觉得司机对警官说的应该是去迎宾馆附近的意思，一个没有任何资格的女人，怎么可能出入由总统府管理的入住国宾的迎宾馆呢。她认为司机的意思是说他们要去的目的地就在迎宾馆附近。

车子行驶在宽阔的路上。直走的话就到了高轮，中途车拐进了一条小路，那里既有酒店也有饭店，而且离迎宾馆非常近。

国道左侧是连绵不断的高铁栅、围墙和黑漆漆的松树林，沿路的电线杆上插着小小的日本旗和美国国旗，无风，旗子都耷拉着。

如同在描金画上看到的树枝伸展的美妙姿态一样，整齐的松树林中，矗立着一幢西洋风的宏伟建筑，如欧洲宫殿般金碧辉煌，这就是巴洛克复式结构的迎宾馆——以中间的本馆为中心，迎宾馆两边如羽翼貌扩展开的对称外形显得庄重典雅。

现在，这幢建筑物的所有窗户里都透出光亮，照亮夜空，在一片黑暗中通体发出融融白光，宛如一座仙境中的宫殿。繁复的装饰使人浮想联翩——现任美国总统下榻，使得这座巧夺天工的公馆都散发着十七世纪的古典气息。

车从正大门前驶过，警戒的机动队员像鸟群栖息树枝一样潜伏在那里，对面的商业街檐下也整齐排列着三辆运输车。车子驶过正门，继续向高轮方向前进，从司机的背影能感受到他稳健的车技。

铁栅栏、松树林，迎宾馆的右侧仍然连绵，车沿着道路直线行驶，继续向高轮前进。可南子那种与恋人重逢的真实感越来越强烈，马上就到了。

眼看着迎宾馆的墙壁终于要到尽头时，车速减慢下来，可南子猜想许是因为警备队伍。墙壁的尽头处可以看到延伸的路，路边墙壁又开始连绵不绝，占地约 30 英亩的迎宾馆呈一个正方形。

车拐了进去，警备队要求车辆停下，走近窗边。

奥洛特缓缓吐出一口烟，在探询的手电筒光中掏出一个类似身份证明的东西。警备队的分队长这次正对着奥洛特行了一个礼，接着目光在可南子身上停留了1秒。

“别动。”

车驶出后，奥洛特再次提醒可南子。可南子已经知晓了目的地，脸色微变。

大约走了100米，东侧有个通用门。这里也有警卫队，门口三个警察站着，拿着手电筒照着大门位置。

奥洛特打开车窗，再一次出示了证件。一个警察接过证件，在手电筒灯光下核对了姓名和编制号码，在记录本上登记后，又将证件还给奥洛特，脚跟并拢，恭恭敬敬地举手行了个礼，他的眼神也在可南子身上逗留了1秒，车驶进院内。

警察的记录本上，应该写道：

“美国总统随员亚瑟·杰弗逊先生及一位日本女性。”

3

白金表街道的迎宾馆是仿照十七世纪的欧洲宫殿建造的，也许是吸取了法国卢浮宫的建筑元素，也有可能是以“太阳之王”路易十四的凡尔赛宫为原型建成的。左右对称的设计是其最明显的特征：正中央是正馆，两侧延伸开来，为东馆和西馆。虽说建筑的平面设计过于端正毫无变化，但内部装潢可谓极尽奢华，充满了贵族宫廷风趣。

没有客人的夜晚，宫殿般粉刷着白墙的迎宾馆，就像沉入海底且微微泛白的贝壳一样隐藏在夜幕当中，而一旦迎来国宾，它又像打开了的珍珠贝一样熠熠生辉。

那天，迎宾馆外面并没有被仪仗队包围，没有胸前肩上嵌连着金辫带的仪仗兵，只有美方的警卫在东馆入口附近的传达室前不规不矩地拥堵着，而对面西馆入口的附近，日方的警卫戒备森严。

坐在车里的可南子有点惊诧，她想都没想过自己会被带到这么不可思议的地方来。她打量着奥洛特，奥洛特——从方才进门时守卫手上的盘查名簿来看，这位美国总统的秘书亚瑟·杰弗逊——正不慌不忙地把捻灭了火的雪茄放入胸前的口袋里。

中央主馆的正面是形式上的出入口，其高大庄严让人不由得肃然起敬。车子绕过椭圆形的花坛，来到了中央主馆的门廊边上。下了车，登上了几级阶梯，进入了宽敞的门厅，穿过大厅便是通向二楼的华丽的大阶梯，这种使进门以后的狭窄阶梯一下子变得奢华宽敞的手法，便是巴洛克式建筑的特征。中央主馆的左右侧，有着与光琳派画作如出一辙的花草如茵的中庭，而一楼的尽头便是接待来宾的大客厅。

但是他们没有往那边去，而是踏上了大阶梯，大阶梯的栏杆上排列着无数盏单价1亿日元、形状繁杂的黄金大烛台。二楼正面是鸡尾酒吧间，隔着走廊的最里间才是最重要的会客厅，是接待礼宾的“富士套间”。以此为中心，同一水平线上的东馆和西馆二楼，便是宾客用的主套房，这就是迎宾馆内部的大体构造。

载着杰弗逊和可南子的车停在了东馆的入口处，也就是东边的便门。可南子被杰弗逊催促着走过了光彩夺目的走廊，但她的脚步却像冻在空中一样僵硬不堪。

拱形的穹顶望不到边际，穹顶上面隔一点距离就垂下来一盏枝形吊灯。因为夜深了，将近一半的吊灯都灭了，但室内装饰的所在之处都幽幽地泛着金色的光芒。

他们走过了两个房间，有着高雅的雕刻纹样的榆色大门里传来谈笑声，是带着醉意的笑声和绕口令般的英文，这应该是用餐的地方。

旁边餐间的门开了，从里面走出来一个日本侍女，手上捧着装有喝空了的威士忌酒瓶的银色餐盘。她只瞥了一眼可南子，便背过身去逃也似的走向了走廊的另一头。

接着门又开了，一个顶着一头微乱的栗色头发，晚礼服前襟胡乱敞着的美国人出来了，他的脸由于醉意而涨红。

“喂！杰弗逊！”他喊道。

话音刚落，他便注意到了杰弗逊旁边站着一位提着手提箱，微微低着头的日本妇女。他意味深长地笑了，耸了耸肩膀，哐当一声关上了门。就在那一瞬间，明亮的灯光下，香烟弥漫的餐间里的情景在可南子面前一晃而过。那是任务完成了的随行人员们在把酒言欢。

哦，原来这个人是总统秘书，名叫杰弗逊。可南子总算知道了“奥洛特”的庐山真面目。可是，她连问都来不及问，就被半拖着似的来到了这里。

如繁星般的室外壁灯，苍白地映照着庭园里的花草树木，这是东边的中庭。

走廊里设有电梯，连电梯口都匍匐镶嵌着卷草叶形的镂金花饰。在那前面伫立着一位穿着大红服饰的侍者，侍者恭恭敬敬地把二人迎入电梯，谨慎地按下按键后出来，在电梯外目送二人上升的电梯。

二楼的走廊铺设着比一楼更为华丽的红缎绒地毯，华美的枝形吊灯自半圆形的穹顶上垂下，从左至右，照耀着长廊和一排房间的外侧。

可南子直觉这就是主宾房，巴顿总统就住在这里，加速的心跳使她胸口有点发闷。

杰弗逊在这里稍作停顿，伸手理了理歪了的领带。

几乎同时，右边的房间门像被风吹动一样缓缓地开了，四个美国人秩序井然地走了出来。每一个都身材魁梧，目光锐利，让人不由得觉得他们腰间的地方掖着手枪一类的东西。

其中一人认得杰弗逊，来到了他面前，扬了扬下颚打了个招呼。

杰弗逊回以微笑，凑到他耳旁耳语。对方像是应允了似的点头，之后便和其余三人回到房中关上了门。也许是察觉出可南子的手提箱里是她今晚换洗的衣服和化妆品，他们并没有检查。

“他们是美方的护卫。”杰弗逊若无其事地对可南子说道。

“日方的护卫在对面的房间里，请不要担心。”

他指着中央主馆阶梯上的舞厅那边说道，在这栋处处充满着对称美的建筑物里，对面确实像是有着和这边完全一样的警备室，日方的护卫一定是警视厅的警卫。

杰弗逊拐向走廊的左边，沿着主套房的外侧向前迈着步伐。可南子推测那尽头就是主宾的起居室和卧室的入口。

“方才护卫说大总统正和美国的二把手在波斯套间谈话。在他来之前，请在化妆室等候。”

毋庸置疑，二把手一定就是国务卿。

“二把手的房间在主馆大阶梯上，舞厅的里面，也就是正面的客厅富士套间的对面。富士套间比欧洲皇室的客厅还要豪华，有时间的话也想让你参观一下。”

光是想想就知道大客厅富士套间是这栋迎宾馆的精髓所在，在那里似乎能见到身份尊贵的客人。

可是，波斯套间又是一个什么地方呢？听他的话，那里像是会谈室，而且是那种仅限内部闲谈的吸烟室，也许里面还有一些酒吧的陈设也未可知。

波斯套间，这么一个充满了西域浪漫色彩的名字，不禁让人觉得那里的装饰一定十分具有波斯风情。大总统和国务卿也许就在那里愉快地进行睡前的小酌。毕竟这两位不可能挤在餐间和随行人员一起举杯畅饮。

说起楼下的餐间，可南子还记得那个看了她一眼就背过脸去离开了的侍女，还有那个伫立在电梯口前的侍者。

他们一定是从东京都内最好的酒店里选派过来的。在这几十、几百个员工中，一定不止侍女和侍者，应该还有管家一类的人，或在宴会上听候吩咐的服务员和手艺高超的厨师吧。在一楼的某个地方一定有一个无比宽敞的厨房和配菜室。

可南子突然从侍女看自己的眼神里，还有侍者的表情里察觉到了一些东西。两个人看到和美方人员结伴而行的自己竟都没有露出丝毫惊讶的神情。而侍女虽说在看了自己一眼之后就背过脸离开了，但那副见怪不怪的表情中却是带有厌恶情绪的。

那样的话，在大门处检查随行人员出入情况的守卫也明显不是警察，而是迎宾馆的人。他们深知在这样的夜晚里客人们的习惯，肯定在名簿上写下了很多这样的记录吧——“某随行人员和一名日本妇女”——而且是“照顾”随行人员到早上的日本女性。

于是，为了照顾独寝难耐的外国随员，就必须要有专任的“安排者”。主管部门的官员是不会做这种事的，所以大概是贸易公司的员工，而且是对夜晚的世界十分了解的人主动承接这个任务的。

议员秘书仓田重三郎也会是这“安排者”中的一人吗？不。可南子在心中猛地摇头，是巴顿总统自己希望我来的。12 年前，自己还在赤坂的康纳时，和当时还是参议员的他共度了两晚。现在他作为总统访日，把要求告诉给随行人员，随员便拜托了熟人仓田。

“只有我和别的‘被安排’的女人不同，虽然在获得正门通行许可这一点上我们是相同的。”

可南子突然自信起来，跟在杰弗逊后面，进入了位于宽大的主套房尽头的化妆室。

就像作为模仿对象的凡尔赛宫一样，这栋迎宾馆也可以用伟大、庄严、华丽等词来形容。凡尔赛宫那宫廷式的高贵气息，可以说与罗马教皇厅的巴洛克风格在本质上有着一脉相传的特性。

说起来，这栋迎宾馆二楼大厅的天花板上，用金色镂空花饰镶边的大椭圆中，有一位头顶光环的女神驱着一辆由三匹白马拉动的马车行驶在云中，这是如假包换的西洋宗教画。在客厅入口挂着一幅两百号大的出自著名日本洋画家之手的油画——一幅日本男女奏乐群像图，连画上的男女看起来都像是基督教徒。没有什么能胜过这浓重得高尚的宗教气息了。

支撑着高大穹顶的是半嵌入墙中的一列大理石柱子，柱顶有成对的卷涡，月桂的枝条延展开来，这是科林斯柱式，垂下的枝形吊灯和数十盏烛台相互交错，形成巨大的香水瓶形状，或者倒转的香水瓶形状。

尤其在极尽豪华绚烂的大客厅——富士套间，把欧洲宫殿最奢华富丽的元素融于一体。长方形的窗户上半部分设计成拱形，窗户与窗户之间，还有窗楣部分，都密密麻麻雕满了不知是卷草叶纹样还是葡萄藤蔓纹样的繁复的花纹。拱形天花板的空白处，描绘着一幅两边成半圆形的方形壁画。在那之下，环绕四周的过梁上时不时有山形墙顶封檐板突出来，上面立着像是基督教圣人的雕像。这可能是以杰斯寺的廊道装饰为原型的，不过也许有人会联想到法隆寺金堂的释迦牟尼三尊像和药师三尊像华盖上的妙音天女或凤凰。这么说来，这种装饰本身就让人不由得想到桃山时代的建筑——贴了金箔的华丽的方格形天花板。迎宾馆可以说是集法国的王宫文化和日本的天平·桃山文化之精神于一体的建筑。

珍珠般的白墙和金黄色调的配合就是迎宾馆内部的装饰主调了，而这个化妆室也太过于豪华了，足足有30平方米之大，以至于可南子目不转睛地看着。可南子后来知道，隔开的南面那边也有一个同样大小的地方，那里有壁橱、浴室、洗手间和盥洗室。

可南子醒了。

一开始她并不知道自己身处哪里，映入眼帘的是自高高的天花板上垂下的豪华的枝形吊灯装饰。幽幽地照着那复杂的黄金灯具的是立在床边的台灯，而非数十盏烛台一齐发出的光亮。天花板的图案在可南子的眼中慢慢地清晰起来。

可南子这才反应过来自己正躺在迎宾馆最奢华富丽的主套房的卧室里。虽说这是两张单人床，但每一张都像双人床一样宽敞。像布匹一样的枕头足有一米半长，纯白的丝绸厚厚地覆盖在上面，丝绸上并排绣着两个兰花围成的圆圈。

可南子身下的羽毛被褥十分柔软，使她如浮在云上一般。床尾的木架是富士山的形状，那上面的琥珀色绢布绣着类似苜蓿的花纹，在床四周的边缘像龟甲一样排列着、连续着。

可南子翻了个身，往上看到高高的装饰木框以同样的形状一直延续到隔床的枕边上，营造出一条把两张单人床连在一起的双富士曲线。

啊，自己和大总统一起共度良宵了，可南子终于意识到。是床铺的凌乱告诉了她这个事实。长枕上的丝绸皱得像波浪一样，被子下的床单歪歪扭扭，盖着的被子也有一半拖在地上，这些都告诉她在疲惫地睡过去之前发生了什么。虽然是双人房，但每一张单人床都非常宽，使“夫妻们”可以相拥入睡。

可南子望向隔壁的单人床，那边的床铺十分整齐。因为巴顿在这边一番温存之后就回到那边去安安静静地入睡了，所以并不凌乱。

而且，那边并没有他的身影，被子柔软而平坦。

大概是去了洗手间吧。光是卧室就已经有70平方米了。左边的化妆室既远，中间又有一堵白色的大理石壁。墙角那边嵌着一个黑金斑纹的大理石壁炉，这个屏障使人听不到化妆室的动静。

可南子坐起身子下了床，把双足套进从未穿过的拖鞋里，走在由大朵苜蓿花纹交织成旋的丝绸绒缎上。

一打开角落边上的大型落地座灯，房间内的金黄颜色就开始流转起来。壁炉上嵌着的镜子使这光辉愈加灿烂，就像凡尔赛宫的镜厅一样，巴洛克式建筑内部装修的亮点在于镜子的运用。这种设计在之后也被各王宫和旅馆建筑所模仿，中央主馆大客厅里的“富士套间”当然也不例外。

装饰用的壁炉里放着两盏精致的台灯，在那中间有一个四方形的黄金座钟，圆形钟盘上的指针正指向3:42。

就算睡着了，潜意识里也还是很在意时间，所以可南子尽管十分疲惫，还是自己醒过来了。

“凌晨 4:40 会有车来接你，就在昨晚下车的东便门等，请不要迟到。”

总统秘书亚瑟·杰弗逊昨晚把可南子带到化妆室后准备回去之时，让可南子务必遵守这个约定。

想要独自走出这栋迎宾馆无疑是困难的，全馆的各处要塞都有警卫彻夜站岗；正门处有负责盘查的守卫通宵值班；负责戒备的警视厅机动队穿着漆黑的出动服，森严地包围着外面；巡逻车的红灯不停地闪烁着，运送车辆像黑色堡垒一样潜伏着。

凌晨 5:00，人们还在沉睡，这时候回去不会被任何人看见。同样是清晨，再晚一点就不方便了，杰弗逊一定考虑到了这一点。

黑绿色的壁炉前有一张乌木桌，桌子上放着一个陶瓷烟灰缸，产于伊万里的华丽的烟灰缸中有五个美国烟的烟头，那是巴顿留下的。

可南子坐在对面的一张椅子上，椅子的驼色绢布上绣着琥珀色的苜蓿花纹，椅背成龟甲形，这个房间里的家具风格都十分统一。

从和国务长官谈话的地方回到这个套房的巴顿，让杰弗逊退下，之后便与可南子亲热起来，他们在化妆室就迫不及待地亲吻。巴顿强有力的手臂紧紧地揽着可南子的腰，激烈的唇舌交缠使她的舌头几近僵化。

之后他们便转移到乌木桌前，听着巴顿的呢喃，可南子想起了一度遗忘的英语，那是 12 年前在康纳时对外国客人使用的英语。

而且自己与巴顿已经是第二次相见了，看着熟悉的面孔，难免会想起遗忘了的话语。不需要追忆怀念的语言表现，只要尽情地说些与爱有关的甜言蜜语就可以了。

“你还是一如既往地美丽动人。”

“恭喜您成了大总统，能与您见面实在是太光荣了，您还特地指名让我来，这是何等的荣耀啊。”

“不要把我当成总统，可南子，把我当成为了见你远道而来的恋人就好。”

“真的吗？你这么说，我真是太高兴了！”

这是两人进入椭圆形浴缸前的对话。

浴缸的外侧是产自意大利的榆色大理石，内侧则是产自希腊的大理石。香波在浴缸中化成一片白色的泡沫海洋，芳香四溢，妙不可言，两具身体在泡沫之下交缠着。可南子觉得自己像在做梦。

巴顿出来之后，可南子也紧跟着出来了。她打开手提箱，穿上了自带的睡袍。那是一件桃色的带有大红粗条纹的睡袍。

可南子又拿出了梳妆盒，在拿出来的时候指尖碰到了一个黑色的坚硬的物体。那是小型相机。她是想趁这个机会拍下巴顿大总统在出差地的惬意姿态，不过那时她并没有拿出来，而是放在了手提箱底部。

出浴后的精心护理，有着大胆色调的睡袍，这些都让巴顿心情愉快。在上床之前，他在壁炉前的乌木桌边吸了两根烟，而捻灭在烟灰缸里的烟头总共有五个。

“你结婚了吗？”

巴顿问道。

“还没有哦。”

可南子答道。

“你还在那家店里吗？”

“不在了，我早就辞掉了那里的工作，现在在别的店里。”

巴顿一点都不意外，也许是他隐约察觉出了自己现在的处境，也许是杰弗逊对他说了什么。那样的话，就可以向巴顿倾诉了。仓田不是说了吗？你要见的人是很有对话价值的，这个世界上大概没有比美国大总统更有对话价值的人了吧。

房间的灯熄灭之后，可南子在她那张宽大的床上迎来了巴顿大总统。

过于豪华的房间，阻碍了她尽情释放性感的魅力。目及之处尽是精巧富丽的装饰。流金、牙白、琥珀，还有恰到好处的翠绿与朱红，这种高雅的贵族气息暂时抑制了她的欲望。啊，自己果然还是下贱之人呐，她悲哀地想到。

把她从自怜情结中解救出来的是巴顿，他就像16世纪的画家卡拉瓦桥笔下的罗马兵一样，剥掉了她那层名为自怜的圣衣。虽然有点粗暴，却让她想起了12年前与他共度的那个夜晚，再次兴奋起来。

她又变回了平民，不去在意房间里那精致至极的流光溢彩的装饰品和工艺品。摇摆，撞击，凌乱，享受勇往直前。那张床就是神圣的万灯齐放光彩的豪华祭坛。

在两人一同沉浮之间，可南子轻声呢喃道：

“哪，詹姆斯，我有事情想跟你商量。这样就能明白了吧。”

“什么事？”

巴顿一边舔舐着她的耳垂一边问道。

“现在还不能说呢。”

可南子凑近他的脸，摩挲着答道。其实自己还没有明确的想法，既然要说出口就要好好地整理思路。

“我们明晚还能见面吗？”

“这个可能有点困难，我的行程都被排得满满的。”

“那我们只有今晚了吗？”

“嗯，抱歉。”

“也是，你可是大总统呢，应该没什么自由时间吧。”

“嗯，要商量的话就现在说吧。”

巴顿还在含着自己的耳垂，所以说话有点含糊。这时，可南子突然有一个想法。

“詹姆斯，我也可以去华盛顿吗？”

“啊，你在说什么？”

巴顿的舌头离开了她的耳垂。

“人家想跟你在华盛顿见面嘛。12 年前，你不是说让我来华盛顿吗？哪，你能在华盛顿听我倾诉吗？”

巴顿沉默不语。他稍微变了下姿势，面向微亮的豪华的天花板。

“哪，让我去华盛顿吧，就像 12 年前一样对我说 sure 吧，詹姆斯。我绝不会妨碍你的工作的，那个时候你只要听听我的一点小烦恼就好了。哪，求求你了。”

她双手轻轻摇动着他那毛发浓密的结实的胸膛。巴顿的头发并不多，看得出来经常打理。在温存之后，就像路易十四的雕像一样乱乱地卷着。

“好。”

大总统闷闷地说。

“真的吗？真的吗，詹姆斯？”

“嗯。来这边玩吧。只是……我的行程早就被排满了，等到方便了，我就让秘书给你寄信。你收到之后就来华盛顿吧，但也不可能在白宫幽会的……可南子！”

从发现巴顿不在床上到现在已经过去了20分钟。可南子站起身来。杰弗逊的车在4:40就会来迎接，没时间了。

以防万一，可南子打开了右边房间的门，这是一个有40平方米的起居室，宽敞的房间里有坐垫、电视和桌子。电视屏幕漆黑一片，枝形吊灯也熄灭了，那边房里漏过来的光线使它们微微反着光。曲线形的驼色靠背坐垫上面也有卷草叶纹样，遮掩着窗户的窗帘也是同样的花纹，这里处处都匀称而统一地呈现着巴洛克风格。

壁炉前的乌木桌是一样的，刻在桌角上的金色纹章也是一样的。这栋高雅的迎宾馆的任何一个房间都没有插在花瓶里的鲜花，只有干燥的假花。听说是因为外国人容易对花粉过敏。没有烟头的烟灰缸旁边放着一份在东京发行的英文报纸。“矶部和巴顿会谈今日开始”，这夺人眼球的几个大字横亘在第一版的版面上。

巴顿也不在这里，可南子犹豫着从隔开南边阳台的玻璃门边张望了一下，南边的阳台和主套房一样长。

外面是庭园。凡尔赛宫的庭园是以几何学为原理设计而成的，欧洲各国的王宫和宾馆都争相模仿，这栋迎宾馆当然也不例外。从正门一直延伸到中央主馆的白色主道，是一条截断了放射性四边形的半圆形人行道。那之间是花圃和草坪，树梢被修剪得整整齐齐，全在同一水平线上。但是并没有人在行走，警备员都隐藏在屋檐之下。

而之所以能清楚地看到大庭园，不只因为由外壁灯发出的光线形成的众多光柱，还因为东方的天空已经渐渐发白了。树木的黑影与天空的苍白渐渐变得分明起来。

可南子慌了。没时间了！巴顿又不在这里。她想到了波斯套间这个会谈室。他应该悄悄下了床，到那个会谈室里的小酒吧喝酒去了吧。她想去那里看看。既然能叫波斯套间，那一定刻满了有翼牝牛和有翼狮子的图案，莲花花纹镶边的拱形窗户上一定描绘着阿契美尼斯王朝的国王和侍女的身姿。

可南子打开了手提箱，拿走了小型相机。她本来是想把巴顿大总统私密的姿态收进快门的，比如说在迎宾馆豪华的床榻上打着鼾入睡的脸，所以不能使用闪光灯。

跟照相馆店长商量之后，选用了这款感光度高达400的相机，只要有一点点光亮就可以在没有闪光灯的情况下清晰地拍摄，她还买了黑白胶卷。

可南子屈膝坐在床上，拆开了胶卷的包装袋，从里面拿出了一个塑胶小圆筒，从那里取出胶卷装到了相机里。

可南子把没用的包装袋扔到梳妆台下面的废纸篓里，把塑胶小圆筒放回手提箱里，接着把身上的睡袍换回了来时的黑天鹅绒服装。

她单手拿着小得可以藏在手心的小型相机，走出主套房来到走廊上。天花板上垂下的枝形吊灯每两盏就有一盏是熄灭的。不过，用ISO 400的高感光度胶卷的话，在这样的灯光下还是可以拍摄的。主套房的正对面就是美方警卫落脚的房间。不过，要去波斯套间的话，可以不用从那里通过，直接往其所在的东馆北面走就是了。尽管如此她还是小心翼翼，厚厚的红地毯消去了脚步声，警卫室也没有人发现。

走廊的左边面朝中庭，右边只有装饰过剩的墙壁在延伸。科林斯柱列之间是月桂树的浮雕，优雅的装饰上布满镂金花纹，走廊两边满是精雕细琢的华丽。

突然，走廊尽头的波斯套间那一块区域传来开门的声音。几种脚步声一同响起，虽然很微小，但在可南子听来却胆战心惊。

她准备掉头就走，但是这样的话逃跑的背影就会被那边过来的人看到。于是她迅速地闪进错综复杂的柱列中并蹲下，缤纷繁复的墙壁花纹与黑天鹅绒的衣服成了她的隐身衣。

走廊那头有五个男人踏着红地毯走了过来，很明显他们是从波斯套间出来的，但是他们一言不发，也许是在会谈室畅谈了一番，现在疲惫了吧。

在枝形吊灯灯列下可以看到走在前面的两人中有一位是巴顿大总统。可南子在藏身之处准备好了相机，朝这边走来的五人出现在镜头里，她对好焦，连续按了三次快门。因为怕那细微的声响被对方听到，所以当他们走近时可南子停止了拍摄。

因为没有使用闪光灯，所以不清楚到底有没有清晰地拍摄到，不过可南子还是选择相信感光度 400 的胶卷。

那五个人什么也没察觉到，径直从她的藏身之所前走过。大概是纷繁的墙壁装饰和她的黑衣服蒙蔽了他们的眼睛。

可是，藏在阴影处瞪大了眼睛看着的可南子却吓了一跳。走在前面的两人中有一人是巴顿，而与他并肩而行的竟然是经常出现在报纸上的矶部总理大臣。半白的头发，长脸上发白的胡须，细长眼睛，稍微高挺的鼻梁，这些特征可南子不会认错，而他的身高只到大总统的肩膀那里。

随从的两名外籍男子中，有一个在60岁左右，像只木桶一样肥硕，大腹便便，那一头花白的头发衬托得通红的脸庞更加显眼。另一个是亚瑟·杰弗逊，剩下那个是40岁左右的长脸的日本人。他跟在首相后面谨慎地迈着步子，看起来应该是秘书大臣。

可南子在柱子间的隐蔽处目送着他们。那五人没有乘电梯，也没有从中央主馆的华丽大阶梯下去，而是悄无声息地从东馆的一个小便门出去了。

可南子急忙回到主套房，必须在大总统送走日本首相回来之前若无其事地在房间里等着。她在化妆室把小型相机塞到手提箱里的睡袍下面。因为已经穿好了回去的衣服，所以也不能坐在寝室里，于是她穿过寝室来到起居室，坐在坐垫上。

昨晚巴顿回到迎宾馆的主套房时是11:00。

但是，4月10日凌晨4:00，矶部首相会来迎宾馆拜访大总统并进行会谈这个行程并没有出现在报纸上。

大总统和首相的会谈，在4月9日和10日两天时间里会进行三次，是这三次会谈不能充分地达成目的，所以才在10日凌晨进行一次没有对外公布的迎宾馆会谈吗？但不管怎样，这一定是一次极为机密的秘密会谈。

是为了正式会谈能顺利进行而做的准备工作呢？还是有其他特别

目的的秘密会谈呢？

总之能确定的就是媒体对这次特别会谈完全不知情。这个点新闻记者们正在家中酣睡。也许这次破格的凌晨会谈就看中了这个媒体还没开始运作的空白时段。

门开了，巴顿回来了。

“你到哪里去了呢，巴顿？”

可南子热情地伏在大总统胸前。

“你醒了啊？没什么，我醒得太早，就去园子里散步了，真是神清气爽呀。”

巴顿握着伏在自己胸前的可南子的手，不过这个动作更像是想把可南子推开，而不是拉近。

说是去庭园散步了，但他的鞋尖并没有被晨露濡湿，也没有沾上一片草屑，却像是始终走在红地毯上一样被摩擦得锃亮。

因为巴顿先表明自己去散步了，所以可南子越发觉得他和日本首相结伴从波斯套间出来的这件事十分机密。她都不知道听过多少男人的借口和谎言了。尤其是那个岛村最为过分，明明去跟女人鬼混了，还扯一些一眼就能看穿的谎话。巴顿的情况当然跟这个不同，但这种拙劣的谎言却是一样的。

“你要回去了吗？”巴顿问道。

他透过那杂乱无章的雕刻镶边的窗户看向外面的一丝曙光，不像是依依惜别，更像是担心被人发现。

“嗯，杰弗逊先生的车应该快到了。”

虽然不能很好地表达，但话里的深意和脸上的表情，却和日语一样富有情绪。

“这样啊。亚瑟是一个一丝不苟的男人，他一定会在约定时间内赶到的。”

亚瑟·杰弗逊肯定不是从外面来的，他刚刚才和巴顿一起目送日本总理到东便门呢。杰弗逊一定在这栋迎宾馆里。

不过可南子并没有揭穿，又不是被出轨的男人欺骗了，这是崇高的国家问题。她装作完全不知情的样子，这样“善解人意”的姿态，是从过去的男女关系中学到的经验。

巴顿把可南子拉到自己身前，吮吸着她的唇，只是没有昨晚那么激烈，他像是很在意时间。

“詹姆斯，你真的会把我接到华盛顿的吧？”

“嗯，等我有空了就让私人秘书给你写信。在华盛顿不太方便，不过可以在美国的某个不显眼的地方城市见面。旅馆的预约也好飞机的安排也好，全都交给秘书处理就行了。”

“我知道你是世界上最忙的大忙人，我一定不会妨碍你的工作的。哪怕只有一晚也好，我也想见见你，和你说说话。”

“当然可以，欢迎来美国。”

“哪，詹姆斯。我有事情想和你商量，昨晚本想说的，却没能说出口。”

“留到来美国时再说怎样？”

“我等不了那么久了，现在就很苦恼呢。”

巴顿那双如湖水一样澄蓝的瞳孔，这时像有人投了一颗小石子进去一样泛起了波澜。他沉思了一下，说道：

“那这样，因为寄到白宫去不太方便，就把信寄到我在华盛顿的事务所吧。那里有我的一位私人秘书，格雷斯·帕尔默女士。她跟了我有 20 多年了，我的私人事务都是她在处理，她的口风绝对严密。你只要给这位帕尔默女士寄信，就一定能传到我手上。”

虽然可南子自己也不是很确定，但要是能借巴顿的方便在美国做点小买卖应该还不错。而且必须是在他还是大总统的这段时期。

“那请你写一下华盛顿事务所的地址吧。”可南子赶紧拿出自己的记事本和圆珠笔给巴顿递了过去。

大总统那湖水般的瞳孔再次泛起了微澜，不过他无法反驳她这个正当的理由，于是飞快地写下了地址：Miss Grace Parmer,J. Barton Office,18th Ave.,K Street 3145,N.W.

这份有一些地方必须仔细辨认才能看清的疾书，昭告了拂晓时分巴顿的慌乱心态。

巴顿同样慌忙地把记事本还给了可南子，还往她那黑天鹅绒的衣服口袋里塞了一个厚厚的信封。

“咦？这是什么呀？”

可南子从信封的重量上得知那里面是钞票，她准备还给巴顿。但是他那宽厚有力的手掌覆在了她手上，仿佛在传达他的意思：好了，收着吧。

无法拒绝。拒绝的话，总感觉像是把今后的来往也一并拒绝了。

昨晚的相拥是两人之间最真实的情感流露，是胜于肉体结合的纽带。情到深处自然吐露的也不是暧昧的日语，而是晦涩却带有真情实意的英语，可南子是这么认为的。

口袋里的钱绝不是昨晚的“报酬”，而是可南子未来赴美的一部分费用，是他的体贴之心。毕竟昨晚也不是第一次了。

这是12年前结下的缘分，自己绝对和其他女人不一样，巴顿是不可能为一个“被安排的女人”亲笔写下地址的。

巴顿紧紧搂着可南子，唇在她的额头和脸颊上流连了一下。像是在说“好了，回去吧”一样，他的手轻轻地掰过她的肩，轻轻地拍了两下，而他也跟着一起穿过这豪华的卧室，向华丽的化妆室走去。

“那，虽然很不舍，但必须要暂且别过了。”

可南子回过头说。

“嗯，再见。”

“不过，这不是真的告别哦。华盛顿也好哪里都好，请你一定要遵守约定把我接到美国呀。”

“当然，你给帕尔默女士写信吧。”

“我一定会马上给帕尔默女士写信的。”

因为自己可是有事相求的，虽然这未免太过于纠缠不休，但确确实实有要拜托之事，所以只能这样了。不过也不止如此，自己还必须要好好向他道谢。

“詹姆斯，我真幸福啊，竟然能在这宫殿般的地方度过这美妙的一晚，我现在还像在梦中一般呢，谢谢你。”

“我也觉得很幸福。”

巴顿的眼里这才有了一点笑意。那澄蓝的瞳孔就像湖水一样不知深浅，不可捉摸。

可南子提起了那个装有睡袍、梳妆盒和相机的手提箱，自己的身姿映在了那精美至极的大梳妆镜里。站在花边精巧的梳妆镜中的自己就好像西洋名画中的妇人像一般，那典雅的背景里，可以看见灿烂辉煌如楼阁般层叠的枝形吊灯。

可南子走到走廊上时，听到身后主套房的门轻轻关上的声响。她回头看了一下，看不到巴顿的身影。

对面的警卫室没有一个人出来，就好像被谁吩咐过似的。可南子乘电梯下了楼。美丽的中庭在黎明的曙光中逐渐明朗起来。

出口处，杰弗逊正伫立在一辆大型奔驰边。清晨凛冽的寒气扑面而来。杰弗逊十分熟练地为可南子打开了车门，可南子也默默地坐了进去。他一坐上驾驶座，车子便缓缓地驶离了巴洛克式的宫殿和依据几何学原理完美设计而成的前院。

4

可南子和杰弗逊从目黑的匝道驶上高速公路。道路的各个要所依旧分布着警备阵容，车辆很少，渐行渐宽的街道还在曦光中酣睡。杰弗逊一直沉默地操纵着方向盘，眼睛注视前方，他开口问坐在座位上的可南子：

“请问要去哪里？”

他的声音很沉静，低沉得甚至有些听不清。

可南子也正想着去哪，这么早是回不去公寓的。

“请开去 R 酒店。”

赤坂的一流酒店，任何时候去都不会让人觉得奇怪。

可南子从后视镜中看到杰弗逊轻轻地点了点头，眼角流露笑意。可南子急忙将身子向车窗边移了移，坐到了他看不见的位置。

可南子想：停好车，杰弗逊也会跟着她下来吧，然后向她打听各种事情。杰弗逊是为我引路的人，可能会询问我和总统密会的情形。这不是他的兴趣使然，而是他的责任。

但是，他什么都没问。即使是杰弗逊，事关巴顿的个人隐私，他的询问也只能点到为止。

可南子之所以这么认为，是因为在今早 4:00 多时，她见到从“波斯套间”里出来的总统和矶部首相之后，杰弗逊就一直待在她身边。对杰弗逊来说，毫无疑问那是他不愿被人触碰的秘密，所以可南子也沉默不语。

杰弗逊按住 R 酒店的回转门，可南子先他一步进入酒店。接待员一脸困倦地说着“早上好”。前厅里人很少，只有一大清早出发的五六个外国人，坐在坐垫上等待同伴的到来。

虽是一流的酒店，但在迎宾馆里睡了一夜的可南子的眼中，这比三流的酒店还要简陋。前厅中央装饰着被称为“前卫艺术”的插花，只不过是些虚张声势的便宜货，酒店内部看起来寒酸又冷清。

但是，从现在开始，她就要回到和从前一样贫穷的现实生活了。那时的她还在感叹这酒店的豪华。可南子感觉自己被壮丽典雅的梦幻世界给抛弃了。

然而，梦幻世界遗留给她的东西，此时正静静躺在她的口袋里。巴顿把信封悄悄塞进她的口袋，从厚度和重量推测，似乎有 50 张一万元钞票。这笔钱如果是巴顿给可南子作为去华盛顿的一部分资金，那现实又多了几分神秘感。与那些外国人拉开些距离，杰弗逊请可南子坐在坐垫上。

“您肚子饿了吗？”

杰弗逊亲切地问。

可南子这才注意到从昨晚住进迎宾馆到今早出门，自己什么都没有吃。完全忘记了还有吃饭这事。这段时间既充实又忙碌，以至让她忘了吃饭。她确实在房间的电视上看到过夜宵专用的“轻食菜单”。

“这里的餐厅在 7:00 开门，还有 2 个小时。”

杰弗逊看着远处墙壁上挂着的无数钟表，说道。

“那个，奥洛特先生。”

可南子在一旁微笑着。

“您真正的名字是亚瑟·杰弗逊，是巴顿总统的随行人员吧。”

杰弗逊淡淡一笑。

“对不起，我也有苦衷。”

他眯起眼，轻轻地低下头。

“您不用向我道歉，是我受您照顾了。”

可南子说完后，杰弗逊从胸前的口袋里拿出一支雪茄。

杰弗逊点上火，吸了一口烟，低着头像是在思考什么。

“怎么了？是不是有什么话想对我说？”

沉默了一会后，杰弗逊再次开口。可南子明白是关于昨晚的“善后处理”。

“不，没什么要说的。”

巴顿在分别的时候和她说过，不要写信寄到白宫，而是寄去他的事务所。私人秘书格雷斯·帕尔默小姐一定会把私人信件交到他的手上。这件事不能让秘书亚瑟·杰弗逊知道。

“是吗，姑且还是通知一下仓田先生吧。”

他果然还是很担心“善后处理”的事。可南子心想，杰弗逊也是为自己的上司着想，担忧他被酒吧的女人寻衅吧。

“您不用担心这些。”

可南子斩钉截铁的态度多少让杰弗逊显得有些扫兴，但是他依旧皱着眉头，一副挂念的模样。看来他真是个爱操心的人。

“杰弗逊先生，餐厅开门后，能和您一起用餐吗？”

“不，我就不去了。”

他在烟灰缸上将雪茄压灭火后，放回了口袋，站了起来。

可南子也站了起来，看着比自己高的杰弗逊。

“谢谢您，下次再见。”

“保重，下次再见。”杰弗逊亲切地笑着。

“I want to see you again in Washington.”（希望很快在华盛顿再见。）

可南子微笑着，向他伸出手。

杰弗逊的嘴角有一瞬间的扭曲，但是，他立马不动声色地用日本人的方式，略一施礼。

“I hope so.”（我也是。）

他轻轻握了握可南子的手，又轻轻地放开。

“I hope so.”（我也是。）这种说法里，有着“虽然不可能会相见，但说不定某一天就见面了”这一层意思。

可南子觉得，杰弗逊并没有把她说的“在华盛顿见”这句话当真。如果真的在华盛顿再见，那个爱操心的秘书官会露出什么表情呢？可南子觉得有些可笑。

结果，杰弗逊对于昨晚巴顿的事一句话也没提。这是没必要说的事，也是不能插手的私事。巴顿在结束今天的会谈后，明天上午乘坐总统专机前往马尼拉。可南子想在这两三天内寄信给格雷斯·帕尔默小姐，以此作为出人头地的起点，再一次接近华丽的世界。

只是，今早拂晓之际，从“波斯套间”里走出的巴顿和日本首相的脸，依旧历历在目。恐怕不论是今天的晚报还是明天的早报，关于“拂晓会谈”的事一个字都不会报道。媒体并不知道这件事。

在餐厅读报时，可南子看到刊登在报上的矶部首相和巴顿的合照被放大，而外长和国务长官的照片比前者小许多。但是，从“波斯套间”出来的五人中，并没有国务长官和外长。先不论日本的外务大臣，国务长官居然也没有参加拂晓会谈，这究竟是怎么一回事？拂晓会议只可能是行程之外的，首相和总统的秘密会谈了。

结束了一顿寂寞的早饭，可南子走向酒店前的出租车乘坐点。外国人的旅游团正以酒店为背景，拍着纪念照。

“去青山。”

即使不去青山，照相馆哪里都有，可南子还是选择避开赤坂附近和银座，去青山周围尽量不起眼的地方。

来到了青山三丁目，司机询问可南子在青山的哪个地方下车。

“我就在这里下车。”

接下来可南子步行寻找照相馆。在一个幽深狭窄的胡同里，有一家不大的照相馆。一个40多岁的穿着茶色毛衣的男人，正在店前打扫。看到有客人光临，他放下扫帚，回到了柜台前。

可南子打开行李箱，将手伸进箱子底部。在睡袍的下面，她的手指碰到了一个小筒。

她将取出的黑色树脂盒子放在柜台上，委托店主洗印照片。

“什么时候能冲洗出来？”

“黑白相机啊，型号是ISO 400，用的是高灵敏度的胶卷。明天下午 3:00 能冲洗出来。”

“胶卷没有全部用完，但那也没关系，请小心地将它们冲洗好。”

“我知道了，您贵姓？”

“我叫上田。”

可南子说了个常见的姓氏。店主在柜台上写着存单，在他背后有一个货架，上面塞满了胶卷，还有黄色和红色的胶卷包装盒。

可南子的视线停留在货架上，她知道自己现在的脸色变得很难看。

拜托店主冲洗的那卷胶卷并没有包装盒，她只取出了树脂盒子，认为不需要包装，就把它扔进了套房化妆室里梳妆台下的废纸篓里！

绝对会被人察觉到，在总统不知情的情况下，有人拿相机拍下了什么。

即使是坐在回市谷公寓的出租车上，可南子满脑子都在想着被扔在迎宾馆套房化妆室里的胶卷包装盒。

自己真是太愚蠢了。

可南子尽量不在套房里留下自己的任何一样东西，否则，被打扫的男服务员或女仆看到，在特别室里发现了女人的东西，会给巴顿添麻烦。这样一想，卧室自是不必说，化妆室、洗手间、起居室这些地方，她都彻底地检查了一遍。

可是，她并没有把扔在梳妆台下的废纸篓里的那个空包装放在心上。她天真地认为胶卷的包装盒并不能算是“女人的东西”，从胶卷上看不出性别。

胶卷的空包装是随处可见的商品。只要拿上装着胶卷的树脂盒子，去照相馆冲洗就行了——如果废纸篓里的胶卷包装盒被巴顿发现了，该怎么办？他肯定明白有人曾在这间房间里往相机里装过胶卷，而除了总统以外，在那豪华的套房里待过的只有自己。

在巴顿不知情的情况下，究竟拍了什么？在那种情况下答案呼之欲出，那就是总统的睡颜。

仅仅是睡颜的话姑且不算什么，但是说不定会被人注意到，曾有人在走廊偷偷拍下了参加完拂晓会议正准备回去的五个人。

假设巴顿在脑中回想当时的画面：他目送首相离去后回到套房时，可南子已经穿上了黑色的西装，坐在起居室的坐垫上。那样的场景下，他定会认为可南子早就换好了西装。

这么一来，巴顿也就会想到，他从楼上下来将日本的首相送到东翼馆的门口之前，可南子就有机会拿着相机去走廊偷拍。

可南子在床上醒来时，发现我并不在卧室。为了找我，她去了走廊。

那时，她远远地看到了我们一行五个人从谈话室里出来，躲在角落里偷偷用相机拍了下来。我丝毫没有察觉到，从她藏身的角落旁走过，下楼目送首相的车离开，然后上楼回到了套房里。

在这期间，可南子拿着相机回到房间，把拍好的胶卷放进行李箱，又将胶卷的空包装盒扔进了化妆台下的废纸篓里。

敏锐的巴顿定会想到这些。

然而，可南子一方面也心存侥幸。

如同总统这般的人物，怎么会去翻废纸篓呢？打扫的男服务员或是女仆，会将空盒子从废纸篓倒进垃圾袋，再和从其他房间里打扫出来的垃圾一起扔进厨房的垃圾箱里，最后用焚烧炉焚烧干净。

可是——可南子又想。

如果那个男服务员或是女仆是个相当老实的人，把空盒子从废纸篓里拿出来，小心地放在梳妆台上，那该怎么办？这是极有可能的事。

因为那个废纸篓里，除了空盒子什么也没有。既然是总统住过的套房，那房间里的东西，服务员也不敢轻易扔掉。虽然是一个空盒子，但那是刚买的崭新的东西，扔的时候总会犹豫。

在把它塞进垃圾袋之前，老实的服务员可能会慎重地询问总统。就这样，空盒子引起了他们的注意。

可南子预想到了事情最坏的发展。

即使是回到了市谷药王寺的公寓里，也没有办法不去想。

回到自己独居的公寓里，可南子已经筋疲力尽，早早躺在床上。

虽说是公寓，但已经有些年头了，和最近不断建起来的新式公寓不同，就像是已经腐朽了的旧出租房。到处都有故障，修理费也不可小觑。

可南子躺在宽敞的大床上，看着因楼上的水管漏水而留下茶色斑点的天花板。不知是谁正在看电视，早间节目的声音从窗边传来。

4个小时前，那个如同白金般豪华奢侈的世界，现在想来似乎就像一场梦。

就算是卧室，也和独门独户的迎宾馆的套房不同。6张榻榻米上放着一张床，用廉价的壁纸和纸拉门装饰。她的公寓里除了起居室、厨房和餐厅之外，还有两个房间。起居室里有14张榻榻米，厨房有7平方米，浴室和放置洗衣机的场所有5平方米，再加上其他地方总共有20平方米。当初岛村忠男为她买下这间公寓，对于那时还住在出租房的可南子来说，这样的公寓已经很奢侈了。现在自己身下的大床上，也有长方形的枕头。上头的木棉枕巾，和巴洛克式的卧室里特有的绣有莲花图案的琥珀色丝绸长枕似像不像。由于后来没有再和岛村忠男在一起睡过，就显得更长了。

与岛村忠男不同，昨晚共度良宵的巴顿真是温柔体贴，他有着坚守的爱和热情，这种爱和热情一直延续到今早和她定下约定。巴顿不想放开到手的幸福。最好的证明，就是他在可南子的记事本上写下他在华盛顿的事务所地址以及能为自己应付各种事的格雷斯·帕尔默小姐的名字。虽然写得甚是潦草，有些看不清，但毫无疑问是总统亲笔书写。

可南子不想错过这次机会，自己现在也不年轻了。和岛村分手之后，很少有这样的幸运了。

胶卷的空盒子让她越来越焦虑。被人发现的话，这最后能进入上流社会的希望就要磨灭了。

不仅如此。

如果这事被像杰弗逊这样的随行人员知晓，他定是拼了命也要把胶卷拿到手。一方面是为了维护总统的名誉，另一方面是忧虑胶卷里拍摄的“拂晓会议”的秘密被曝光。

而且矶部首相那边也会追查，毕竟这是日美两国首脑的共同秘密，双方都倍加关注。

说不定，会有人来要求她把胶卷交出来。到那时，就坚持说自己从没带着相机去见总统吧。可南子暗暗决定。

即便要求自己交出胶卷的人是杰弗逊，也即便他回了国，他的劝告也依旧不会断。

在交出胶卷时，巴顿肯定会这么拒绝：

“真是个让人不敢轻视、本质恶劣、恶毒又可怕的女人，绝对不能让那个女人来美国。”

现在，那个正在青山的小照相馆里冲洗的胶卷，明天傍晚就能冲洗好回到手上的胶卷，它的存在绝对要保密。

然而，可南子又再次感到不安。

她担心察觉到胶卷的人，会不会将市内所有的照相馆一一加以调查。不管是日本还是美国，搜查照相馆的人手还是有的。比如说接受美国委托的日本，就有这样的机关，况且这件事日本也有责任。

那一晚，可南子做着漫无边际的梦。可南子醒来后觉得自己有些神经过敏，脑袋昏昏沉沉。

9:30，电话响了。

可南子的心猛地一悸，盯着电话机。

“喂，是可南子小姐吗？”

这嗓音很粗，但也很澄澈。既然这人知道自己名字，那该是自己认识的，而且知道自己公寓电话号码的人，也十分有限。

“您是哪位？”可南子怯怯地询问。

“我是仓田。”

可南子突然想起来，确实是他的声音。仓田因为见巴顿的事，会时不时需要和她联系。所以可南子确实告诉过他公寓的电话号码。

“仓田先生，您好”之后的话她说不出口，她想仓田必会询问她昨晚的事，可他什么都没问。

“明天我想和你一起吃晚饭，你方便吗？”

对于仓田，说感谢倒显得奇怪，但总归是要打个招呼的。

“好的，我随时都有空。”

“是吗，我也是。现在我家大先生回了选区，所以我就闲下来了。”

“那我们明天去哪儿？”

“这个嘛，芝之K怎么样？”他说了一个备受好评的法国料理店的名字。

“我知道了，我会去的。”

“那么，再见。”

仓田并没有问任何关于昨晚的事。

总统专机和原定计划一样，不久就要从羽田机场出发了。舷梯下，矶部首相、外长和其他的日方高层一一和巴顿握手，接下来是国务长官以下的官员，作为随行人员的亚瑟·杰弗逊也在其中。除此之外，一个不知身居何位，白发红脸，身材滚圆的男人，也在出发的一行人中。

大约3天后，巴顿就会从马尼拉回到华盛顿。白宫里还有许多工作等着他去处理。

给巴顿的信要尽早写好，再由在华盛顿的巴顿事务所里工作的格雷斯·帕尔默小姐转交。可南子决定白天出门的时候，顺便买空邮专用的便笺和信封。

可南子外出，主要是为了去青山的小照相馆里拿回冲洗好的照片。店主说 3∶00 就能冲洗出来。可南子拜托店主每张相片都冲印两张。

这时，一股和昨晚同样的恐惧之感再次涌上可南子心头。

已经探听到那家照相馆的某个人，会不会先自己一步，把胶卷和照片拿走了呢？

到达位于青山三丁目的胡同里的小照相馆时，已经是 3:10 了。可南子站在路上看向店门口，他看到两个男客人的背影，昨天见到的穿着茶色毛衣的店主，正隔着柜台，和那两人说着什么。

可南子没有进店门，而是径直地走过。她内心越来越惊惧，呼吸困难。她突然想到，那两个男人应该是先来探路的，就和在酒吧里，刑警定是两人一组来打听事情一样。

可南子不知道他们是不是警察，说不定是其他机关的人。拥有权力的人，能调动任何不为人知的组织。可南子觉得昨晚的猜测是没有错的。

距离照相馆不到 100 米有一家咖啡店。在她慌慌张张冲进咖啡店之前，她回头看了一眼身后，并没有人追过来。可南子疑心，店主在不经意看到她经过店门前时，就已经告诉了那两个伪装成客人的男人，自己就是那个拜托他冲洗照片的女人。

咖啡店里空荡荡的，可南子喝着热腾腾的红茶，心情渐渐平静下来。

那两个人只是普通的客人吧，应该不是我想的那样。店主可能是在对他们推荐新上市的相机。自己真是神经过敏。

可南子这么想道。

可南子出了咖啡店，心中下了决定。她快步走过照相馆的门前，那两个男人已经不在了，店主低着他那头发稀少的脑袋，摆弄着相机。气氛没有想象中那样紧张。和照相馆相隔两三家店的距离，有一家电器商店，可南子在店前转身看向身后，并没有感觉到有谁在盯着她。

“欢迎光临。”

店主抬起脸迎接可南子，他认出她是昨天来冲洗照片的客人，一副明白了的表情，慢悠悠地站上了柜台的对面。

“你好，我是昨天来冲洗照片的上田。”

她尽量以平静的声音说着。

“是，已经冲洗好了。”

店主转身，打开货架下那长长的抽屉，在里面寻找一个袋子。袋子里装着客人预订好的完成品。他的动作很自然，没有丝毫刻意之处。

从可南子这个角度，可以看到玻璃架上整齐地堆放着胶卷，还摆着几十个颜色亮丽的包装盒。她的内心突然战栗起来。她在巴顿总统住过的迎宾馆里，无意间扔在那间化妆室的废纸篓里的包装盒，和架子上的是一模一样的。那个包装盒就像是长了脚，从迎宾馆里跑了出来。玻璃架上的几十个包装，好像正在一齐向可南子喊叫：偷偷拍下拂晓会议与会人员的，就是这个女人，就是这个女人。可南子忍不住想捂起耳朵。

关抽屉的声音响起，店主将抽出的袋子拿在手上，转过身交给可南子。印刷的袋子上，用圆珠笔写着“上田小姐”，袋口用订书机封上。

“我来确认一下里面的东西。”

可南子仍然觉得这是个陷阱，胶卷可能已经被调包了。

“请。”

店主将两根手指撑在柜台上，站得笔直。他的视线，一直停留在正在打开袋子封口检查胶卷的女客人身上，若无其事地注视着她白皙的额头和鼻子。

可南子一边感受着一个四十多岁好色男人的目光，一边像是不愿被店主看到照片内容，只抽出那六张四寸照的其中一张，露出了照片的三分之一。

照片很暗。漆黑的照片上，过道的电灯被照得雪亮，形状典雅，隐隐约约地照射在周围雕着复杂图案的墙壁上。

那五个人的脸，被清楚地照下来了！

这就是 ISO 400 的威力。

可南子只看了这一眼，便动作迅速地塞回了袋子。

接着，从袋子里，拿出装着胶卷的薄塑料袋，又从那个小袋子里抽出底片。20 张的胶卷，只用了 3 张，剩下的 17 张是空白的。

可南子用手指小心翼翼地捏着那三张胶卷的两端，避开店外照射进来的光。在一片漆黑中，浮现出 5 个人形白影。中间的两个白影，正是巴顿总统和矶部首相独有的轮廓特征。

在几秒内确认过后，可南子再次把它塞进了塑料袋里，一起放进装着照片的袋子里。

“谢谢。”

可南子说完，目不转睛地盯着店主。

“照片的冲洗是在店里完成的吗？”

“是的，黑白照片都是在店里完成的，由我来冲洗。”

店主被可南子目不转睛地盯着，眼神流露出疑惑。

既然从胶卷的显影到冲洗都是店主来做的，那他肯定看到了照片上的首相和美国总统。这两人的照片经常刊登在报纸上，一眼就能认出来。不知道这有没有引起店主的注意，可南子的刺探也是因为害怕这点，但店主的神情并没什么特别之处，一副无辜的模样。

可南子心想，每天都会有客人来照相馆冲洗照片，店主也很忙，不可能把照片里的人物一一记住。况且是远距离拍摄的照片，如果是近照的话，脸会放大，更能引起店主注意。但是在黑暗中，这五人的脸很小，根本不会有人在意。

如果真的被店主认出来了，他至少会说：“嗬，照片上是矶部总理和巴顿总统啊。”但店主并没有说，他的表情很正常，应该是什么都没发觉。可南子在一瞬间如此判断。

“多少钱？”

可南子安下了心。

“一共980日元。”

可南子从钱包拿出一张1000日元，就在她把装着照片的袋子收进手提包的时候，突然从身后走来了一个男人，男人投下的身影将可南子笼罩起来。

“啊！啊！”

可南子忍不住尖叫起来。她感觉身后的男人是来抓她的，浑身颤抖起来。

正在找钱的店主惊讶地看着可南子。

进店的客人莫名其妙地看着可南子的侧脸，走到柜台前。

“我想看看两百毫米的远摄镜头。”

客人将目光放回店主身上说道。

“好的好的，您的相机是什么牌子的？”

店主递给可南子两个10元硬币，又去接待男客人。

可南子逃一样出了店，躁动的内心久久无法平静。

她上了大街，拦下一辆出租车。

“您去哪？”

她坐上车，司机如此询问，但她没能立刻回答，过了一会才说去番町。她直觉现在不能直接回市谷的家。

“您好像喘不上气，怎么了啊？”司机问道。

可南子似乎听到自己那无法压抑的剧烈喘息，她从后视镜看到了司机的眼睛。

“因为我刚才是跑过来的。”可南子回答。

她避开司机的视线，往车窗边靠了靠，再这样胡思乱想下去，自己的未来堪忧。

窗外的商店街在不断倒退，在商店街后面，能看到寺庙的大屋顶。

可南子在护城河边的千鸟渊公园前下了车。这附近虽然飞奔着许多车辆，但公园里并没有人。在东侧，隔着一条深深的护城河，皇宫的城墙高高耸立。不用担心会有人从那边过来发现自己，如果有人进公园，在这里也能马上知道。

可南子坐在护城河边的长椅上，从手提包里拿出照相馆的袋子，抽出 6 张 4 寸照片。这次总算可以慢慢看了。

底片有 3 张，一张底片冲洗了两张照片。

由于摄影点比较远，照片上 5 个人的脸都很小，但能看清楚长相。多亏了 ISO 400 的胶卷。即使没有开闪光灯，也清晰地拍了下来。因为巴顿和矶部首相站在最前头，他们两个人的脸是拍得最清楚的。那时，可南子在藏身处连续按下三次快门，所以 3 张底片里，人物的动作有些许变化。

照片拍得很好，把人物这部分放大后，就能更好地看清脸了。

站在那 4 人身后的是杰弗逊。他是总统的随行人员，那个夜晚引她去迎宾馆的人。而在首相的身后，是一个有着一张细长脸蛋的日本人，应该是负责为首相翻译的秘书官。可南子不知道他的名字。

还有一个人，可南子也不知道他的姓名和身份。那个人站在杰弗逊身后，是个身材肥胖的外国男人。那时目击到的人物，全都在这些 4 寸的照片上记录了下来。

那个外国男人头发花白，脸是常人的两倍大，他还有着圆圆的双下巴和孕妇一般突起的肚皮，他的腿很短。那时，他正摇摇晃晃地走着路。

他是谁？既然能和总统首相一起出席拂晓会议，应该是总统的秘书，要不然就是相当重要的人物。毕竟连国务长官都没有参加那次会谈。可南子猜不到他的身份。

把照片袋子放入手提包后，可南子思考着要怎么处理它。

可南子想绝对不能放在公寓里，心怀不轨的入侵者可能会趁着自己不在家的时候，把家里翻个遍。自己的房间并不宽敞，没有什么地方可以藏东西。如果是专业的人员，很容易就会找到。

出门期间家里也可能会着火。如果被烧成了灰烬，那就万事休矣。可南子自知，现在她的手里掌握着关键资料。该怎么办呢？可南子将手提包放在膝盖上，以手托腮，陷入沉思。

只能先存到别的地方了。可南子最后想到的，是银行的保险箱。

但是，那必须在平日里就已经在银行里存入了相当大的金额。要不然，就按照新规，开一个账户，需要将钱全部存进去。可是，她并没有时间去筹到这笔钱，将它作为定期存款。现在，即使是她已经存入银行的活期存款，也不知何时会用到。

就算她有巴顿给的50万日元，但那是去华盛顿的一部分路费。可南子没法为了在银行里开个金库，而去筹到那笔定期存款。

即使已经决定了要把东西放在金库里，手续也很麻烦。若被人知道她在银行里开了个金库，那里面存了什么东西也会被察觉到。

就没有不会被人发现，安全又有保障的地方吗？可南子想不出来。从今天开始，抱着底片和照片难以入眠的夜晚，要不断延续下去了吧。

孩子们吵闹着进了公园，可南子在长椅边站起来，没精打采地走在路上。她在等出租车，打算回市谷。

路上轿车和卡车川流不息，等到的出租车，却没几辆是空着的。在可南子呆呆地盯着穿行的车辆时，她突然灵光一闪，想起来这儿的途中，透过车窗看到的寺庙的大屋顶。

空车来了，可南子上车去了赤坂的后街。那附近有很多的寺庙。

那里有一家殡仪馆，可南子进去买了一个骨灰坛，白圆木做的箱子被金线织花的锦缎包裹着。她在附近买了一个包袱，又将箱子包上了一层。

可南子姑且回到了市谷的公寓。从佛坛上拿下她母亲的牌位，将母亲的法名和忌日记在笔记本上。

之后，她留下其中一张照片，用油纸把装着其余底片和照片的袋子严密地裹好，再用布料缠起来，放进空骨灰坛里，收进白圆木的箱子。

她立刻出了公寓，坐上出租车，再一次径直去了赤坂的后街。

眼前的寺庙是真光寺，信奉净土真宗。可南子上了台阶，拜访寺庙里的住持。

住持走了出来，可南子拿出包着白布和金线织花锦缎的箱子，告诉住持她的名字和住所。

“我还没有定好墓地，在那之前，能不能把这个骨灰坛交给贵寺保管？”

“好的。”

住持点了点头。他的身材肥胖，脸似乎因常常喝酒而显得通红。

“说起来很丢脸，我买不起墓地，能不能替我多保管一段时间？”

“不管两年还是三年，都可以。”

“很抱歉，需要保管的费用吗？”

“聊表心意即可。”

“那么，目前请先收下这些。”

可南子将装着10万日元的包裹放在榻榻米上。

住持粗粗的脖子上披着袈裟，一边小声地念着佛，一边将钱收进袖中。

接着，住持拿来一本似乎是记录流水账一样的账面，用笔在上面写下骨灰坛主人的法名以及委托者的名字。

之后，用同样的笔，在一张细长的纸上写下“静香院释尼妙博信女”这几个老练圆润的字，牢牢地贴在金线织花锦缎的包裹上。

“那么，接下来去诵经做法事吧。”

住持两手捧着骨灰坛，引着可南子去了正殿。

回到公寓，可南子从手提包里拿出一张4寸照片。

她把照片立在书桌上，夕阳西下，外头没有了亮光。

从寺庙回来的路上，可南子顺路去照相馆里买了黑白胶卷，把它装进了自己的相机里。这次的相机不是ISO 400，而是100的普通灵敏度。她取出闪光灯，拍摄立在桌上的那张照片。

能拍20张照片的胶卷很快就用完了，也不知道拍得好不好。因为开了闪光灯，画面很亮，反之则很暗。还是不要拍得太清楚的好，模模糊糊的最有效果。

局外人看这模糊的照片，他不会看出照片上的人物是谁。但是知道内情的人，能分辨出来。知情人能认得出来，这才是最理想的照片。可南子一开始就是这么打算的，所以拍照的时候故意拍得模糊。

拍完之后，可南子把那4寸照片撕得粉碎，扔到厨房点火烧了个干净。

真的照片在真光寺的骨灰堂里，谁都不会想到这一层，再怎么聪明的搜查员，也不会察觉。他们拥有的搜查知识，大多是基于过去的犯罪案例。应该没有如在寺庙的骨灰坛里装着贵重物品这般的案例吧。

可南子安下心，一时有些精神不振，但是，她还有事没做完。她要去照相馆冲洗照片。

可南子避开附近的照相馆，不管多么细小的地方都要做到天衣无缝。她出了门坐上出租车，去了大久保。她在那里选择了一家不起眼、但是看起来很忙碌的照相馆，名字叫“堀井照相馆”。这次可南子化名田村，交代店里冲印照片。

“明天下午3:00可以冲洗好。”

店里又进来10个客人，年轻瘦削的店员慌慌忙忙地应答着。这么多份照片都洗出来，想必没人敢小觑。

出了照相馆，可南子又进了家文具店，买了寄往国外的信封和便笺。

8:00左右回到了公寓。可南子转动钥匙开门，并没有什么异样，顺利地打开了。

进门打开灯，灯光照亮整个房间，房内各处都没被动过，所有东西的摆放都和出门之前一样，丝毫未变。

可南子坐在书桌前，她要写信寄往华盛顿。她先用日语写了一份草稿，考虑再三后，归纳成一篇文章。

亲爱的巴顿总统：

由于要去菲律宾访问，您应该很忙吧，很担心您是否过于劳累。

在迎宾馆的一夜，我过得很愉快。现在依旧觉得像是一场梦。

12 年前见到的您，和这次的您，一点都没变。虽然现在的您和那时不一样，已经成了人上人，但对我来说，您还是 12 年前的那个詹姆斯。我为您那充满年轻气息的身体感到惊讶，还有那包裹住我的如青年人般的热情。

我尊敬您，无可救药地爱上您。只要想起那个晚上您在我耳边的低语，我的身体瞬间就开始燥热起来。请您务必明白我的心意。接下来，我没有时间考虑这封信要如何写下去。我深信您说的话，希望能尽快飞去华盛顿。

尽管如此，我绝不会给您添任何的麻烦。这一点我绝对保证，请您放心。现在如果能和您见一面，说上一句话，我就满足了。

我目前在做去华盛顿的准备，请将您觉得适合的时间地点，通过格雷斯·帕尔默小姐告诉我。您事务缠身，即使是在约定好的时间地点没能见到您，不管多久我都会在酒店等您。

满含爱意的可南子

她在另一张纸上又写了一封信，是寄给帕尔默秘书的。

“信封里的另一封信，请务必交到总统的手上。从总统那里得到回信后，请将回信寄给我。这是我和总统的约定。将来，我去了华盛顿，定会亲自向你道谢。”

她花很长时间将这两封信翻译成英文。翻译的过程中，她犹豫不决，去掉“总统”二字，将“詹姆斯·巴顿”改成了“巴顿”。最后她还是决定请专门的翻译人员将它翻译成地道的英语，用打字机工整地打出来。

可是，尽管她的英语再怎么蹩脚，再怎么被巴顿嘲笑，自己写的信才更有真情实意。即便字迹难看，也比那打字机打出来的冷冰冰的、公式化的印刷字体来得亲切。

可南子从手提包里拿出笔记本，上面写着：

Miss Grace Parmer, J. Barton Office,18th Ave., K Street 3145, N.W.

这是巴顿的笔迹。在迎宾馆的起居室里，巴顿在一片慌乱中，飞快地写下，字迹潦草得让人看不清，毫无疑问是总统亲笔。

这也必须作为决定性的证据保存起来。可南子照着笔记本上所写，在信封上写好格雷斯·帕尔默小姐的地址。此时已经凌晨两点了。

快到10:00的时候，可南子终于睡着了。处理好一切对自己造成威胁的事情，她放下心来。至今为止的神经过敏，在喝了药之后有所压制，终于得到了精神上的安定。

下午2:00的时候，可南子出了家门。去邮局买了邮票，贴在寄给帕尔默小姐的信封上，投入邮箱里。信落入邮箱底部时发出的轻微声响，如同美好的未来对她的问候。

等可南子到达大久保的堀井照相馆时，正好是3:00。店里有5个客人。

“已经冲印好了。”

瘦削的店员从印刷着相机公司宣传语的袋子里拿出照片。

可南子当场从袋子里拿出 4 寸照片的其中一张看了看。

闪光灯太亮了，照片白晃晃的。5 个人的脸就像幽灵一样模模糊糊，但是 5 人的特征还是显现出来了。

之后，可南子将照片就这么放进了纸袋里，出了照相馆，去了新宿的咖啡店。

可南子点了一杯咖啡，取出袋子里的 20 张照片，一张一张悠闲地看起来。

照片有白茫茫的，也有黑漆漆的。不管哪一张曝光都做得不好。全部是些拍摄失败的照片，但这样才正合心意。局外人看不出来，只要当事人和知情人能分辨出来就行了。在这层意思上，这二十张照片都是成功的。

可南子最后的撒手锏就在真光寺的骨灰堂里，不用害怕会被夺走，剩下的就是如何有效地使用这 20 张翻拍的照片了。

虽说如此，可南子还是想知道，在 4 月 10 日举办的，媒体从未知晓的拂晓会议，究竟有什么内容，美国总统和日本首相之间，究竟有过怎样的对话。可南子对政治并不关心，但对于秘密，任何人都有着强烈的好奇心。

在拥有如此优越的条件下，光明的未来将就此展开，可南子为此感到兴奋，整个人不禁有些飘飘然。

5

可南子傍晚6点坐出租车到了芝地区的一家名叫芝之K的法国餐厅。

这儿模仿英国古老建筑的风格，地板是榆木色的。可南子的鞋跟碰撞地板发出声音，她朝前台走去，仓田重三郎早就来到了旁边的待客室，他在看放置在书架上的美国杂志。

“久等了。”

可南子走近仓田，仓田把杂志放下。落地灯的光线微暗，他扬起的脸也像在阴影中一般昏暗。

店员告知他们已经准备好了。两人上了楼梯，走到里面的那桌。客人还很少，周围到处都是老气厚重的英式装潢，包括墙壁上的画和照明用具。

仓田首先点了一瓶波尔多葡萄酒，然后将菜单交给可南子点菜。在可南子的眼中，这份菜单的名目和迎宾馆的重合到了一起。

红酒拿过来了，仓田不自觉地将嘴贴到酒杯边沿。他的眼睛好像在说着恭喜，表情似乎在庆祝和巴顿总统的重逢。

但是，在进餐的时候，仓田没有向可南子问任何关于巴顿总统的事情。可能那是关于奥洛特的事情，虽然他也许从杰弗逊那里听说了，但肯定正因为这样的事情所以要更加回避。

仓田没有触及预想中的话题，只是一个劲儿地持续着不得要领的话题，一个人笑着。盘中上的菜勾起了他的食欲，他好好吃了一顿。

可南子很困惑，仓田到底知不知道巴顿总统和矶部首相的拂晓会谈呢。她觉得杰弗逊不会向仓田泄露任何关于会谈的事情，因为那是日美领导人的最为机密的会谈。

除了公开的会谈行程，就连报社记者都不知道的日美最高机密会谈上究竟谈了些什么。

可南子心想，或许自己目击到了历史的瞬间这个场面，她还有拍到这个场面的照片为证。拍摄底片存放在了寺庙灵堂的骨灰坛中，而照片复印件则放在了旁边不显眼的手提包中。虽然故意使它有些模糊，但是人物的特征都可以从轮廓判断出来。

如果把这张焦点模糊、但是能认出脸的照片匿名寄给报社，不知道会给报社带来多大的冲击。由于从背景来看可以推测出是在迎宾馆里面，一定会引起大轰动吧。

虽然没有什么目的，但就这样空想一下也让她感到很愉悦。

物品实际上就在仓田重三郎的眼前，她身体紧张得有点颤抖，稍微把那张照片给他看一眼的话，他到底会露出什么样的表情呢。

不，这太荒谬了。这是不备之时能发挥作用的武器，不能给仓田或者别的人看。

“我最近可能要出国了。”

在拨弄装牛排的盘子的时候听到仓田这么说，可南子回过神来。

“是去美国出差吗？”

她想都没想就这么问道。

“是我自己的私事。虽然这次时间比较短，打算不久后半长住。”

“半长住吗？”

“嗯，在荷兰。”

“荷兰？”

可南子脱口而出。

她用愕然的目光盯着仓田，仓田手肘枕着桌子倾身向前，这次他低声说道：

“我呢，一直以来都是国会议员的秘书，地位得不到提升。我想干脆转换一下人生。”

“这样啊。”

“我已经快要四十岁了。转换人生的话，我想就是现在了。”

“但我还是不太明白，议员的秘书将来不是要继承议员的事业的吗？”

“这是不行的。”

仓田摇了摇头。

“那已经是以前的惯例了。现在是儿子成为优先继承者。他母亲从现在开始就在辅助他。武藤平吉，也就是被称为窝囊废的那个男人，也敌不过妻子的强势，连矶部派的政治家也是……”

仓田自嘲地笑了笑。

可南子听了这番话，重新想起武藤平吉在矶部首相身边，是同派的巨头之一。虽然常常看报纸，但历来不怎么感兴趣。

这时，可南子脑中闪现了一个想法，是至今为止从未考虑过的大疑惑。

“在荷兰半定居，是怎么回事？”

可南子为了拂去脑中的困惑，问道。

“在那边开始经商。”

“开了公司吗？”

“开了一家中式饭店。”

可南子缄默不语。仓田的声音也是毫不迟疑。

“怎么，很吃惊吗？”

“这个嘛——”

仓田把酒一饮而尽，说道：

“我喜欢那种食品商业，辞去学徒般的政治家的秘书的工作，我想做那样的生意，而且不是在日本，而是在国外。”

“但为什么你决定在荷兰呢？”

“荷兰的首都阿姆斯特丹和海牙都没有日式饭店，中式饭店倒是有，那是由华侨在经营。”

“那么开中式饭店不是不合理吗？”

“的确，但我不把店开在阿姆斯特丹或海牙，而是开在乌德勒支市。现在那里只有两三家小型的中式饭店。”

“看来你的前期调查做得很彻底呢。”

“是啊，因为我赌上了第二次人生啊。”

仓田微微笑了一下。

“即便只是开中式饭店，要是像你这样的人来帮我的话就再好不过了。”

可南子想，这就来了。脑中再次闪现着疑惑。

“你事先考虑过了吧。”

“肯定的。”他边笑着边移开了视线。

“那这次去荷兰，是去做开店的准备吗？”

“这个嘛……正式开业的话，打算定在两个月之后。”

“祝你成功。”

“谢谢。”

可南子将酒杯举到与眼睛齐平的高度，仓田向她致谢。

他放下酒杯，环视四周后小声地说：

“但是呢，可南子女士，你是不是在迎宾馆主套房的化妆室里掉了什么东西呢？”

仓田俯身凑到可南子的脸旁边，小声而又若无其事地问道。

“没啊，没掉什么啊。”

她愣了一下，摇了摇头。

“这样啊。”

仓田仿佛想要窥穿手中的杯子的底部般垂下了眼睛，“真的什么都没掉吗？”

“但我想，在那样的地方遗落自己的东西，就算是小物件也是不好的，所以我很小心。出来的时候，我四处检查过了。”

“这样啊。”

仓田抬眼望着天花板做思考状。他觉得这样子能用眼角的余光看到可南子的脸，由此看清她的回答是真是假。

“为什么要那么问呢？”

可南子这边好像有点放心不下，于是说道，反过来观察对方是怎么应答的。

“奥洛特拜托我帮他这么问的。”

“奥洛特是？”

“他嘛……”

她想，仓田还跟“澳大利亚的商人奥洛特”通着气。当然，从仓田口中还没说破杰弗逊的名字，这样的话，决定暂时保持沉默。

“奥洛特先生说想要问我些什么？”

“10日早上，女佣进套房打扫卫生的时候，看到化妆室里放着奇怪的东西，并且交给了奥洛特。”

“奇怪的东西？”她疑惑地反问道。

“是装胶片的空盒子，被放在了化妆台下面的废纸篓里面。废纸篓里除了那个没有别的东西。因此，女佣为了慎重起见把它交给了奥洛特。”

果然如此，可南子心里这样想着，没有在脸上表露出来。

“装胶片的空盒子，为什么觉得奇怪呢？”

“奥洛特说，巴顿总统没有带相机，随行人员中也没有带相机进总统房间的人。因为胶片的外盒看起来很新，所以觉得有人曾在化妆室给相机装刚买的胶片。”

仓田手中拿着酒杯，一边注视着墙饰一边说。但他凝视的不是收挂在墙上的柯普特织品，而是眼角的余光映出的可南子的表情。

“我用了梳妆台，但没注意到废纸篓里面。”

她间接地否定不是自己干的。

“那个胶片呢，有着IOS 400的高感光度，在微暗的环境下也能拍摄呢。不需要闪光灯，经常用于拍摄夜间的速写镜头。”

周围的客人都继续吃着饭，平静地交谈着，服务生们都放轻脚步走动着。

“或许是进入迎宾馆的另一位服务人员，觉得总统住的专用房间很稀罕，偷偷拍下来留个纪念。”

“……”

“那时进到迎宾馆负责打扫的是哪个旅店的人？”

“R旅店。”

“那问一下R旅店的服务人员或者负责人，不就可以早点知道真相了嘛。”

“嗯，确实呢。”

可南子都说到这个份上了，其实拍照的就是你吧，这样的话仓田已经说不出口了，很明显他想那么说。让他百爪挠心的是可南子明明轻而易举就能明白，但说出来的话，就会变得好像把她当成犯人来看待一样。

仓田想到和她以后还会有交集，就把话咽了回去。

对可南子来说这显而易见。她好像也受仓田的影响看着壁饰，在基督教时代初期的埃及，柯普特人用茶褐色和蓝色的毛线在麻布上将人物织成几何图样。

“但是，奥洛特先生为什么那么疑虑胶片的事情？”

“这个嘛……”

仓田含糊道。

会谈是最高国家机密。这是一个不仅仅是记者，就连很多随行人员都被蒙在鼓里的未被公开的会谈。仓田自然也不知情，但那个“作为证据的照片”现在就在他眼前，被收在手提包里。即便特意复印了一份模糊失焦的复印件，若有人看到了这张不清楚的照片，也能认出总统和矶部首相的脸。

如果说着“看吧，事情就是这样”，然后从手提包中拿出照片给仓田看的话，他一定会惊讶得跳脚吧，看到他惊愕的脸会有种快感。对方想要的理应保密的照片就毫不掩饰地放在他前面的手提包里，得益于藏物品场所的平凡。这是一个盲点，没有人会注意到那个手提包。

可南子不得不抑制住自己想要把照片拿出去显摆让对方吃惊的冲动。

但是，她也意识到，带着装了这么重要的照片的手提包四处走动是很危险的。手提包这样的东西，走在路上可能会遇到抢劫，不管再怎么注意，也可能一时大意忘在出租车上。这张照片要是被拿到手提包的人看到就完蛋了。这么一来这张模糊照片也是不安全的，必须尽快处理。

“你在想什么呢？”

仓田看向她问道。

可南子仿佛大梦初醒一般，必须要说点什么，脑中顿时浮现出一个问题，提问是为了先发制人，不让对方察觉自己的忧虑。

“仓田先生，杰弗逊先生是谁啊？”

仓田放下酒杯。

“你认识吗？”

“当然了，因为总统也是这么叫的啊。”

仓田露出一副无可奈何的表情。

“我也不是很清楚呐。”

“哎呀，你装糊涂。”

“是别人给我介绍的。”

“武藤先生？”

如果“怪物”武藤平吉和准备矶部同巴顿这个极为机密的会谈有联系，那就更别想在拂晓会谈这件事上说破杰弗逊的真面目了。

更何况是在仓田辞去了他的秘书工作这样不稳定的时候，就不要多嘴曝光那个秘密了。

仓田停止了迎宾馆的胶片这个话题，他多半是要把这个结果报告给杰弗逊。

“谢谢。”

解决完最后端上来的果盘和咖啡，仓田将餐巾叠了叠放在了桌上。

这时，可南子脑海中突然浮现出一件事情——仓田辞去武藤平吉的秘书工作，去荷兰开中式饭店。脑中浮现的是那话中潜藏的模糊的深意。难道，这件事也和武藤平吉那个窝囊废有什么关系吗？

“仓田先生，你之前说想要我到你在乌得勒支开的中式饭店帮忙吧。”

“是的，是的。”

“是说真的吗？”

“当然是，这是我提出来的。”

仓田用餐巾的边角擦了一下嘴。

“我是真心的呢，要是有你这样的人来帮我的话就是帮了大忙了。”

也不知道有几分是真，几分是假。

“这样的话可能就要受你的照顾了呢，到时候就拜托你了。”

可南子这边也不像是开玩笑地说道。总之，话就先这样接吧。

“我才是要拜托你呢。”

仓田一边笑着一边点着头。

“我吃得很好，承蒙款待。”

仓田客套完就先离席了。

到了楼下，仓田用信用卡结了账。

这时可南子通过出口处开着的门看向外面。

位于增上寺前面的这片地区，因为树木繁茂显得昏暗。她定定地注视着那片黑暗。她凝视着黑暗深处，仿佛看出了武藤平吉的秘书要在荷兰开一家中式饭店的幕后的事情。

仓田在收款处叫的车来了。

司机打开车门。

车内的灯映衬着饭店门口的灯，映照着可南子的脸。

“我在赤坂有事要处理，中途放我下来就可以。”

后一步上车的仓田对可南子说道。

他们两人应该都没注意到，从出饭店到上车这段时间，树荫的暗处有两个男子一直窥视着可南子的脸。

其中一个人是青山三丁目的照相馆的老板，另外一个人是大久保的堀井照相馆的年轻店员。

但此外，在后面还有三个男人。在车子离开后，青山的照相馆老板和大久保的年轻店员交谈了起来。

“怎么样？”

面对露出尖锐目光的三个男人的小声质询，他们几乎同时答道：

“是刚刚坐车离开的女士没错，拜托我们冲洗打印照片的就是那位女士。”

可南子和仓田在芝之K餐厅共进晚餐两天后的傍晚。

外出归来回到公寓住所的可南子把钥匙插到门里，转动门把手，就在这时，她有种有人潜入了房间里的预感。

昨天也是这样，但房间里并没有什么异样。所有的东西都和出门前摆放的一样，就像被胶水粘着般固定。

现在转动门把手的她站着一动不动。虽然是缓缓地转动钥匙，她很疑惑怎么没有阻力。长期使用的物品会有其惯有的微妙的触感。这扇门的锁孔有点错乱，不转两三下的话就没法把钥匙拔下来，好像有点卡住的感觉。

但现在，钥匙转一圈，没有阻力，很轻松就开了。

这让可南子忐忑不安，虽然手搭在门把手上，却还是在犹豫要不要往右扭。一个人进去的很不安，她希望隔壁的邻居过来帮自己。

转动门把手后，门开了。里面看起来没什么异样。走到起居室的厨房，餐桌上还是像出门前一样整齐，花瓶里插着的菊花也没有掉，下面铺着的绒缎也没有被折起来，厨房的架子上摆放的器物都还是整整齐齐的。

但总觉得哪里很奇怪，可南子感觉出门的这段时间，好像里面的空气都不一样了，急忙走进起居室，这次看到隔扇打得很开。

映入眼帘的景象，令可南子倒吸一口凉气，惊愕得她身体都僵住了。

衣柜的抽屉都被打开了，被拿出的衣物散落在榻榻米上。衣柜上面的架子也那样任由它开着，里面零零碎碎的东西都被翻出来了，掉在衣物的上面。原本衣柜上面放着的盒子的盖子全部被打开，被丢在了地上，折叠得整整齐齐的和服衣料也四处散落。

墙边的书架空空如也。书全部被清了出来，四处散乱堆积，好像回收废品的旧货商店一样，地上全被丢出来的东西堆满了。

可南子打开旁边的卧室。双人床上堆满了从西式衣柜扒出来的西服和外套。西装，半身裙，连衣裙等都被杂乱地堆起来。抽屉也被拉开，贴身衣物都被丢了出来，长筒袜全都横七竖八缠到一起。不仅仅是床上，下面的地毯也难逃此劫。这是三年前岛村忠南买来的据说是波斯绒毯的华丽的地毯，但纹样已经隐去看不到了。

可南子回到了隔壁的和室，慢慢冷静了下来。她把手搭在衣柜下方的门扇上。锁被破坏了所以毫不费力地打开了。有两个抽屉，上面一个放的是银行的存折和一些证券类的物品。下面放着宝石盒子。由于门扇的锁被破坏了，她想里面的东西应该被拿走了。但是，存折和证券以及双层项链、半克拉的钻石、翡翠、猫眼石、蛋白石、红宝石等这些戒指都原封不动地留在那里。岛村送的净是些小石头，不值什么钱。而且，信封里装着的75万日元的现金也安然无恙，其中的50万是在迎宾馆的时候巴顿给的。

她又回到了卧室。这儿没有放什么贵重物品。走到里面，脚都没地方放，全是散乱的物品，她忽然往上看，天花板一角的板棚被剥落，露出一个黑洞。

她打算去浴室和卫生间看一下。想着小偷应该离开了，就不害怕了。

往卫生间里一看，她“哇”的叫了出来。原本西式便器的盖子上面盖着蓝色的布，但那块绒布完全被扯了下来，被丢到瓷砖地板上，露出了白色的陶制盖子。小偷一定觉得覆盖物和盖子间夹藏着贵重物品吧。

从窗户进入也好，从天花板那边潜入也好，很明显小偷是看准了主人不在家动的手。

潜入者好像是在找什么。可南子颓然地坐在厨房的椅子上，手撑在桌子上托着腮。过了10分钟，她拿起旁边的电话拨号。

话筒中传来信号音，没有仓田的声音。仓田不在他住的公寓里。肯定是出去办事了。

为什么打电话的手指会不自觉地拨仓田的号码呢，是取代岛村开始依赖他了吗？

不，不是这样的。关于家里被翻乱这件事情，能当面谈的除了仓田外就没有别人了。

她放下了话筒，拨打110。

当地警署搜查队终于驱车来了5个人，这五个人都戴着黑色的运动帽，穿着好像工作服的黑色衣服。

他们进到房子里，“呀，被翻得真的很乱呢”。5个刑警不约而同地惊叹道。

“真是专业啊。衣柜的抽屉从下到上依次打开了。衣柜上面的东西也像是被清扫出来全掉在了一边。”

其中一人转头看向可南子。

“女士，被偷走的是什么东西？”

“这么杂乱，暂时还不知道，好像没有被偷走什么。”

可能是鉴别科的吧，有一个拿出了相机，另一个人在扩散装满验指纹用的白粉的道具，一边看着情况一边问可南子。

“现金和存折之类的东西呢？”

“那些东西全都安然无恙。而且，虽然不是什么值钱的东西，戒指什么的也安然无恙。”

“真是费解啊。”

5 人中较年长的那个说道。虽然没有看到名片但大概是主任吧。

“现金、存折以及贵重金属都没有被偷走。如果衣服也没被拿走的话，那他闯入的目的是什么呢。”

他环视现场，抱着胳膊小声自语道。

“我也没有什么眉目，请看看那个。”

他指着天花板上被剥落的板棚。

年轻的刑警拿着手电筒骑到同事的肩膀上，抓住洞口的边缘，往天花板的上面爬。

可南子觉得闯入者不止一个人。这种弄乱方式是短时间内的行动。同伙应该有四五个人。书架上被抽出来的书，带盒子的物品全部被从盒子里翻出来，纸也散乱地被翻出来了。没有一本书是合着的，侵入者抽出书壳，检查里面有没有放什么东西，书页也一页一页被翻过了，为了看看里面有没有夹着东西。

将叠着的衣物展开抖动，所有西服的口袋都被掏了一遍，其他东西也细致到每个角落都被检查过了，不可能是一两个人做的。

能听见从上面传来的在天花板里面匍匐着移动的刑警的声音。不过还是没有说卫生间里面的情况。

刑警开始对现场进行拍摄，到处变换着位置，从各个角度拍摄。闪光灯的闪光持续不断，把周围都映得发白。

可南子已经察觉到了，假装入室行窃的侵入者想要的是那张照片。于是，她脑海中自然而然地浮现出外出这段时间闯入的人的真面目。来自日本有权势的家族的探子。就像美国有 CIA 一样，曾听说过有公安调查厅和内阁调查室之类的地方。以前在银色俱乐部听旁边来喝酒的客人们说过，承包那类工作的组织数不胜数。

但是，无论他们怎么看准自己不在家，怎么在家里四处搜寻，最终还是没找到胶片和复印件。目前还没有人发现胶片取代了骨灰，被放在了灵堂的骨灰坛里。

模糊的照片复印件只留下了一张，其他的都烧掉了。因为在芝之K 餐厅感觉到危险才那么做的。留着一张照片，以防不备之需，缝在了经常穿的西服的里衬之间。换西服的时候就放在那里面，穿和服的时候就放下摆里衬里，一直贴身带着，绝不离身。

鉴别科的人员把所有地方都撒上了铝粉，努力地想检测出犯人的指纹，墙壁、柱子、衣柜、抽屉、书架、窗户边框、桌子、椅子、地板，卧室的床沿都撒了。

“请在这里按一下你的指纹。”

她把手指沾上油墨按在纸上。

“你的家人呢？”

“我就一个人。”

“你的丈夫呢？”

“我没有丈夫。”

“抱歉，那亲近的朋友呢？就是经常来这里的人。”

“也没有。”

可南子知道刑警为什么这么问。双人床的存在没法隐藏。也许，他们是做好了身份调查有备而来的，应该不会有岛村忠男的指纹。因为很长时间没来了，床沿上的指纹也变淡消失了吧。

刑警从天花板里的洞下来了。黑色的工作服沾满了灰尘变得发白。

“什么都没有！呀，很倒霉啊。”

刑警跟主任抱怨后问可南子洗手间在哪里，就去洗手间了。能听见放水的声音。坐便器盖子的遮盖物为了不被发现事先藏起来了。

鉴别科还在撒铝粉，一页一页地翻着书页，散乱的物品也一样一样用戴着手套的手拿起来翻看。

那份执着，搞得好像是警察把她家翻成这样似的。

6

下午5∶00左右，可南子与仓田重三郎又在银座林荫路一角的一家名叫榆的咖啡店会面了。

这家咖啡店靠近街道的两面都是光玻璃式的设计，从外面透过跟水族馆的水槽似的玻璃可以看到里面。在这里大多是一些俱乐部或酒吧老板与女招待相对而坐，喝茶讨论选拔的话题。

上午可南子给仓田打电话约好下午4∶30在这里会面。他不住在会馆时，给永田市议员会馆内的武藤平吉议员事务所打电话的话，一般可以联系到他。虽然仓田说要辞去武藤议员的秘书一职，但是一给事务所的女事务员打电话，不久就会接到他打来的电话。他似乎仍与武藤事务所有着紧密的联系。

可南子赶紧讲了昨天“空巢遇袭”的事情。仓田似乎很吃惊地扬起眉毛听着。

“但是，盗贼很奇怪，并非一个人而是跟同伙一起潜入，将整个屋子洗劫一番却什么都没有盗走。前来调查的刑警先生说从手法来看很专业，盗贼到底想要什么呢？”

仓田吐了一口烟，烟雾在脸前飘散开来。

“唉……”

可南子面带愁容。

“偷一个戒指的话也行，仅是洗劫一番却什么都没有偷，反而觉得更可怕。”

“是呀。”

仓田似乎眼睛被烟熏到了，满面愁容。

“可能盗贼四处搜寻，但是没有找到要偷的东西，只好就那样走了。”

可南子想试探一下仓田的反应，但是从他目瞪口呆的神情来看什么都无从得知。

之前在芝之K用餐时，仓田提起迎宾馆里巴顿的总统套房中遗留的胶卷空壳，可能是杰弗逊命令搜查的。

不知道仓田有没有猜到，盗贼趁她不在潜入家的目的在于拿到那卷胶卷，昨天提起小偷的时候没能套出他的话。

这时他突然说：

“这样最好不过了呀！”

“欸？”

“因为如果那些盗贼在家中正搜的时候你回来了，还不知道会发生怎样的事情呢。”

“……”

“哎，报纸上经常有这样的报道不是吗？盗贼正在家里搜东西的时候碰巧主人回来遇到了，当窃贼发现只是一个女人的时候，索性一不做二不休，干脆变为明火强盗把她给杀了。比起事态变为最坏的情况，你现在没事已经再好不过了。”

“哎呀！别说那种可怕的事情了！”

可南子打了一个寒战，看来不是没有感觉到事情的可怕。可以说正如仓田所说逃过了一劫。

“这样想来或许是值得干杯的。”

“是哦。”

可南子点点头，心情微妙。有必要考虑为了搜寻某个目的物进来了不止一个人。刑警推测潜入家里的应该有三个人。

跟寻常的入室抢劫不一样，他们似乎竭力避免与归来的主人碰面。

恐怕这些侵入者不仅暗中确认了主人已外出，就连外出的时间都估摸好了。也就是说可以认为该组织中有人尾随于后监视着主人所在地，并通过电话联络在家中搜查的同伙。

可南子的目光不知凝视着何处。

如此彻底的搜家之后他们知道并没有所要找的胶卷，但是想来即使如此也不会罢手的。也许接到上头的命令会再一次搜查。

对方确实避免碰面。虽然被尾随令人发指，但比起被杀也算幸运。另外，除了有同伙，就连做出这种恶劣行径的原因都尽可能地避免被警察追究。他们的目的是夺物，而非杀人。如此看来，没有性命之忧。

这样一想，可南子安心了些。

“呐，可千万要注意啊。”

仓田注视着可南子的脸笑着说：“希望我从荷兰回来时，能看到你安然无恙。”不知他是否发自内心。

“什么时候出发？”

“后天傍晚从成田出发。”

“这么急吗？”

“……怎么样？方便的话，不来帮忙吗？”

仓田眼角带笑看着她说。

“让我想想，这边还有一些乱七八糟的重要事情……”

重要的事情当然主要是指巴顿的回复。当然华盛顿的格雷斯·帕尔默小姐的来信还没有到，可能还需要一周。

这种事仓田自然不知道，以为所谓“乱七八糟的事情”是自己所了解的：

“怎么？是跟岛村先生的事吗？”

“从之前就一直无休止地说要分手。”

“怎么样？快要解决了吗？”

“分手的条件还没有决定呢，从那家酒吧辞职了，我不想再跟岛村见面，想找个中间人。”

“有合适的人吗？”

“也不是没有头绪。”

“我在东京的话，还能给你介绍一个我认识的优秀的律师。遗憾的是，过去那边的话，暂时回不来。”

“大概去多久呢？”

“两个月左右，等到大体有了眉目再回国。不管怎么说毕竟是在外国开始新的事业啊。所谓自谋出路去做不熟悉的商业啊。”

自谋出路？真是如此吗？就连开店的资金方面武藤平吉也是有所援助的。仓田和荷兰的中华料理店，无论怎么都感觉不搭调。内心深处总有一种迷雾缭绕的感觉。

“对了，可南子，我现在突然有一个想法，你要不要投资我荷兰的中式饭店？”

“欸？投资？”

“只是突然想到。”

仓田的目光跟刚才稍有不同。

“与其说给我时间考虑，不如直接说我没有那么多钱。”

“不能向岛村先生要吗？”

“岛村不会出钱的，我了解他的性格。”

“如果找一个中间人要呢？”

“说起来投资的话需要一大笔钱吧？”

“嗯……差不多六七千万日元吧。”

“相当不错的建议，但是我怎么也拿不出这么大笔钱。不论如何努力，岛村都不会给的。”

“那样啊？”

仓田看着钟表似乎思考着什么。

“那等我在乌特勒支的好消息。”

仓田笑着站了起来。

“不用担心我，保重。”

可南子抬头看着仓田白皙圆润的脸庞。

“谢谢。你也是，最好不要想太多。我这个夏天就回来了。”

最好不要想太多钻牛角尖，这样说似乎有什么意味。

“在那之前，就要暂时分别了呢。”

可南子笑着送他。

“握个手吧。”

突然用力握了一下他的手。

“那我先走一步了。”

“那再见。”

仓田盯着可南子看了一瞬，他拖着那微微发福的身躯走向门口，身影渐渐模糊消失不见。

岛村会给我2000万日元吧，他不会给比这更多的了。

找中间人，客人中的律师都是跟岛村熟识的人，总觉得会偏向岛村一方，但是现在也想不到其他合适的人，也完全不想跟不认识的律师商量。

虽然不觉得仓田重三郎是坏人，但是总会将他与对武藤平吉的印象重合，怎么也不想付钱。

“妈妈桑！”

传来一名女子的声音。

“哎呀，久美子。”

穿红色套装的是银色俱乐部的一位女子。

“在路上看到您了，这家店镶着玻璃，店里灯光亮，从昏暗的外面全能看见。”

久美子低声说。

“我坐在这儿可以吗？”

将头伸向可南子脸侧。

“可以呀，请坐。”

久美子坐在了之前仓田坐过的位置上。二十五六岁，化了妆的脸看上去挺年轻的。在银色俱乐部的客人中颇受欢迎，可南子也很喜爱她。

久美子点了一杯咖啡。可南子看着钟表。

“差不多该走啦。”

已经6:00了。

“妈妈桑，我想辞去银色俱乐部的工作。”

“欸？为什么？”

那天晚上以来可南子就没有离开过店。

“因为……”久美子撒娇道。

“虽说确实是隐瞒了您，但实际上之前就说过要去别的店，只不过现在才定下来。”

久美子若无其事地说道，确实她不论去哪家店都会受欢迎的。

“那，是哪家店呢？”

“妈妈桑应该也知道吧？巴比伦俱乐部。”

“哎呀，是巴比伦呀，不是很好吧？据说比银色俱乐部的客人还要成分复杂呀。”

“我也这样认为，所以才决定去那边。”

久美子毫不在意地说道。

“听说巴比伦的客人大多是金融界人士。”

“是啊，能见到许多一流企业的干部。与银色俱乐部不同，气氛和节奏都会比较紧张。”

“欸？你已经在那里工作了吗？”

“嗯，3天前。”

久美子一点也没有发怵地回答道。

“为了能获得客人的认可，我也不得不学习，妈妈桑让我读那些看上去很高大上的报纸。”

久美子从手提包里拿出一张折叠着的《东邦经济新闻》的晚报。

“不仅是行市里的一些数据，还包括各企业的动向，通商产业经济部的政策方针等，净是些晦涩难懂的报道，说必须要看这些来学习。”

“是巴比伦的妈妈桑说的吗？”

“妈妈桑也这样说了……”

久美子稍微眯缝着眼睛。

看到她的表情，可南子脑海中浮现出一个想法。《东邦经济新闻》的记者小幡浩三是她的恋人，通过读《东邦经济新闻》来学习经济方面的知识应该是他说的。

“是啊，对你来说确实够呛啊。”

可南子有点败兴地说道。

敏感的久美子从可南子的神情中察觉到了，眼神献媚，用担心的口吻问：

“妈妈桑今后打算怎么办呢？”

“还没有考虑过呢，也没有什么好的事情能做。”

可南子仅说了这些，最近与岛村的关系连久美子都明白，也没有说出来的必要。

久美子也察觉到了，快速瞥了一眼可南子，站起身来。

“妈妈桑还要待在这里吗？”

“嗯嗯，再稍坐一会儿。”

在这里也没什么事了，但是不想跟久美子一起出去。

“那把这份报纸放这我走啦。”

久美子似乎误以为可南子等在这里是有约。

可南子无意中扫到久美子留下的报纸上，一页大大的活字印刷体吸引了她的目光。

美国大总统巴顿访问NATO（北大西洋条约组织）总部，25日与英、法、西德进行首脑会谈，必然导致华沙条约组织国家的排斥。

巴顿要去欧洲吗？一瞬间，她觉得四周都模糊了。

华盛顿14日公开新闻：根据美国国务院14日发布的消息，巴顿大总统将访问布鲁塞尔NATO总部，与北约欧盟军最高司令官罗纳尔多·哈密尔顿大将军进行会谈，这之后26日参加在伦敦召开的英、法、西德四极首脑会谈。

巴顿大总统24日早上坐总统专机从华盛顿出发，当天傍晚就到布鲁塞尔了。

巴顿大总统与哈密尔顿北约欧盟军最高司令官的会谈，可以说是致力于对抗华约的欧洲战区SS20，在本年末决定美国战区核区域以及提前巡航导弹的配置时间，而且在既定的配备下进一步增加配置。这必然会导致华约国家的反对及戒备。与北约欧盟军最高司令官的会见之后接着召开的四国首脑会谈中，西德首相主张在美苏战区核交涉问题上美方应该积极地推进，由此看来，一面是扩军，一面是对话，数年来NATO这样的矛盾在这次将做出如何的调整令人瞩目。

巴顿将去比利时的布鲁塞尔……

可南子的心突然剧烈跳动起来，25日要是赶得及的话，自己也要跟去布鲁塞尔看看。

华盛顿的格雷斯小姐还没有来信。

就算自己的信已经被送到了华盛顿巴顿事务所，也不见得巴顿会马上看。在白宫的他每天都忙忙碌碌的，身为秘书的帕尔默估计也忙得团团转，很难找到机会把写着亲启的来自东京的日本女子的来信递交给他。

而且，即使巴顿收到了信，也是不能口述给秘书来打字回复的，他应该会自己偷偷手写回复。

另外，他的行程安排紧密，就连邀约都不得不从排得满满的日程表中找空闲时间。想必不能只是简单地说“这天去吧”，“这样决定吧”。而且，在华盛顿选择绝密的值得信赖的引导人，选定不为人所知的酒店、会面手段和联络方式等这样细微的事都不能有疏忽，必须得万无一失。即使是在华盛顿，大总统的一举一动也都被数十万的官员跟市民注视着。即使计算出从华盛顿到东京的回信时间也于事无补。

相比之下，如果自己直接去布鲁塞尔，与回信相关的麻烦事就都可以省略了。不论巴顿周围守卫如何森严，他住宿的地方都是那里的酒店，她可以给酒店打电话连线大总统的随从室。

对了，亚瑟·杰弗逊这次也会随同吧？大总统与日本首相会谈时亚瑟·杰弗逊随同出访。如果万一他没有随行，报他的名字的话，想必随从室的头儿也不会认为自己是形迹可疑的女子，就会直接将电话转给总统的专用房间吧。

巴顿，是我哦，可南子。

呀！是你吗？

我为了见你，特地从日本赶来这里。

可南子，你现在在哪里？

可南子心中臆想着与巴顿的对话。

这样更好不是吗？就不必苦苦等待华盛顿的来信了。困扰自己的诸多烦恼，随着时间的流转渐渐消逝。“美国总统巴顿访问NATO总部”的彩色大字横幅标语映入眼帘。

以前去香港旅行时就取得了护照，可南子做好了海外旅行的准备。一想到这些，她感觉身体似乎轻盈起来了。

心想拿着这份报纸回去吧——这时报纸下方印刷的《保守党议员团赴欧洲视察》的小标题映入眼帘，只是段小字记事：

保守党众议院议员向井喜代二郎氏作为欧洲各国视察团的团长，带领10名成员于22日晚在成田机场出发，对意大利、法国、比利时、瑞士、澳大利亚、西德各国的工农业设施进行视察，与各国重要领导人进行恳谈，预定5月1日回国。视察团成员如下：

向井喜代二郎（团长）、武藤平吉（副团长）、小柳明男、富田幸郎、市岛一史、横井竹夫、森田弘一、胜岛武、小池博雄、阪本哲也。

哎呀！武藤先生也要去欧洲吗？

“副团长武藤平吉”的名字在挤得满满的印刷体中看上去就像放大的黑体加粗的哥特体字。

可南子不由得想起之前仓田重三郎说后天出发去荷兰的话。

仓田为了开店做准备去荷兰的时期，正好与武藤平吉跟议员视察团赴欧洲视察的时间一致。仓田提前一周出发，议员团预定五月一日回国的话，仓田与武藤不是可以在那边会面吗？

一看报纸，议员团视察的国家不包括荷兰，然而法国、瑞士、澳大利亚、西德都是荷兰的邻国，只有一班飞往伦敦的客机。仓田从阿姆斯特丹不论去这其中的哪个国家都可以同武藤会面。

仓田总说要辞去秘书一职，但是与武藤之间的关系是否会完全切断可南子怎么也搞不明白。虽然不懂政界的事情，但是绝不认为政治家同有才干的秘书之间能这样轻易地断绝关系。辞职了的秘书与什么都不相干，政治家使用起来或许更方便，原来的秘书同有权力的议员保持联络利用此事来获取利益不是吗？但是，现在那种事情怎样都好，必须花心思着手去布鲁塞尔见巴顿的事情。

巴顿总统肯定会为我想办法，设身处地地和我商量，因为在迎宾馆我们就有过这样的约定。

无法怀疑巴顿热情诚恳的话语和神情，因无法忘却12年前的邂逅而再次求爱，拥有如此激情的人。

久美子走后10分钟左右，可南子站起身来。玻璃映照着夜色中的林荫路，自动门一打开就是实景，她走入了夜景中。

街上的车辆川流不息，但多是私家轿车，基本没有出租车。即使有也都载着客人，与其在这里等还不如尽早走去大道呢。

可南子快步走在人行道上，都超过了慢吞吞行驶的车辆，两侧店铺的灯光投射在一辆辆驶过的车上，可以看到车中光景。

无意中，可南子的目光停留在一辆出租车上，一瞬间，她停住了脚步。与久美子并肩而坐的微微发福，脸庞圆润，额头上垂下五六缕卷发的那名男子就是《东邦经济新闻》的记者小幡浩三。

小幡偶尔会来银色俱乐部，但是作为店铺的妈妈桑可南子并不是很熟悉。看久美子跟小幡似乎是恋人的关系，从迎宾馆波斯套间回来的途中，他们走在绒缎的路上，和巴顿总统并行的矶部首相身后，跟随着一个像在鞠躬的日本男人。不如将照片拿给小幡看，她渴望知道这个人的名字。报社记者肯定认识首相秘书官。

那张照片的底片放在寺庙中的骨灰盒里，一张复印件就缝在她现在穿的这件西服里。

那张照片是在哪里拍的自然不能说，只留下秘书官的脸，把他周围的人都剪掉，那样的话脸会很小，看着好蠢，但是小幡应该会认为是在哪里抓拍的就不会在意了。

即使知道首相秘书官的名字，眼前也没有什么用，重要的是他参加了日美"首脑会议"，并担任了首相的翻译。

巴顿一方的翻译是杰弗逊，还有一个胖点的不清楚是谁，那人叫什么呢？

出租车似乎要在大道拐角处狭窄的十字路口停下来。风挡玻璃前亮起了红色的空车标示灯，可南子挥了挥手。

缓缓行驶的出租车停了下来，打开了车门。她刚走下人行道一步打算钻进车里时，听到车的前面传来沉闷的声响。从侧面驶过的一辆自行车撞了过来，骑车的年轻人被弹起同自行车倒了下去。

穿红色运动衬衫的年轻人从地上爬起来，拖着自行车猛烈地敲驾驶位窗户。中年司机下了车，年轻人用一只手揪着驾驶员的衣领，胖墩墩的司机将年轻人撞出好远，他首先查看了车子前面的挡板有没有刮痕。

年轻人跟司机开始激烈争论起来，周围立刻聚了很多人围观。

可南子离开出租车，拨开起哄看热闹的人墙朝人行道走去。这时她的身体被重击了一下，就要朝后倒去。银座的灯光在眼前摇曳着，好不容易站稳了脚步。

突然，一名穿蓝色衬衫的人从背后跑了过去，感觉手腕好痛的时候才意识到手提包不见了。

喉咙像被卡住了一样一时无法发声。那年轻人已经混入人群中藏了起来。

可南子一瞬似乎认了出来，她毫不犹豫地跑起来，随之内心充满了熊熊怒火。

“小偷！”

很小的声音，路人都是一副漠不关心的样子。

“小偷！”

听到她叫喊的人们，在听到她的声音之前，就看到她拨开人群追出去的身影。

“怎么了？”

“有小偷，包被抢了。”

“朝哪里跑了？”

“那边。”

路人再次向她确认，眼里充满了绝望。

“是什么样的人？”

路人回头问，一副追赶小偷的样子。

“一名穿着蓝色衬衫的年轻男子。”

“啊！这样说来，就是刚才跑过去的那家伙。”

“试着追追看！”

“小姐，跟着一起吧。”

可南子没有动，摁了一下衣服前面，有坚硬的触感，照片还在里面。

派出所，行人向警官说明情况。

可南子坐在坚硬的椅子上，隔着桌子与警官相对而坐。

“住所和姓名？”

可南子快速回答了问题，警官在调查书上记录了下来。

“手提包中有哪些东西？”

“大概是钱包跟化妆品之类的。”

“钱包里有多少钱？”

“记得不太清楚，有6张面额10000日元的是可以确定的，然后面额1000的有3张或4张吧。”

“六万三四千日元，手提包的价格呢？”

“两年前买的时候价格是70万日元，有金色的别扣。”

这是岛村买来送给她的，虽说用得发旧，但上面还可以看到细密的鳄鱼斑纹。

“抢劫你的男子感觉眼熟吗？”

“不认得。”

“被抢劫时的场景？”

“打算乘坐出租车时一辆自行车冷不防地撞向了车前方，出租车司机同骑自行车的年轻人开始吵起来了，然后就聚集了很多人……”

当自己说到年轻人时，可南子注意到，夺包逃走的也是年轻人。这个人穿蓝色衬衫，骑自行车的那人是红色衬衫，一对衬衫。

她想这两人是不是同伙呢？

对方并没有注意到这点，同之前一样想到的是拥有权力的CIA下属机关所瞄准的目标，如果是他们所推断的照片，那个机关会不遗余力地去搜寻。他们潜入无人的公寓搜寻之后没有发现目标物，因此断定她会放在外出时随身携带的手提包里吗？

“你，有没有被那名男子尾随跟踪过？”

警官问道。

“啊？不太清楚。”

这样的话，只能认为被跟踪过，从什么时候开始呢？

应该是在那家咖啡店跟仓田在一起的时候吧。仓田回去之后，久美子也来到了那里。从外面透过跟水族馆的水槽似的玻璃可以看到里面的一举一动。因此，每天持续被跟踪着。

合谋的年轻人，一个骑自行车，一个步行。不论怎么想似乎都做了充分的准备，或许可能是他们共同的目标。

“银座有许多这样的坏家伙一定要注意啊，把被盗的东西写在受害申报表上。”

倒霉透了。怎么办才好呢？最重要的，对方想要的东西还安然无恙地放在衣服中。

巡查看了一眼受害申报表，说：“真是可怜，盖个章吧。”

“哎呀！忘记了！印章也在手提包里。印章倒是不值钱，可现在怎么办才好呢？”

“那摁个手指印吧。”

年轻的警官从桌子抽屉里取出印泥。

又是指纹吗？再次感觉到了公寓被盗案时两手指尖触到油墨时的不快感。

“有电车费吗？”

用一种“没有的话派出所垫付”这样亲切的口吻问道。

“谢谢，衣服兜里有装零钱的小钱包。”

"那太好了。"

"那，犯人能抓到吗？"

"我们会尽力的，但是这样看来够呛啊。"

可南子坐地铁从市谷站下了车。时间是9:20。

月台附近人声异常嘈杂，发生什么事情了吗？心想是有人卧轨自杀吗，看起来又不像，相当多的人朝西口方向的混凝土台阶上涌去。

走向楼梯的途中听到从上方传来警报声，不是从二楼或三楼传来的。

可南子知晓是发生火灾了，她变了脸色，挤进拥挤的人群试图从狭窄的楼梯上去，而双脚几乎动弹不得。

到了地面，首先看到的是天空红彤彤的一片。火焰映照在建筑物上形成巨大的如旋涡般的黑色投影。家家户户白炽灯的灯光看上去徒劳无用。消防车强烈的照明灯四处照射，接近火灾事故发生地速度才慢了下来。大家拥挤着朝坡道跑去，人声嘈杂，喧喧嚷嚷。

当发现是自己公寓的方位时可南子吃惊得浑身发抖，连跑都双脚发软，心跳得厉害。

越走近空中红色火焰形成的旋涡越大，道路上黑压压地挤满了人。

"火势渐渐退了，消防车来了。"

听到有人这样说，可南子随着人流跑着。坡道使她筋疲力尽。

可南子的直觉告诉她有人在公寓纵火。从第四个十字路口过来时，发生火灾的位置偏北，正是自己公寓所在的方向。消防车响着警报上了坡道，警官们拦挡着群众。火星在空中飞散，一股烧焦的味道。消防车在狭窄的坡道上排成一列，消防水管胡乱扔在地上。

来到三岔路口的酒馆，试图挤过去的可南子被警官推了回去。

“我家着火了，让我过去吧！”

可南子喊道。

“你家在哪儿？”

“若叶公寓，门牌号 ××。”

“若叶公寓？那里安然无恙。相距火灾现场100米呢，而且火势已经控制住了，不用担心会蔓延过去。你从这里过去会给消防人员添麻烦，赶紧回去！”

回到公寓是一小时之后。一进屋子可南子就瘫坐在椅子上。

神经极度过敏，一睁开眼睛就能看到透入窗户白色的光，可南子不知不觉疲倦地睡着了，再掀开窗帘，窗外已是白昼。

10:30，仓田重三郎应该还没有从武藤平吉事务所出来。

当女事务员说“请稍等一下”的时候，可南子真是开心极了，因为这代表着仓田在电话的另一侧。

“早啊。”

仓田接了电话，似乎在忙什么，低声说道。

“仓田先生，我昨晚在银座遭遇劫匪了。”

“啊？什么被抢了？”

声音听上去似乎并不吃惊。

“手提包。”

“真是不幸，对了，没有丢什么重要的东西吧？”

“里面有六万三四千日元。”

“仅是如此的话还好。”

“而且昨晚发生火灾了，离我公寓很近。”

“看了今早的报纸，你在那附近吗？”

“我想是从外面回来的途中，这个公寓失火了。”

“……”

“喂？听得到吗？”

听筒那边传来其他男子的声音。

“很忙吗？”

“距离出发还早呢。”

“什么时候出发？”

“今晚的飞机。”

“哎呀，今晚吗？”

“嗯，再见。”

电话被匆忙挂断了，可南子躺了下来。

7

自从仓田重三郎动身去荷兰，时间已经过去了五天。在银座遭遇抢包事件，又经历了附近发生火灾的骚乱，可南子总觉得周围还潜伏着即将发生的未可知事件，她不由得又开始不安起来。

仓田到底为什么要比预定行程提前一天出发呢？

可南子打电话到武藤平吉议员事务所，仓田接了电话，她说起这里发生的火灾一事，但仓田几乎没怎么听，就匆忙说了句："那就先这样。"他便慌慌张张地匆忙挂断了电话。

那个时候可南子听到了电话旁边另一个男人的声音。议员事务所自然人来人往，但当时的那个男人似乎是要和仓田说些什么。她觉得仓田之所以匆忙挂了电话，肯定与此事有关。

仓田说了"那就先这样"后，可南子想仓田会不会再打回电话呢，就在公寓一直等到深夜，但并无音讯，也没有从成田机场打来的电话。

据新闻报道，22 日，也就是明天，众议院议员团将从成田机场出发飞往欧洲视察，大约在欧洲逗留 9 天。副团长为武藤平吉，团长为向井喜代二郎，看上去团长是个顽固派，相对来说副团长比较随机应变。

或许，他们隐瞒了在荷兰发生的一些事情，在那里武藤平吉与仓田秘书大概是见过面了的。

如此，可南子越发想知道出席了迎宾馆里日美领导人会议的日本翻译的姓名和身份，知道那场极为机密的会议内容的人，要么就是翻译，要么就是武藤平吉这个矶部首相的心腹部下，这样一来，那个顶级机密与武藤议员的渡欧之行应有某种关联。

不想被他人察觉这一异常的，恐怕就是欧洲视察议员团的副团长了吧，可南子的疑惑如乌云密布心头。

她拿出备忘录，翻出久美子的电话，作为银色俱乐部的当家人，她记录着每位女招待的电话。久美子最近才跳槽到“巴比伦”，所以住址还没有来得及更改。

久美子接起了电话，声音甜腻得让人脑皮发麻：

“哎呀，妈妈桑。”

“非常感谢昨晚的款待。”

她感谢昨晚在行道树林立的咖啡店里的款待，在那之后她遭遇的抢包事件，对方肯定还不知晓。

“那个，我有点事想拜托你。”

“什么事呢？”

“你，应该认识东邦经济报社的小幡浩三先生吧？”

“哎呀——”

“不承认也没用哟，我看到那天从咖啡店出来后，你和小幡先生一起乘车离开了。”

久美子沉默了两三秒，问道："妈妈桑你看见了？"但丝毫不见被人目击了幽会的窘迫，反而语气里有种骄傲。

"我也知道'银色俱乐部'的客人小幡先生，但你好像和他也很亲近哟……"

"我也是把他当成客人与他交往的啦。"

可南子想说"在巴比伦也是承蒙小幡先生照顾吧"之类的话，可还是把这些话吞进了肚子里。

"反正你比我与小幡先生关系好嘛。"

"……"

"所以，我希望你能让我见见小幡先生。"

"……"

"请不要误会，因为我觉得小幡先生是报社记者，肯定认识很多人，所以我想向小幡先生打听一个人，是我自己的私事，所以我也不好直接拜托小幡先生，就想请你帮我引荐一下。"

"这样啊。"

久美子似乎是答应了，好像觉得向小幡先生传话是很得意的事一般，说道："那我现在就给报社打电话试试。小幡先生要是刚好在公司的话我就帮你传达。不过他很忙啦，我也不知道他会不会在公司，十分钟以后我给你打电话吧。那么，妈妈桑你们在市谷的公寓见面可以吗？"

十分钟以后，电话响了起来。

"我是久美子。"

"啊，谢谢你。"

“小幡先生在公司，说是五分钟以后就出来。”

“太好了。”

“他说要是妈妈桑的事，一定会上心。”

“谢谢，太好啦。”

“小幡先生要去新宿的S生命总部采访，所以就近在P酒店大厅的咖啡馆见面吧。他让您3:00去那里。”

“3:00在P酒店的咖啡馆对吧，我一定会去的。啊，到时候久美子也一起来吧。”

“我去就会打扰你们谈话吧？”

“没有那么复杂了，你不在我会很为难的。”

“这样啊，那我就也一起来了啊。”

久美子似乎很开心地把电话挂断了。

一个人用过午饭后，可南子从衣柜的衣架上把套装拿下来，铺在膝盖上，她用剪刀把线剪开，领口处露出一张照片。

巴顿总统后面跟着亚瑟·杰弗逊，矶部首相后面跟着像是秘书长的翻译，他和杰弗逊之间隔着另外一个头发花白、身材略显得臃肿的外国人。

照片很模糊，但是可以辨认出面容。担任首相翻译的像是秘书长一样的男人，头发整齐分开，穿着考究，长脸、浓眉大眼、抿着嘴，看上去很紧张。不管怎样看上去都像是才华横溢，办事得力的人，40岁左右。

可南子用剪刀裁剪着照片，只留下他一个人。周围的巴顿总统也好，矶部首相也好，亚瑟·杰弗逊也好，都剪得只剩一张脸，所以最后剪得只有大拇指大小。

她把点心盒剪下当作版纸，把照片贴了上去。她收拾了榻榻米上散落的其他四人的照片，拿到厨房，照片在点燃的火焰中化为灰烬。

可南子用棉布缝了一个袋子，缝上拉链，接着取出金项链，把坠子取下，换上刚刚制作的小布艺挂坠。把“大头照”装进袋子，拉上拉链，把项链戴上。因为链子太长，被替换的装有照片的小袋子就隐藏在罩衫下面，因为身穿和服，就更看不出来。

她洗澡时，也把挂着袋子的金项链挂在浴室内侧，以保证安全。

穿上套装，站在镜子前。不管从哪个方向看，都能看见脖子里露出的金色项链上面的链子。他们应该不会注意到这吧，她随身携带着照片。

新宿P酒店大厅的咖啡店。

来自东邦经济报社的记者小幡浩三，一动不动地注视着可南子背过身从项链上取下的“照片”，眼镜在店里的灯光下反射出光。

旁边的久美子，比恋人还亲密一般坐在他身边。

“好模糊的照片啊，而且这也太小了。”

小幡一边苦笑着，一边凝视着照片。

“这样吗？不好意思，但是我想可以看得清脸吧。”

可南子盯着小幡先生的视线。

“嗯，好像在哪里见过这个人啊。”

“有线索了吗？”

久美子也一起看着照片问小幡先生，语气甚是亲昵。

“嗯，只拍了背景，从那场所来看还没有头绪。只有脸部的话，怎么也有点为难。”

“但是，因为工作关系你见过很多人吧。”

久美子在一旁插嘴说道。

“嗯，只拍了背景的话，从这个角度来说这张脸是最关键的。”

“妈妈桑，为什么要剪下背景呢？”

“啊，我收到这张照片的时候就是这样的。”

“这样吗？好奇怪。”

“我知道了妈妈桑！”小幡先生突然抬起了圆润的脸，说道。

“欸？你知道了吗？”

可南子凝视着小幡先生。

“我终于想起来了。”

他有些烦躁地把垂在额前的几缕发丝捋在后面。

……

可南子屏住呼吸。

“这个人，是通产省官房国际室长杉浦雄之辅。虽然很模糊，但绝对不会错的。两年前我在通产省见过他。”

“通产省官房国际室长杉浦先生？”

可南子复述道。

“是的，确实是他。他之前在华盛顿工作，在省内英语数一数二，大家都说他精通美式英语，比起他的工作能力，这个似乎更受人称赞。”

完全吻合——矶部首相也曾做过通产大臣。

可南子一瞬间恍然大悟。

杉浦先生兼任首相的翻译，当然得心应手。

“杉浦先生现在还在那个职位吗？”

“应该是的。我不太清楚政府官员的事情，不过我可以帮您问一下了解详情的同事。”

小幡先生一边说着一边把照片还给可南子。

“啊……好。但是因为有些个人原因，还请你暗中询问。”

“我明白，毕竟是商业机密嘛，您问我的事我绝对不会告诉别人的。”

“那就麻烦你了。”

可南子深深地点了点头。

“喂，久美子也不要告诉别人啊。”

小幡先生嘱咐久美子道。

“没问题，我谁也不会说的。妈妈桑，我会一直这样的！”

久美子朝向可南子，做了个拉上嘴巴拉链的动作。

下午5:00左右，可南子沉浸在满足感中，回到市谷的公寓里，她把金项链从脖子上摘下来。虽然隐藏在罩衫之下，但装有照片的袋子，刚好安稳地挂在两乳之间的深沟里。

一进公寓的玄关处，她就查看了墙边的信箱。里面插着一封红蓝条纹相间的镶边国外信封。

左上角印刷着纤细的活字字体：

Miss Grace Parmer, J.Barton Office, 18th Ave. K Street. 3145, N.W.

这是来自华盛顿巴顿事务所的回信，它比可南子想象的时间要提前到达。

可南子握着这封信回到房间。

这时即使是从外面回来，房间也不可怕了。有一次，家里被搜查过一次，甚至天花板都彻彻底底地搜查过，对方大概也死心了。

一进入房间，连坐都坐不及，她站着就迫不及待地打开了信封。

其中只有一张纸，整洁地印着一小段简短的话——

“向您转达总统对您寄来的信件的回复。很不幸，总统表示对您询问的事完全没有印象。”

可南子反反复复地看着这封末尾签着巴顿的私人秘书格雷斯·帕尔默名字的信，回信因打印的文字而显得尤为冰冷。

完全不记得这样一个女人，这是一个经历一夜邂逅的男人常有的说辞。在迎宾馆的夜晚百无聊赖而相交的女人，欲火难耐，无法入睡的夜晚，在巴洛克式的房间里买的女人。巴顿似乎在说，这就是两人之间唯一的交集。

可南子想起来了。在奥洛特引导她到二楼的商务套房时，在楼下遇到的一个女服务员对自己投向轻蔑的一眼，那个眼神与看见一个卖淫女的表情毫无二致。

但是，到如今她也仍在心里抗议，自己分明不是那种女人嘛。

“我不是那种‘被叫来’的女人。在巴顿做上院议员来东京的时候，我们曾度过两个夜晚。巴顿忘不了我，于是借这次日美领导人会议的机会到处找我。我不是与他有过一夜邂逅的女人，我是他的恋人。”

证据就是4月9日的夜晚。那时候巴顿的情话美得不比那古典豪华的房间逊色。那样不掺杂丝毫欲望的爱抚，如贵宾聚餐的贵宾厅那穹庐形的天花板上描绘的宗教画一般圣洁。

他对我说：“有什么事找我的话，尽管开口。”那不是毫无责任的过客所说的话，那是自己与美国总统的约定，他是可以撼动世界的权威者，当然可以信任。

我有很多话想和你说，我想去华盛顿。

当然可以。不过在这之前你要先给我的秘书格雷斯·帕尔默小姐写封信。

秘书小姐的地址是？比起口述，不如你帮我写在这吧。巴顿匆忙用钢笔在递过来的纸上写着：

Miss Grace Parmer, J. Barton Office,18th Ave, K Street 3145, N.W.

匆忙写下的字略显杂乱，但相应的有一种手写的真切感。巴顿先生在自己的备忘录上一丝不苟地签上名字，这是那夜的铁证。

——“但是，这也是唯一的证据。”

——“啊，也许写过。但是我不记得在哪里写的了。那种签名到处都可以找到的嘛，完全想不起来了。”

——“如果付之一笑就可以结束这件事的话，也就到此为止了，不是吗？”

可南子再次读着格雷斯·帕尔默秘书信上的语句。

——“实在是很不幸……”

可南子不禁想，这样的字句是在转达巴顿的回答时，格雷斯·帕尔默秘书作为女性而稍加的情感之词吧。

——“巴顿先生，您又做这种事。”

那语气应该根本不带有私人感情吧。作为为巴顿工作多年的秘书——格雷斯·帕尔默秘书一定对巴顿的个人行为了如指掌。想必她也多次为巴顿处理过这样的女性关系了吧。说是小姐，但她应该是位年长的女性。

可南子不禁想象着格雷斯·帕尔默秘书把信给巴顿看时他们俩的对话。

又有这种信来了呀，巴顿先生？

格雷斯·帕尔默小姐，就说我不记得了。

老一套？

对，你应该也很熟练了。

真是拿您没办法呢。您可是总统了，这种丑闻迟早会被当作把柄的。

又被母亲大人教训了呢！

巴顿耸耸肩苦笑道，向对面走去——应该与想象的场景差不了多少吧。

但是，这里有其他证据。可南子用手抚胸，金项链下吊着的木棉袋藏在胸下。这个手工吊坠中放着一张照片，安稳地垂在两乳之间。虽然只是通产省官房国际室长这个小官员的照片，但接下来它的意义将变得重大。

放大的照片被放在亡母的骨灰盒的底部，现在正安然无恙地寄存在寺院里。4月10日早上4:00左右，5个人从迎宾馆波斯套间中鱼贯走出，矶部首相和巴顿总统并排走在前面。

避开新闻记者耳目，在凌晨4:00举行的不合常理的会议，内容一定是真正有关日美问题的讨论。但如此重要的会议，为何外相和国务长官会缺席呢？

如果这不是“缺席”，而是被“排除在外”呢？如果真是如此这就谈不上是国事会议了，而是与矶部首相和巴顿总统的私人利益息息相关的秘密会议了吧？恐怕这个时间，普林赫姆应该在北侧相隔了一间富士套间的另一商务套间里，贪享着春日天色未明时的安眠，山内外相恐怕也在自己府邸中酣然地睡着。

如此想来，只有首相和总统出席的拂晓会议似乎就说得通了。

原本这种会议最理想的状态就是只有当事人出席，但不幸的是矶部首相对英语一窍不通，巴顿总统也对日语一无所知。所以只好让矶部首相的心腹杉浦官房国际室长和巴顿总统的随员亚瑟·杰弗逊一同出席。也许正是因为早有如此打算，巴顿总统才会在一开始就带着精通日语的杰弗逊。

同样参加此会议的还有一个不知身份的男人，他坚硬的白发中分梳开，身材肥胖，肩膀圆厚，肚子凸出，像是美国人，又像是德国人。巴顿后面跟着杰弗逊，矶部后面随着杉浦，两人中间夹着这个男人。

他或许是巴顿、矶部私人会议的中间人，也或者是做证人。

如果那是两方个人的利益会议的话，这个第三者应该就扮演着报纸里常说的“政商”的角色。

可南子明白自己手里的这份照片是比自己想象中还关键的证据。秘密会议的结果什么时候显现出来，还是一个未知数，但不论如何一定会有人察觉到，这两位当事人无疑会否认，察觉到的人也没有确切的证据。到那时，这张照片就会发挥出它最大的作用。

不，也许不只是那个时候。从现在起这张照片就已经变得十分重要了，倒不如说，现在它拥有爆炸性的威力。

——巴顿，我手里有这个。怎么样？你不想要吗？

去布鲁塞尔的时候应该这样说吧？25 日巴顿要访问布鲁塞尔的北大西洋条约机构，在那之后 26 日开始的 3 天，他会出席欧洲领导人会议，所以会在伦敦停留。如果不能去布鲁塞尔，那就在伦敦拜访巴顿的住所吧。

到时会被警卫队拦在门口，那时候就让警卫队把这张字条转交给总统。

就用英文写着：我有你们 4 月 10 日凌晨四点，在东京迎宾馆的波斯套间里密谈的照片。

通过放在商务套间化妆室的废纸篓里的胶卷空盒，可以推测可南子所拍的内容，这样一来，总统就明白了。日本的高层人员将追踪其去向，无疑这一行字将会给巴顿以重重一击，谁让他说早就想不起这个人了。

电话响了。

电话来得正是时候，可南子不禁心跳加快。

“妈妈桑！”

话筒里传来的依旧是那个甜腻的声音。

“啊，是久美子啊，之前真是谢谢你帮忙了。”

可南子眼前忽然浮现出久美子和小幡先生并坐在咖啡馆里的场景。

“小幡先生也是第一次和妈妈桑交谈私事呢，非常开心。”

“是吗？我也是，之前虽然见过那样的店，但还是第一次进去呢。太豪华了！”

她没忘要讨久美子欢心。

“小幡先生拜托我给妈妈桑带个话。”

“什么话？”

“是妈妈桑打听的通产省官房国际室长杉浦雄之辅的事。”

久美子看着备忘录上的笔记说道。

“啊，好……”

“听说他转职了，邮箱也变更了。”

“转职？”

“好像说做了驻日内瓦国际部门日本代表部的参事官，已经去往新的任职地了。”

“请等一下。”

可南子用钢笔在便利贴上写着。

“国际……什么？”

“驻日内瓦国际部门日本代表部。”

“代表部的参事官？”

“对。但是代表部的参事官都是由外务、大藏、农水、运输、厚生等各省临时调遣的，通产省的参事官是4月18日变更为杉浦雄之辅先生的。”

“……”

4月18日也就是在迎宾馆日美领导人举行拂晓会议的一周后。

“小幡先生之前也不知道这件事。为了慎重起见，他向负责通产省的记者打听，这才知道的，所以就托我转告给您。”

“这样啊。日内瓦的国际部门是个什么样的地方呢？”

可南子望着自己写的字陷入思考，当然她问久美子也得不到答案。

“非常感谢，向小幡先生问好。”

“我会向他转达的，嗯……妈妈桑，您决定了吗？”

久美子问的是她以后的打算。

“暂时先放松一下吧，我也累了。”

“这样吗？也好，好好休息吧！虽然我也能力有限，但如果有什么我能帮得上的请尽管开口。”

“谢谢你，久美子。”

“那您保重。”

电话被挂断。

担任“翻译”的杉浦通产省官房国际室长，在秘密会议一周后就被调往日内瓦国际部门，真是匆忙的调职和履新啊。

这应该和拂晓会议有某种关联。还是说，在这以前就已经决定把他调往那个国际部门呢。

巴顿总统访问的布鲁塞尔和伦敦，仓田重三郎，还有“翻译”杉浦先生的新工作地点日内瓦——可南子的心思在地图上游荡。外面孩子们在玩捉迷藏，她听到这样的声音："可以了吗？还没好。可以了吗？还没好。还没好……"

8

杉井法律事务所位于丸之内三丁目中部区域的一条小胡同里。两边建筑物的影子投落下来，使这里长年昏暗却又显得庄重。来往的车辆很多，但人影寥寥，就算有也大多是匆忙办公的职员们，很少能看到有无所事事在此闲逛的人，鳞次栉比的古旧建筑令人觉得十分寂静。虽然没有红墙绿瓦，但后来建成的楼房也别有一番韵味。杉井法律事务所就在这其中一幢大楼的里面。

可南子乘坐古色古香的电梯上到了三楼，今早杉井律师指定了会面时间为下午 2∶00。

走廊两侧尽是一扇扇紧锁的房门，黄铜制成的门把手在幽暗的光线中隐隐透着黄色的光。

从电梯间开始一连五个房间门上都挂着“杉井法律事务所”的牌子，连占五个房间足以证明这位律师腕力过人。

第一间房门上标示着“传达室”，可南子一按响门铃，门就开了，一位穿着蓝色罩衫的年轻的女事务员探出头来。

像是被律师吩咐过了似的，可南子一说出自己的姓氏，女事务员马上就让出了一条路来，领她来到第二个房间，那是接待室。跟一般接待室不同的是，这里有两架屏风，把房间分成了三部分，可南子被带到最里间去，剩下的两个隔间也没有客人。

天花板上有一盏半圆形的灯，墙壁上挂着一幅镶金边的小型油画，桌子上的蓝染花瓶里，有以自由式插花法插入的蔷薇花，被屏风隔开的三个隔间都是一样的摆设，没有阳光投射到窗户上，旁边应该是高楼。

大概等了10分钟，便传来了轻轻的敲门声。可南子马上站起身来。

“呀，欢迎欢迎。”

杉井恭平律师夹着黑色公文袋进来了，他那微笑着的侧脸从可南子面前晃过，颧骨凹陷处的皱纹像波浪一样起伏着，这是他坐下后可南子看到的正脸。明明是在银色俱乐部的夜灯下看惯了的脸，此时却觉得大不相同，这是律师的脸，正像是生活在这么庄严的大厦中的人，率领着三位年轻有为的律师，具备能力过人的风度和威严。这五个房间里，第一个房间是传达室和杂物室，接着是接待室，最里面是所长室，而剩下的两间一定是那三位年轻的见习律师的共同办公室和资料室了。可南子被这种严肃的气氛压得有点透不过气来。

“您看上去精神很好呀。”

把公文包放到桌上的杉井律师向可南子投过去一个豪爽的笑容。可南子发现在店里时也是，这个人似乎很喜欢跷着二郎腿，身体微斜着倚在椅子上。

杉井恭平是总管夜总会连锁店的岛村商业有限公司的顾问律师，也是岛村忠男的朋友。

“想必您也一定很忙，我们就直接进入主题吧。您想通过我向岛村索要的钱，也就是所说的分手费……”

杉井依然笑容满面。

“嗯。”

“在传达岛村的意愿之前，我还是想再问您一遍，您真的不打算直接与岛村见面商量吗？”

可南子摇了摇头。

“我没有那样的打算。”

“这样啊，我大致明白了。不过为了谨慎起见，我想问一下您为什么不想与岛村见面呢？”

“我一点都不想见到那个人。至于原因，我之前也跟杉井律师您讲过了。那个人彻底地抛弃了我。现在与他保持特殊关系的女人，我所知道的就有 5 个了。她们好像都是连锁店的妈妈桑或者代理妈妈桑。我已经不想再跟那个人有任何关系了。我要趁着自己还没变成老糊涂之前离开他，另谋生计。要是抱着这样的心态见面，也只会越讲越生气而已……”

“原来如此，我明白了，其实岛村也说了同样的话。”

“岛村？”

“他说不想见了面互相抱怨，所以全盘委托给我了。他肯定是太愧疚了吧。”

“那个人自私自利也不是一天两天的事情了。”

“你们交往了 5 年吗？”

“是 5 年。”

“真是世事难料啊。爱得死去活来的两个人到头来却不欢而散，这也是常有的事。”

“这都是岛村的责任。”

“是的，我虽然是岛村的朋友，但无论作为一个旁观者还是作为一个律师，我都认为您的选择是对的。”

女事务员送来了咖啡和蛋糕。在这期间谈话中断了，律师转移话题，说了一些在川奈的高尔夫球场时的见闻，他对那蔚蓝的大海极为赞赏。

“好了，那么……”

女事务员离开时轻声关门的声音响起，这时杉井说道。

“一般只交往了5年的话，很难索要到分手费，而且并没有同居。”

“但是……”

“请听我说完。”

杉井用一个手势制止了想要反驳的可南子。

“这只是一般而言，我至今在‘银色俱乐部’也受了您不少关照，而且我也是岛村的朋友。我和你不只是委托人和律师的关系，您要求的数额是2000万日元对吧？”

“是的，没错。”

“我让岛村拿出了超过这个数额的钱哦。”

“啊？”

“岛村的事业正是风生水起的时候啊。要是为钱所困的话，无论多少钱都是拿不出来的，让一个只有5000万日元的男人吐出2500万日元，那是怎么也做不到的。但是，让一个做着5亿、10亿日元生意的男人拿出区区2500万日元并不是什么难事。”

“所以您是说，我能拿到2500万日元吗？”

可南子看着律师的脸。

“我尝试过让他拿出3000万日元的，但他拜托我用2500万日元处理好这件事，并保证无后顾之忧。”

“……”

“您也说过2000万日元就足够的，我在那之上还让他追加了500万日元，已经说定了2500万日元了……这样可以吧？”

“足够了，我没有意见。”

“好的，那就迅速地落实这件事吧。”

杉井把旁边的公文包拉到自己跟前打开，从里面取出一个信封和四份资料，资料中有复印件。

他先把信封推到可南子面前。

“这是2500万的支票，凭票即可支取现金，请查收。”

可南子从信封中取出支票。这是一流的都市银行U银行的支票。上面写着“贰仟伍百萬日元”和“岛村忠男”，是那个人的笔迹，而且并没有横线在上面。

“确定无误。”

可南子把支票放回信封。

“好的，这是收据，您带了名章吧？”

“带了，您今早在电话中嘱咐过了。”

“这是确认书，虽然只是走个形式，但还是请您确认过后再签名盖章。”

“麻烦了，谢谢您。”

可南子对律师深深地鞠了一躬。

“托您的福这事情总算办好了。那个，给您的答谢金大概多少比较合适呢？”

“不用了，您和岛村都是我的朋友，答谢金这种显得生分的东西不要也罢，而且其实整个过程中我也并没有出多少力。”

杉井微微地摆了摆手。

“但是我还是过意不去，十分抱歉，100万日元的答谢金可以吗？”

“您心意到了就行。”

此时律师的眼里仿佛闪烁着一丝贪婪的目光。

可南子一边把支票和收据存根放进手提包，一边说道：“我身上没有100万日元的现金，请允许我去银行提现了支票之后再奉上答谢金，不好意思，要是贵事务所的哪位能跟着我一起去就好了……”

“明白了，您是去U银行的丸之内分行吗？”

不用说，律师一定事先查看过支票了。

他把女事务员叫来，是方才在传达室处见到的天真无邪的面孔。

“你陪客人去U银行的丸之内分行一趟。”

走出接待室时，可南子把双手放到膝盖上，再次向杉井律师深深地鞠了一躬。

“承蒙关照了。”

“呀，没那回事。比起这个，那是一笔巨款，所以请多加小心。”

“我会的。您要是见到岛村的话，请让他放心。”

岛村那光秃宽大的前额和混浊的双眼浮现在可南子脑海中。

“嗯，好的……”

“再见，那么请多多保重。”

此时，他没有说后会有期。

可南子和女事务员步行到了U银行的丸之内分行。可南子走到服务窗口前出示了支票。窗口里的女职员瞪大双眼看了一下支票上的金额，就拿去给坐在后面席位上的股长了。

那个皮肤白皙、戴着眼镜的股长模样的男人，迅速地用纸条记下支票上的重要信息，之后马上恭恭敬敬地来到可南子面前。

“欢迎光临，请移步到那边的接待室。”

股长和蔼地微笑着。

“接待室？在这里提现不行吗？”

“是这样的，因为金额太大了，在窗口提现的话会引起别的客人的注意，毕竟是25叠百万钞票呢，是这样的。”

可南子看了一下身后，墙角边等候区的椅子上坐了30多个人。

这也是理所当然的。可南子这样想着，听从股长的安排。她回过头对杉井法律事务所的年轻女事务员说：“不好意思，麻烦你也一起进来吧。”

要是不兑现的话，就无法让事务员把100万日元的答谢金带回事务所了。

他们经过前台的侧面，来到一个带门的小接待室。这个接待室有三张榻榻米大小，应该是两个房间合成了一个。墙角的博古架上放着一个红搪瓷纹样的花瓶，瓶里簇拥着百合花。

十分钟过去了，只有女职员端来了茶水，一个男职员的影子都没看见。这支票明明写着凭票取现的，难道是空头支票吗？可南子心中飘过一丝不安的情绪，她是相信杉井律师，领走了收据、签下了确认书的。

可南子想起了窗口里股长模样的人端详了自己出示的支票后做下笔记的情景。金额太大了，取款人又是从未见过的，银行也许是为了确认，正在联系出票人岛村忠男吧？

门被轻轻地叩响，刚才那位戴眼镜的股长笑眯眯地进来了。

“不好意思，让您久等了。”

他脸上并无疑色。

“那么，就在这里交接现金吧。”

他并没有坐下，门再度开了，女职员把两个用纸带捆成格子状的钞票块儿叠放在一起，每一个里面分别有十沓百万日元钞票捆儿，此外在那上面又加了五沓。

“这是2500万日元的钞票捆儿，是本行清点后捆扎起来的。要是您不放心的话，请再次清点一下。”

“没关系，没那个必要。”

可南子随意拿起那五沓钞票中的一沓递给了杉井法律事务所那位年轻的女事务员。

“请帮我把这个转交给杉井律师。”

女事务员拿着100万日元退出了银行的接待室。桌子上还剩下两大捆1000万日元的钞票块儿和四沓100万日元的钞票。

“您是要直接把这些现金带回去吗？”

对面的股长来回打量着桌上的东西和可南子的脸，这样问道。

“是啊，可怎么办呢……”

可南子歪着头纳闷道。

“现金金额太大了，要是您同意的话，我们这边可以叫一辆车把钱送到贵府上去。”

“……”

“还是先暂时存放在本行呢？”

“股长先生，请问可以先把钱存放在贵行吗？”

“可以的，我们十分欢迎。请问是办活期存款还是定期存款呢？”

“关于这件事，我想和您商量一下。请问可不可以先办理活期存款，之后贵行把这笔钱送到国外的分行去，我再在那边取出来呢？”

“那时候您不在日本吗？”

“不在的。”

“那您需要委托一个代理人，把钱汇到本行的外国分行里去吗？”

“不，不需要代理人。我想一个人完成所有的手续。请问能否在接到我的电话后由贵行汇款给我呢？”

“这个您可以和我们这边的上司商讨一下，请稍等。”

可南子目不转睛地看着接待室的油画。不到10分钟，一个微微发福、四十出头的矮个子男人和股长一起微弯着腰，敲了敲门后进来了。

“欢迎光临。”

他声音清润，额上的头发却有点稀薄。

“这位是我们银行的副行长。”

股长介绍道。

副行长谦恭地向可南子递上自己的名片，上面写着“U银行丸之内分行副行长大野忠孝”的字样。

副行长取代股长坐在了可南子的对面。

可南子再次说明自己的情况，副行长一边恭谨地听着，一边不停地点着头，说着“是，是”。可南子的说明结束后，副行长像鞠躬一样深深地低着头。

“您的意思我明白了，请您安心，就算本人不在日本，也没有代理人，还是可以进行汇款的。”

“啊，可以吗？”

“可以的，在欧洲取的话，您只要把这笔钱存入丸之内分行的活期存款账户中，然后以您的名义在伦敦、苏黎世、阿姆斯特丹的任意一个城市的分行开设活期存款的账户就可以了。这样，您到了那三个城市之后，只要去那边的分行……啊，这种情况下就不是分行了，而是当地法人英国U银行、瑞士U银行、荷兰U银行了，不过实际上和分行业务无异。您只要去那边分行的窗口，要求从丸之内分店的活期存款账户中汇款过来就可以了。”

“啊，这样呀，还挺简单的。”

“是的。”

副行长对着可南子微微一笑。

“那么，在那之前能否请您先把钱存入本行呢？”

“好的。这里是2400万日元，我想把2200万日元存入银行活期账户，剩下的200万带走。”

“明白。请问您要选择本行的哪个海外法人银行呢？”

“我想各办一个，手续能否请贵行替我办理呢？”

“好的。不过，三个地方都需要吗？”

“嗯，暂且先这样。因为不知道在哪里需要用的钱比较多，所以请先分别在那三个银行存入 10 万日元。”

“好的……”

“这很难办吗？”

“不，绝对不难办，在银行业务上讲是没有问题的。那么现在就办理手续吧……你，过来帮我！”

副行长让股长去取必要的文件过来。

股长出去后，副行长向可南子说了声“失礼”，拿出了香烟。可南子从手提包里拿出打火机，送到副行长的嘴边点燃了香烟。

副行长惶恐地低了下头，那一瞬间的眼神，好像已经知道了可南子的身份。

2500 万日元从何而来？看起来不像外行人，应该是在做什么买卖。做买卖的话，一般都会把支票存入有客户关系的银行，特意跑来这毫无关系的银行，还要把钱汇到海外去，到底是怎么一回事，那一脸好奇的表情可南子看得清清楚楚。不过银行刚才应该给出票人岛村忠男打过电话了，岛村的话一定会这样回答：“那位女性和我有合作关系，没有搞错。”他可是经营着好几家夜总会连锁店的，要找什么样的借口都行。在银行的立场上是无法追问可南子那 2500 万日元的来源的。

副行长没有看可南子，从鼻孔里吐出烟圈，说道：“请问……”

像是想要打破两人之间的沉默似的，副行长把烟头放在烟灰缸上。

“是关于您存入本行的存款的，除了活期之外，还有定期，您不考虑一下吗？”

“定期存款吗？”

“是的，要是您能这么做的话，我们将不胜感激……”

“难得您盛情邀请，但恕我不能从命了。因为在伦敦、瑞士、阿姆斯特丹都需要用到那2000万日元。”

“啊，这样啊。”

副行长露出了失望的神情。

“真是十分抱歉，如果不是一定要去海外的话，我会考虑定期存款的。”

“好的，那时候还请您多多关照。”

股长拿回来一沓资料。

“这是本行的活期存款账户的申请书，这是本行留底的印章登记用纸。只有用这个登记过的印章才能提现，请务必保管好这个印章。”

“我明白了。”

“这是本行的伦敦分行，也就是当地法人英国U银行的活期存款账户申请书和签名。请用罗马字书写，只要在那边签一个名就可以取款了，请写上护照号码。”

“护照放在家里了，现在不记得号码，我稍后再回复贵行。”

副行长依次把苏黎世的瑞士U银行、阿姆斯特丹的荷兰U银行的账户申请资料呈递到可南子面前。

可南子毫不犹豫地在申请书的职业那一栏上写下“无业”二字。

可南子去了百货商场。

她首先去了背包、皮箱、旅行箱专卖场，东挑西拣之后买了一个最牢固的大皮箱、一个旅行箱和一个化妆包，并且都拜托店员送去市谷的公寓了。

秋冬的大衣她各买了一件，西装的话，现在才来定做已经赶不及了，只好买了三套成衣，这些她也让店员送去公寓了。

接着去书店转了一圈，买了英国、瑞典和荷兰的旅行指南。“旅行”的准备都在有条不紊地进行着。

虽然早就决定了先去伦敦，还不能确定他是否会在伦敦逗留。要是一切顺利的话，到美国后会先去华盛顿或者纽约。那时就让这边把钱汇到美国U银行去，不过这些等到了伦敦之后再安排也不迟。

意料之外的情况也必须考虑到，那种情况下就暂时留在日内瓦或者乌特勒支，可南子心中马不停蹄地盘算着。

旅行的准备以公寓售出告终，之前通过物业管理员向房地产商家表达了这个意愿，并且卖得了1500万日元。因为交通便利，所以这栋古旧狭窄的公寓也卖得了一个意料之外的好价钱。

第二天下午2:00，房地产那边会拿钱过来。可南子打算在三天后从成田机场出发，飞往伦敦。第二天就去航空公司预约机票，26日晚上在伦敦下榻的酒店也顺便拜托航空公司预约好了。

公寓卖了1500万日元真是太好了。仔细一想，这也是岛村留下的“赔偿费”之一。但可南子绝不会认为这是他的恩惠。

那么这1500万日元该怎么处理呢？

她可不想把这笔钱存入U银行的账户。对了，换成旅行支票吧！可南子想到。

把这1500万日元换成旅行支票的话，无论在伦敦、日内瓦，还是乌特勒支，都不用到达之后匆匆忙忙地去让银行汇钱过来了。汇钱的事，等暂时定下了住所后再办理也不迟。

1500万日元的旅行支票，每月拿40万日元出来用，也能凑合着过三年。就算算上公寓的租金、家具的花销、旅行费用等，也至少能保证用上两年半。

那期间，不知道要过上怎样波澜起伏的生活。

可南子苦思冥想着，就算躺在床上，也不能轻易入睡，一个辗转反侧的夜晚。

那一日可南子忙得团团转。

一大早就开始制作存放贵重物品的布艺“挂坠”，就是在金链尾端坠着的那种。不过这次做得不大，放不下四寸的照片。她缝了五个备用的“挂坠”。

接着开始打点出国的行李。不要的家具之类的全给了物业管理员。虽说是旧家具，但也不过是5年前才买的，只是自己又没有孩子，就不那么心疼了。

上午10:30左右，房地产那边的人带着买主来了。

十五叠百万日元钞票捆儿分成两份用报纸包着，再用朱红色的包袱包起来，就像叠着两沓书一样在桌上放着。

可南子再次造访U银行的丸之内分行。窗口的女职员看到可南子来访，便马上去知会身后的股长。对昨天存了2200万日元的女人，股长当然不陌生，他马上站起身，来到前台，同昨日一样把可南子让进接待室。

大概是股长通知了昨天那位头发稀疏的副行长，他也进来了。桌上放着的包袱皮里的东西，看一眼就知道是钞票捆儿。副行长嘿嘿地笑着，股长则像热锅上的蚂蚁那般不停地来回搓着双手。

可南子解开了包袱皮，把十五个钞票捆儿推到桌子中央。

“这是1500万日元，请问能帮我把这些全部换成美元的旅行支票吗？”

“全部……吗？”

股长有点晕眩。

“是金额太大了吗？”

“不，不是，和过去不一样，现在带出国的金额没有上限，只是……”

“只是？”

“是这样的，个人办理1500万日元的旅行支票这种情况从未有过。”

股长这样说道。不过，可南子知道他心里的算盘。一半也好，他心里一直打的算盘可是希望可南子能够把这笔钱作为定期存款存入自己的银行呢。

“我也有我的难处，我希望能把这笔钱全部换成旅行支票，而且十万火急。贵行能在明天中午前办好吗？”

“明白了。”

副行长接过话头回答道。

“全部换成一百的面额吗？”

“因为金额有点大，要是小面额的话体积会很大吧？如果一百张一百面额的捆在一起的话，大概会有多少沓呢？”

“这个嘛……今天的汇率是1美元等于230日元，1500万日元能换6.5万美元，这样一来，换成百元面额的话，就是一百张的有六沓，五十张的有一沓。”

“这就可以了，明天中午之前能办成吗？”

“我们会想办法办成的。”

“拜托了。”

可南子拿出了护照，副行长记下了护照号码。

股长把女职员叫到接待室里，他们解开钞票捆的封带，分工清点钞票数量，一万日元的钞票在他们手中被熟练地摆弄着，像扇子一样展开。

“1500万日元无误，现在就为您办理。”

股长开了一张存票。

可南子走出银行后，便去乘坐银座线的地铁，在赤坂见附站下了车，登上站台的台阶后，朝着西边走去。不拦计程车而搭乘地铁是为了避免有人跟踪。可南子时而左转，时而右拐，还时不时有意无意地回头看看，看来并没有被跟踪的迹象。

可南子是去见真光寺的住持，跟他说明自己要回家乡了，所以要把骨灰盒带回家乡的寺庙里去。住持从存放处取出骨灰盒，一边诵着经一边把它递给可南子。

可南子用那张包过1500万日元的包袱皮裹住了骨灰盒。那张朱红色的包袱皮上有白鹤飞舞的花纹，看起来十分炫目。住持看着可南子的动作，露出了惊讶的神情。

可南子抱着那四边形的包袱走出了真光寺，在拦计程车时，她左右张望了一下，并没有发现可疑人物。

“到新宿。”

“新宿哪里？”

“嗯……车站西口吧。”

司机很年轻。

她的目的地并不是新宿，只是从这里到新宿要花上一段时间。

可南子尽量往窗边缩，不让司机从后视镜看到自己。这辆车的副驾驶座椅很高，只要缩在那后面，从后视镜上看就是一个死角。从这里看不见镜子上司机的脸，司机也看不见后面的可南子。

可南子缩在那里解开了包袱，把手放在白圆木盖子上。司机的脸还是没有出现在镜子里。

她打开了用铁丝缠绕着的陶瓷骨灰盒的盖子，发出了一点“哐当”的声响。年轻司机打开了收音机，沉浸于一曲哀怨的歌声中。

可南子把手探进骨灰盒，取出了一个油纸小包，里面有3张底片，5张4寸复印件。其实本来是有6张的，其中一张用在了“翻译”杉浦雄之辅的“脸部照片”上了。

可南子拿出了一张底片和2张复印件，把剩下的2张底片和3张复印件又放回骨灰盒中，盖上盖子，用铁丝缠绕好，再用红色的包袱皮重新包好白圆木的骨灰盒。

可南子把那一张底片和两张复印件放入今早刚做好的布艺“挂坠”里。袋子束口做得比较大，正好套得下4寸的照片。拉上拉链，戴上金链，把布艺“挂坠”收到罩衫下面，使它稳稳当当地贴在胸前。

哀怨的歌声此时已经由男声变成了女声，随后又从女声变成了男声；电台主持人在开玩笑，观众爆发出一大片笑声，鼓掌声此起彼伏，把司机吸引住了。

新宿车站西口到了。

“请收好，辛苦了。”

可南子付了钱，抱着包袱下车了。司机也不回头，伴着歌声扬长而去。

可南子站在街角上物色着下一辆计程车，最好是私家车，司机比较年长的。

“请往中野方向走。”

因为中野离市谷比较远，所以应该没问题，要是放在现住地附近的寺院的话会很容易被发现，那就危险了，赤坂附近也不太安全。

在青梅街道上向西奔驰了一会儿后，可南子问道：“司机先生，这附近有没有什么寺院呢？”

“寺院吗？什么宗派的呢？”

“什么宗派都可以。”

后视镜里的司机一脸疑惑，但还是回答道：“寺院的话，上高田一丁目那边倒是很多。”

“上高田……”

“从这里转入右边那条路就很近了。”

“那拜托您了！”

可南子这么说道，果然还是上了年纪的司机有经验。

车子向右拐去，在巡警值班亭处驶入往北的分岔路，在等红绿灯的时候，司机看了一下地图，回过头对可南子说道：

“上高田果然有很多寺院，境妙寺、神足寺、万昌院、愿正寺、正见寺、松源寺、荣福寺、源通寺，源通寺那里有新井白石墓。”

“请去荣福寺。”

可南子说了源通寺的前一个寺院。

荣福寺是从大路拐进小巷的一座小寺院，匾额上写着“曹洞宗”，真宗也好曹洞宗也罢，都无关紧要。

一位白发苍髯的和尚接待了可南子，并递上了一张写着“川村荣禅”的名片。可南子像在赤坂的真光寺一样，拜托和尚让她把骨灰盒存放于此。和尚立马应承下来，把骨灰盒放到祭坛上诵起经来，他念诵的经文自然是和真光寺的不同。可南子以田中良子的名义布施了 20 万日元。之所以多给了 10 万日元，一是因为自己得到了一笔预料之外的收入，二是因为这趟海外之行，有可能暂时回不来了，所以想请和尚在自己回来之前代替自己来好好保管这个“骨灰盒”。

可南子出了寺院，确认了没有被尾随或监视。因为少了一个累赘，所以这次可以直接拦下过路的计程车到中野车站，接着乘坐中央线到东京车站，再换乘山手线，在有乐町下车，步行至交通会馆。

可南子从手提包里拿出护照并出示，预定了日航 4 月 26 日直飞伦敦的航班，途经莫斯科。

“请问日航可以帮我预约伦敦的酒店吗？”

服务员听了可南子的打算和酒店预约的请求后，请她明天下午 3 点再过来，说着便把旅费转换成伦敦的机票，递给了可南子。

回去的路上可南子去了趟书店，买了三本书。旅行指南已经买好了，这次只是来找飞机上的读物而已。

《瑞士银行·秘密账户——瑞士银行隐藏的世界》。

可南子觉得这本译作似乎很有趣，于是让店员包起来了，自己并没有打算去瑞士，只不过是被书名吸引而已。

可南子回到市谷的家中，打开窗透透气，从窗边可以望见市谷斜坡上整齐划一的人家和树木，还有远处坡上那白色的印刷工厂。可南子对这风景已经熟悉得几近腻烦了。

不过外国之行即将启程，这是最后一次眺望这番风景了吧。

耳边传来母亲呼唤着在外玩耍的孩子："和子，吃饭了哦，快点回来哟。"女孩子哼着从电视上学来的歌，蹦蹦跳跳地回家去了。这般黄昏时分的景象，突然变得新鲜而又令人怀念起来。

9

杂树林自公路延伸过来，如同围墙一般一层又一层地包围了机场建筑物的外墙，位于比利时卡斯特乌的北约欧盟军最高司令部（SHAPE，Supreme Headquarter Allied Powers in Europe）的下属军事基地，它的外观便是如此。SHAPE 归属 NATO（北大西洋条约组织下属机构）管辖。

杂树林的新绿犹如一片青色的雾霭氤氲缭绕，久久无法散去。卡斯特乌位于首都布鲁塞尔西南 50 公里处，距离巴黎大约 220 公里。

卡斯特乌基地的旗杆上飘扬着北约欧盟军加盟国各国的国旗。远远望去，色彩鲜艳的旗帜在灰蒙蒙的天空下格外显眼，种在附近的树发了新芽，因秋天的红叶而出名的滑铁卢，不管是平原还是山涧，到处都种植着落叶树。

基地周边的杂树林里，开辟了几条道路。这几条道路并不是通往各地的交通要道，所以平时并没有什么来往车辆，连散步的人影也几乎看不到。

4 月 25 日上午 10 点左右，一辆灰色的中型奔驰停靠在杂树林边，这是一辆出租车，座位上坐着正在低头读书的男人。男人头戴礼帽，帽檐压低至眉眼。虽然他戴了一副墨镜，但还是能从他的侧脸看出他是一个中年日本人。男人的外套衣领高高竖起，遮住了他的下巴。

司机不知是比利时人还是法国人，鸭舌帽遮住他的眼睛，他戴着一副深褐色的眼镜，茶色毛衣的外边罩了一件灰色外衣，他把两手放在方向盘上，不时地打哈欠。

空军基地里丝毫没有飞机的影子，多云的天空中也没有传来轰鸣声。一个小时前，美国的三架运输机在这里降落后，立刻就有两架直升机起飞，匆忙地飞往布鲁塞尔方向。之后，一切又都归于平静。

一旁的道路上，车辆不停飞奔，从反方向也有车辆疾驰而来，由于行人很少，基本上都是全速向前行驶，与灰色奔驰险些擦过。每当此时，奔驰的司机就会眯起褐色镜片后那双凌厉的眼睛，而那个日本男人也会从礼帽的帽檐下抬起眼。

大约30分钟后，司机放开方向盘，双手抱在胸前，听着路上嘈杂的声音。

重重树影包裹的杂树林里，驶来了一辆卡车。那是相当大的卡车，载重有十吨。奔驰司机揩了揩鼻子，将手肘抵在方向盘上，座位上的日本人又把视线放回了书上。

卡车离开后，一辆白灰相间的轿车开了过来，车上坐着一家人，司机是个女人，那个日本人看了看腕表。

又有三辆自行车并排行驶在路上，高中生模样的少男少女们，一边踩着自行车踏板，一边聊天，他们消失在树林之后，一个肥胖的女人，牵着一只白色长毛的马尔济斯犬，在奔驰停靠的一侧道路上行走。

狗被长长的锁链拴着，在女人前头窜来窜去，嗅着地面钻进了奔驰的车底下。中年女人弯下腰看了看车底，一边叫着狗的名字一边拉着绳索。那只马尔济斯犬跑到了前轮，抬起脚对着轮胎开始撒尿。

女人一脸无奈，笑着向司机打招呼，司机用手压了压有些脏的帽檐，也向女人问好。

“对不起啊。”

女人因为自己的狗弄脏了车胎而道歉。

“哪里，没关系的，夫人。”

女人看了一眼座位上的人，那个人的礼帽前倾，正看着书。于是女人就问司机：

“您在等谁吗？”

她并没有刻意去探听什么，只是她的狗迟迟不从车下出来，就和他们套起近乎。

“不是的，只是同行的人去附近解手了，我们在等他回来。”

“那您真是久等了，这辆车的牌照是瑞士的啊。”

“……”

“我也去过十几趟瑞士呢，你们是从瑞士的哪个地方来的？”

“那个，从卢加诺那边来的。”

“哎呀，那不是科莫湖所在的城市吗。我也去过三回科莫湖，你们住在一个好地方啊。”

“夫人，小狗是不是已经尿完了？”

“哎呀，已经尿完了。”

中年女人叫着马尔济斯犬的名字，将松动的锁链拉回了手上。

“接下来要去哪儿？”

“去布鲁塞尔。”

“是吗，路上小心，谢谢你们不计较我的小狗的事。”

“再见，夫人。”

牵着狗的中年女人，迈着她又粗又短的双腿，动作敏捷地离开了。

“碎嘴子的臭女人，真让人捏把冷汗。”

司机把帽子往自己身边一掷，他的个头高大，一张圆脸蛋，两鬓斑白。

“我刚刚也胆战心惊，弗利兹。”

戴帽子的日本人用法语如此说道。

“在和那女人说着废话的时候，对方就算到了也无可奈何，他应该会若无其事地去附近转一圈，这段时间就这么浪费了。”

“说的没错，先生。虽然打发走了碎嘴子女人，但是关键的人还没来。”

“应该快来了吧。”

杂树林方向传来地面震动的声响。

他们所在的地方，正对着SHAPE的南后门。穿过这片杂树林，有一道大门，基地的周围被高高的铁栅栏上的铁丝网包围，大门左右的混凝土柱子上，安装着开关式的铁丝网制的门。再稍微往里走一点，红白相间的断路闸挡住了一半道路。在车辆通行的，没有断路闸挡住的另一半道路上，连接着一个巡逻亭。巡逻亭是个有着焦茶色大屋顶、用砖砌的阴森森的兵营。在它的正面有个高高的瞭望塔，还有那一片杂树林。

在兵营的反方向，北面是正大门，左侧是警卫处，如同工厂里的箱子一般小，由于四周都装着玻璃窗，屋内很明亮。混凝土造的平屋顶上，有一个北约欧盟军最高司令部的标志。铁栅栏的断路闸是横条式的，从这里能看到一栋横向延展的二层建筑，如同田径场的外侧墙壁。距离门两百米的这部分空间，建造了一个广场。在广场上，加盟的十五国国旗，在旗杆上飘扬着，这让整栋建筑物看起来更像是奥运会的体育场了。

北约欧盟军是为了共同防卫而建立的一支有着国际军性质的北大西洋各国军队。这支军队是在 1950 年 5 月，根据伦敦的北大西洋条约理事会的决议，和经过 1950 年 11 月布鲁塞尔理事会以及 1951 年里斯本理事会商议而设立的。虽然军队是由 SHAPE 指挥，但军队最高司令官历代都是美国的陆军大将担任。军队被分成北部、中部、南部和大西洋地区分别管理。

SHAPE 的下属部队大约有六十六个师团，在这之中，中部联合军是 NATO 的核心部队，包括美国、英国、加拿大、西德、比利时、荷兰 6 个国家的 21 个师团共 58.1 万人。另外，第四联合军拥有的飞机数量，包括战术空军，共有 3500 架，南部联合军的 34 个师团共有兵力 71.5 万人、北部联合军有 5 个师团。

在距离 SHAPE 后门不到 500 米的杂树林里的公路一侧，一辆灰色的奔驰从刚才起就像是在等什么人，停靠在路边。

已经不知道是第几回了，他们要等的车辆终于轰鸣着出现在了眼前。

来的是两辆卡车。

卡车是硬铝合金制的，两辆似乎都有15吨的载重。当它们在对向车线前方停下的时候，之前隐蔽在树荫下的灰色中型轿车，从第二辆卡车的车尾方向冲出来，驶上道路，途中还转了个U形的弯，恰好停在那辆卡车的后面。两辆卡车同时打开门，出来一个打扮得体的美国人和一个穿着粗糙的40岁左右的男人。他有着如同橄榄球选手一般结实的体格，额头上的褶子格外显眼。

戴着礼帽的日本人从车上下来，三个人背对着道路和车辆，面向已抽出新绿的杂树林站着。

“你好啊，杰弗逊。”

“你好啊，杉浦。”

杰弗逊和杉浦雄之辅握了握手，两人并没有用英语说着类似“这是在东京迎宾馆分别以来的第一次见面吧”这种阔别已久的寒暄。

“这位是？”

杰弗逊转身，将那个体格健壮的男人介绍给国际机关日本政府代表部参事官杉浦雄之辅。

“佩塔·古内基，瑞士快车运输公司的一名运输主任。”

佩塔走向前来，和戴礼帽的杉浦握手。他那顶深灰色的呢子礼帽，是意大利的波尔萨利诺帽。

“请多关照。”

“请多关照，先生。”

见杉浦听不懂德语，佩塔·古内基改用法语。瑞士的东部是德语圈，西部是法语圈。

“这两辆卡车上载的是什么？佩塔。”

“龙利鱼、鲱鱼、牡蛎还有鳟鱼，先生。”佩塔笑呵呵地回答。

“还真是载了很多啊，有多少？”

“两辆加起来有 21 吨，这是冷冻车，所以看不到里面。”

佩塔看着冷冻车那密闭的硬铝门说道。有着波状纹路的巨大硬铝货台，到处都有银色的外皮剥落，露出斑斑驳驳的黑底。

“这些海鲜，是从哪里载来的？”

“从安特卫普那边载来的，先生。”

安特卫普自古以来就是渔船中途停靠的码头，它位于布鲁塞尔往北约 50 公里处，面向北海。现在这个都市有许多的石油联合企业，但在北海捕鱼的渔船也来往不断。

“瑞士没有海洋，海鲜能取悦瑞士人，你做得很好，佩塔。”

亚瑟·杰弗逊注视着佩塔的眼睛，重重地点了点头，像是在对他说，如果被海关或其他人问起，就这么回答。

“佩塔，我要和这位绅士说五分钟的话。”

体格结实的中年男人说着“我知道了”，便走开了。他的脚踩上踏板，和司机说起了话。

亚瑟·杰弗逊单手轻轻贴上杉浦雄之辅的背，进了杂树林。头顶的树梢上抽出了新绿，树根上还堆积着去年的茶色落叶。两人的鞋尖深深陷入其中，到了秋天，大概会有松鼠出来活动。

“这是我们自东京的迎宾馆以来第一次见面啊，杉浦先生，你真是一点都没变。”

“你也是。”杉浦说。

“听说你现在在日内瓦工作？”

“对了，我得给你一张新名片。”

杉浦从内侧口袋取出黑色皮革制的名片夹，从中抽出一张名片。名片上的头衔是用日文和英文印刷的。亚瑟·杰弗逊看了看上面的英文，把它放进了自己的名片夹。

“行动很迅速啊，你去日内瓦是矶部首相的命令吗？”

矶部首相这个词，亚瑟·杰弗逊是用日语说的，他是个精通日语的男人。

“这个嘛，谁知道呢。”

杉浦参事官露出意味深长的微笑。

“家人也和你一起去吗？”

“孩子没去，只有妻子陪我。”

“无拘无束的好，行动方便。”

路上传来军用吉普车的声音，是刚才看到的那辆回来了。

“没时间了，进入正题吧。”

杰弗逊的语气变得郑重起来。

“50分钟前，巴顿总统乘坐专机从华盛顿到达这里，和哈米鲁顿大将谈话10分钟后，又乘坐直升机去了布鲁塞尔的飞机场，拜会了王宫。之后去EC本部，出席下午的会议。还有，专机当中，二号载货飞机里装的货物，在美军司令部的领域内，顺利地装进了硬铝卡车里。因为对外宣称这是直属于总统的金属货物，所以司令官没有拆开包装检查，绝无泄露。”

杉浦说他明白了。

“本来，在这里是要给你们检查车里的货物的，但那是不可能的，希望你们能信任我们。”

“我了解。”

“佩塔·古内基是可以信任的人，他对于这种运输之事烂熟于心。不，这个组织自身就是值得信任的运输行家。而且，他在各方面都有涉猎，是个中好手，你不用担心。”

“……”

“佩塔是负责运输的主任，你就和刚才一样坐上奔驰，但是不能跟在卡车的后面，如果被认为是在护送卡车，那就糟糕了。你们先开到前面，在各个要所等待，确认卡车的通行。”

“我们先开？”

“从这里开车到瑞士的国界巴塞尔需要八小时。除此之外，还有两小时的休息时间。所有事情都和佩塔交代好了，包括在到巴塞尔之前，选取哪条路线，你在哪个地方接应和护送卡车。我接下来要去布鲁塞尔了，和你的交接工作已经完成了，祝你好运。”

亚瑟·杰弗逊和杉浦参事官走到一起，先是握了握手。

中型的奔驰出租车驶出了SHAPE前的杂树林，大概开出100米，座位上的杉浦回头一看，两辆15吨的卡车正好发动。

离开杂树林后，他们上了卡斯特乌的大街，两侧的商店鳞次栉比，墙壁有白色、红褐色还有深灰色的。有着阶段式人字形屋顶的房屋排列在大街上，其上几个低矮的烟囱如疙瘩一般耸立着。几家土特产店之间夹杂着古董店，怎么看都不像是基地中的街道。

驶离了街道后，便是一片田园。葡萄田一望无垠，绿叶繁盛茂密。农民们穿着或黑或白的衣服，散布在田地里。因为这里没有山，汽车和卡车能够毫无阻碍全速向前行驶。

杉浦看了看地图。E41号线，自SHAPE向东延伸的一条路。直走的话，经过列日能到达西德的科隆。那慕尔是列日附近的一个城市，与南北走向的N4号线交会。北面经过布鲁塞尔便是法国，南面经由卢森堡便通向瑞士。

这是单向的三股车道，在右侧地势较低的地方，默兹河缓缓流淌，出了卡斯特乌，河流都是蜿蜿蜒蜒的，默兹河向东流，穿过德国国境，北边的支流在鹿特丹注入北海，在那河岸边，种植着一片冷杉树林。

司机佩塔放在方向盘上的手，几乎没怎么动过。因为没有必要，他们行驶在一条笔直的路线上。即使是这样，计量表的指针也指在了时速一百码的位置。他的后颈向下凹进二三层，红通通的，嗜酒使得他的皮肤充满血色。杉浦回头看，一辆大型拖车跟在后面，这不是在北海运输海鲜的那辆卡车，它们好像还远远地跟在奔驰后面。

亚瑟·杰弗逊说佩塔清楚该在何处等待卡车。佩塔也好，弗利兹也好，他们似乎都是“行家”的一员。今早7:00，他刚从日内瓦抵达布鲁塞尔的飞机场前。在那里，他第一次见到弗利兹。礼帽，是他们碰头的标记。如今，戴着礼帽旅行的日本人，大多是外交官这类人。一辆奔驰出租车向他靠近。

“是杉浦先生吗？”

“是的。”

只说了只字片语，弗利兹便打开了车门，这样的程序，杰弗逊事先从华盛顿打电话通知他了，之后他便坐上出租车前往SHAPE的大门前。

卡斯特乌和那慕尔之间相距 70 公里，车程 45 分钟，他们到了那慕尔方向右转的交叉点。路上立着一道标记，上面写着“卢森堡 185 公里，阿尔隆 132 公里，那慕尔 7 公里”。道路两侧都是杂树林，新抽出的绿芽在树梢和枝头上若隐若现，道旁的路灯像是船桅一般高高耸立着。

他们经过那慕尔的岔道，上了通往城镇的右侧斜坡。佩塔没有转动方向盘，就这样直接向前开上左边的道路。他们已经到了郊外，这周围地形起伏，道路接连好几处都有舒缓的凹凸之处。

佩塔把车停在了加油站，他回头看杉浦，缩了缩肩膀，下了车。一个穿着夹克衫、留着一头红色鬈发的青年走到车后，开始给车加油。

杉浦心想，这里应该是确认后面开来的那辆卡车的第一个场所。加油站位于卡斯特乌方向的 E41 号线，和卢森堡、巴塞尔方向南下的 N4 号线相交的十字路口。杉浦透过车窗望向道路，他看到拖车这类的大型卡车在飞快行驶，却不见他们要等的那辆卡车。远远地能看到那慕尔的市内，山丘下茶色的建筑物呈“之”字形分布，这是地方都市的远眺风景。

3 分钟后，油加好了。佩塔挺着圆鼓鼓的肚子，将钱放在加油站工作的一个年轻人手里，回到了驾驶座。他注意着道路的方向，但这只是发动车子时必要的谨慎。他似乎没有意愿在此等待装满海鲜的卡车。

不是在这等吗？

如果不是在这等的话，那是要在哪等？亚瑟·杰弗逊说佩塔心中有数，所以只能将一切交给他。杉浦这是第一次走这条路。

向南驶过 N4 号线，这条路是单向的三股车道，车辆很少。司机把时速提到了110公里，但在车内并没什么感觉。道路有许多凹凸不平之处，地图上显示，这里山岭和峡谷众多。那慕尔没有平原，而是横亘着阿登高原。阿登高原向东延展，地势在西德的波恩倾斜。N4号线上有很多凿开的山路，左右两边幽深的杂树林由于悬崖的存在而紧贴着道路。放眼看去，都是深绿色和黄色的泥土。

穿过山路，道路延伸至山谷的上方，能看见下方的树林里的村庄和田地。村庄在斜坡上如同霉菌一般聚集在一起，教会的尖塔耸立其中。

路上又有一块标志牌“距离巴斯托尼3公里，距离阿尔隆42公里”。杉浦心想，是不是要去阿尔隆呢？阿尔隆是卢森堡公国的西边入口。卢森堡作为观光都市，耳目众多，但是阿尔隆只是普通城镇，并不引人注目。阿尔隆应该是确认卡车的第一个场所。五分钟后，一座小城镇映入眼帘。那是巴斯托尼，距离刚才看到的标志有三公里。

司机佩塔降低了车速，驶离了公路，开向右侧狭窄的道路。这里是巴斯托尼的乡村小镇，稀稀拉拉地走着几个男人女人。佩塔把车停在了一个小餐馆的门前。

在这种地方，能看到跟在后面的两辆卡车吗？杉浦环视了一下四周，他们已经偏离N4号线了。

这里倒是还能看到N4号线，前面还有一座高架桥，高悬在低地的城镇上头。高架桥上也是公路。在阴沉的天空下，汽车和卡车飞快穿梭，而N4号线的其中一条公路就经过那座高架桥。

佩塔先行进入了店内，杉浦心想，明明只是个司机，还这么嚣张。可他不能说出口，为了得到便于侦察的视野，佩塔环顾店内，选了里面的一张靠窗的桌子。

看到窗外的情景，杉浦感到很吃惊，这里正好是高架桥的正对面，窗框就像是画框一般，将高架桥的风景绝妙地收入其中。

不愧是老手。佩塔见杉浦一脸佩服的神情，一只眼睛对着他眨了眨。此刻的佩塔一副天真的老实人模样，怎么也不会想到他居然是其中一名“行家”。可他确确实实是组织的一员。

司机佩塔看了看腕表，已经过了一点。他好像肚子饿了，店里的架子上摆着红酒瓶子。他瞥了一眼菜单，点了浓汤和炸肉排，吩咐系着围裙的店主拿瓶红酒过来，就将头扭向一边。他面对着窗户，目光落在高架桥上。杉浦也点了同样的东西，凝视着高架桥。每辆经过的卡车都是以 120 公里的时速飞驰。虽说高架桥很长，但只要稍微一分神，目标就会在视野里消失，转瞬即逝。

头发梳理得整整齐齐、三十四五岁的店主也兼任店员，在两人面前的酒杯里倒入红酒，接着把红酒放在桌子正中央。佩塔没有拿起酒杯，继续全神贯注地看着窗外的高架桥，老实人的眼睛变得像鹰一般尖锐，他再次看了看腕表。

在他抬头后不到一分钟的这段时间里，佩塔的指尖“咚咚咚”地敲着桌子。无须佩塔的提醒，杉浦看到两辆载着北海海鲜的硬铝卡车，紧接着通过高架桥。这是在 SHAPE 大门前分别后，第一次见到这两辆卡车。虽然也有其他大型卡车在高架桥上行驶，但他不会看错。在两人的注视中，两辆卡车将画框从左到右切割开，最后消失不见。

佩塔向杉浦举起被他搁置许久的红酒杯。

“已通过第一个地点，没有异常。”

“辛苦了，恭喜。”

两人碰了碰杯子，干了这杯酒。佩塔拿着酒瓶，不断地往自己杯子里倒酒。

点的菜都上桌了，炸肉排上浇了咖喱酱，佩塔狼吞虎咽地吃起来。他吃掉了配菜的米饭，之后又盛了一碗，又撕了四块牛角面包，将嘴巴塞得满满的，之后点了啤酒，一个人喝完了三瓶，餐巾纸上还印着店名“DE LA HAUT”。

当杉浦问起还能不能开车的时候，佩塔说：

“这种东西，和喝水没两样。放心吧，交给我。”

佩塔对着杉浦敲了敲自己的手腕。他的肚子圆鼓鼓，咽喉粗了一圈，双下巴也凸显出来。

没有多余的言语，只要一想到言多必失，甚至还可能会暴露自己的身份，杉浦就更加谨言慎行。虽说询问对方家住何处，家中几个孩子，是此时此刻能消遣时间的闲话，但若被认为是在探听对方情况，那就麻烦了。两人没多说什么，就这样结束了这一顿饭。佩塔相当能吃。和日本不一样，这里的任何料理都盛得满满的，佩塔却将它们吃得精光，而杉浦倒是有剩下。

佩塔摸了摸肚子，抬头看了一眼腕表。

佩塔的出租车飞奔在城镇整齐排列的道路上，他把车开上了坡道，重新回到 N4 号线。高架桥早就被他们甩在了身后。

阿登高原的正中央。他们疾行在杂树林内起伏不平的公路上，时速达到 120 公里。以这样的速度，说不定能追上那两辆卡车。但是，他们花费了将近一个小时的时间吃饭。佩塔虽说喝了这么多红酒和啤酒，但他的技术，确实如他自夸的一般。

周围的轿车和拖车，都以120公里的时速穿行。一种与车的流动相融合的节奏感油然而生。左右两边，碧绿的田地和白色的村庄在眼下不断流过，他们经过了市外，路上的标志上写着“距离阿尔隆1公里”。他们到了比利时和卢森堡公国的国境线，所有的车辆都减了速度。之后道路分成两条，弯曲的那条是专门为卡车而设的。

轿车笔直地向前开去，在国境线的检查站，负责的官员只是瞥了他们一眼，也不检查护照，他们的车没有任何阻碍地通过了。

过了检查站，他们还需要在高原的公路上开一段时间。路上杂树林逐渐变少，建筑物鳞次栉比。不久，他们进入了卢森堡的市内。市内的建筑物多是淡黄色和白色的，颜色鲜亮的首都在他们的眼前出现，这是充满历史气息的、适合观光的街道。道旁古典的建筑是哥特式的。无论是台地上，还是台地下的山谷，整个城市一派繁荣。在走过高高架起的桥梁时，城市看起来像是一幅袖珍的立体画。台地上，位于街道后的树林，它的绿色被填涂进了画里。

他们经过了诺曼广场，这里聚集着观光巴士和轿车。卢森堡的车，它们的车牌上都有一个用圆圈圈起的“L”标志。他们自然是不可能在这种地方等待那两辆卡车的。广场上有六七个日本观光客，他们敏锐地察觉到出租车里那个戴着礼帽的人，张了张嘴，像是在喊着车里坐着的日本人。

离开卢森堡的大街，他们再次开上了杂树林中白色的高速公路。树林的新绿清爽鲜明，蔚蓝的天空高悬头顶。现在4:00没到，阳光照射在住宅的白墙上，熠熠生辉。

杉浦又看了看地图，梅斯、基塔姆松、南希、埃皮纳尔、鲁米鲁蒙、缪卢斯，还有瑞士的巴塞尔，波若山脉横跨了鲁米鲁蒙和缪卢斯。不知和两辆卡车的第二个相遇地点在哪里，是梅斯还是南希呢？这两个都是主要城市。杉浦不能向佩塔询问，亚瑟·杰弗逊说过，所有事都交给佩塔。事情既然已经交托给了“运输屋”，那就不要胡乱地插嘴。“运输屋”就没有过在途中抢夺货物逃亡的吗？

杰弗逊断言道，这种事绝对不会发生。原因是，这个“行家”集团，是在和“瑞士的契约者”有着牢固的相互信赖关系上成立的。只是，这些没有在明面上表现出来罢了。这是“瑞士的契约者”为了将这个秘密组织收为已用的必要之举，秘密组织也自觉地认识到，他们若是背叛这种信赖关系，就会迎来组织的自我毁灭。因此，组织内的规章严明。

例如，组织内的一员起了恶心，将运输中的货物顺手牵羊并且逃跑了。他的行踪会被组织全面追踪，既然私吞了货物，最后的结局只能是被杀。行凶之人绝对找不出来，或者他把杀人事件伪装成死者自杀，手段很巧妙。由于有这样的血之规定，组织内绝对不会有人不知深浅。

然而，作为委托人，在货物运输到目的地之前，怎么都不能安心，所以这才需要运输途中的确认。

“确认工作就交给佩塔来办吧，那家伙可是最适合的人选。”

从卢森堡开上公路，进入狭窄的乡间小道。杉浦虽然不明白为什么要走这样的小道，但这应该是条近路。当然，那两辆卡车是走公路直行至梅斯的。检查站的检查非常严格，进入法国境内，道路两旁作为行道树的白杨高高耸立。行走在这条种植着白杨的林荫道，犹如漫游在佛兰德的乡村。不同的是，这里的道路有许多坑坑洼洼，这附近并没有葡萄田，倒是栽种着甜菜。

他们到了希尔维尔的一个城镇，这里来来往往的车辆很多。搬运车上载着两辆相连的拖车和崭新的车子在路上跑着。希尔维尔虽是个安静的小城镇，但车辆的噪声问题相当严重。

一家饭店前停着四辆卡车。饭店横放的招牌上写着“AU BON ACCUEIL”（欢迎光临）。沿着刷白的墙壁向上数三层，是供住宿的旅店。佩塔停下车，比起喝水，他似乎更想进去喝啤酒。但他看了看腕表，还是放弃了这个念头，就这样径直朝着梅斯的方向开走了。他们行驶在单向的单车道上，道路很窄，还能看到工厂的烟囱。一旁流淌着因为摩泽尔白葡萄酒而出名的摩泽尔河，堤坝上青草萋萋，杂树林的新绿鲜艳夺目。路旁的绿地上立着一块白色陷印的文字牌：

“vous êtes en Lorraine。”（欢迎来到洛林。）

阿尔萨斯 - 洛林地区，是从事制铁、纤维、化学、机械等的工业地带，由于德国在战争中的获胜，被两次纳入德国版图。杉浦曾在中学的英语读本上，看过《最后一课》（阿尔封斯 · 都德的著作），它讲述了在阿尔萨斯 - 洛林地区沦陷的那天，一名小学教师的悲伤之情。

驶上了梅斯的市街，圣埃蒂安大教堂前的广场上，他们所等待的其中一辆卡车停在那里。

“之前可没听说过会停在那里。”

佩塔如同咒骂一般嘟囔着，慢慢地向卡车靠近。此时，站在卡车边上的两个男人也向这边走了过来。

“奇怪，卡车怎么只有一辆？”

佩塔注意到这点，口中大叫着。

有什么意外发生了。

出租车司机佩塔朝那两个闲逛的男人走去。身后，停着一辆载着北海海鲜的十五吨硬铝卡车。卡车之后，哥特式的圣埃蒂安大教堂，散发着古老而又庄严的气息，高高矗立于此。这个大教堂，因为被誉为“神之光”的宏大的彩色玻璃窗的存在而出名，为参观彩色玻璃窗而来的人，一年中络绎不绝。佩塔闲庭信步，就像是其中一名参观者。不论发生任何事，他也绝不会大惊失色，飞奔到同伴的身边，引起周边人的注意。

佩塔叼着一支烟，装作要借火，靠近卡车司机。

“还有一辆卡车没来，这究竟怎么回事？”

这辆卡车的司机，名叫皮埃尔·洛伦兹，是个年轻气盛的人。

“开在我前面的华尔塔逃跑了。”

“逃跑了？”

佩塔的两眼闪过光芒。

“究竟怎么回事？”

“他轧死了一只狗。”

“轧死了一只狗？在哪里发生的事？”

“距离希尔维尔 15 公里的地方，在 E9 号线。”

“这种事情别管它，飞快开走不就好了吗？”

“不行啊，牵着狗的老太太在那大声叫唤。听到她的声音，在附近路过的老太太们还有骑自行车的大爷们都开始朝这边聚拢过来，乱哄哄地大闹了一通。”

“然后怎样了？”

“坐在副驾驶座上的弗利兹下了车，捡起狗，然后跳上副驾驶台，这之间就花了两三秒，之后卡车就全速向前开走了。”

“那你的卡车呢？”

“开在前面的华尔塔的卡车撞到狗的时候，我就觉得事情麻烦了，就先开车跑了。然后，我开出 500 米左右，把速度降下来。我转头看了看后面，那帮老太太拦下过路的车，大喊着要追上华尔塔的卡车。华尔塔的卡车从我的侧面飞快地超过去，弗利兹朝我的方向伸出头，怒吼着‘事情太麻烦了，我们选择其他的路线过去。你先去圣埃蒂安大教堂前的广场上等着’。说完就离开了。”

晚上 7:00 多，两辆贴着“瑞士快车运输公司”标志的硬铝卡车，相继沿着 A31 号线开往从梅斯南下通往南希的路上。

华尔塔的卡车在将近一个小时后，才从西面的欧布艾方向开过来，和原本在梅斯的圣埃蒂安大教堂广场前等待的洛伦兹驾驶的卡车一道疾驰而去。这一回，由佩塔驾驶的出租奔驰，跟随在卡车一百米之后，戴着礼帽的杉浦坐在副驾驶座位上，车内的灯已经熄灭。

梅斯和南希之前相距 56 公里，在公路上以时速 120 公里的速度行驶需要 30 分钟。他们不去市街，经过南希南面的公路之后，就是国道 N57 号线，道路一下子变得狭窄。即使如此，那两辆相连的牵引式卡车和车身上用蓝色文字写着“TRANSCAP”的卡车，也丝毫不见减速。车头灯扫射在道路上的速度不变，和迎面而来的车辆的灯光在一瞬间相互纠缠之后，又迅速分开。

工厂的火将南希的夜空染得一片赤红，如今却早已散去。黑暗中，周围的景象从田园逐渐变成了山林。他们向波若山脉的山麓靠近，整齐排列在路边的路灯，它们的光芒如同萤火虫向后飞去，道路弯弯曲曲，路旁涂成橙色的紧急电话亭疾速后退。

明亮的光点在他们眼前靠近，从南希开出56公里，他们到了埃皮纳尔镇的外围。埃皮纳尔镇是波若县的中心地，人口达4.3万人，镇子位于摩泽尔河的西岸，多桥梁。

径直穿过埃皮纳尔镇的外围，向南25公里。驶过鲁米鲁蒙镇后，离开N57号线，开上了国道N66号线，进入一个叫琉的村子。华尔塔驾驶的第二台卡车发出急促的喇叭声，叫住了开在前面的卡车。洛伦兹把卡车开进简易餐馆前的空地，先来的客人将两辆牵引式卡车停在了那里，车身上写着诺曼底和维也纳的公司名字。华尔塔的卡车和它们并排停放在一起。四个人分别从两辆卡车上下来，进了服务站，简易餐馆的门前招牌上写着“AUBERGE DE LA VALLEE”（山谷旅店）。一打开门，餐馆内的灯光泻了一地，招牌上的字被满满地投射在侧面的墙上。

两辆卡车上都分别留下一个看守的人，以防止货物被盗或是卡车被夺。

两分钟后，出租奔驰也到了那里。司机佩塔打开车门，请杉浦雄之辅下车。

“时间来得及吗？”

他用担心的语气说着法语。

“没事的，先生，接应的人在8∶00到达了巴塞尔，刚才经过梅斯之后和苏黎世那边通过电话了。”

“既然已经通过电话了，那我就安心了。”

“进入餐馆之后，我们要装作和那些开卡车的人素不相识。”

打开门，入口有两个，右侧是柜台式的酒吧，左侧是整整齐齐地摆着桌椅的餐厅。佩塔和杉浦向左走，在铺着粗糙的方格花纹桌布的餐桌前坐下。

这家店铺的老板娘年过五十，戴着眼镜，站在道路尽头的柜台里，背对着酒架，身材修长的老板拿着菜单向他们走来，这家店似乎只有夫妇两人在经营。桌上的卡片印刷成金色，上面印着黑色的字“Mr & Mrs Casaux”。

杉浦点了前菜、玉米汤和食用蜗牛，食用蜗牛是一小碟乡村料理，他还点了山莓派配上浓咖啡。佩塔要了一盘法式黄油烤鱼，这鱼好像是从摩泽尔河里捕上来的。在此流淌的摩泽尔河，和小河没什么两样，如同兑了水的威士忌酒。

旁边酒吧里的四个人，点了啤酒和红酒，在他们之前到的卡车司机坐在离他们很远的座位上喝着啤酒，他们卷着舌头一口德国口音，在高声交谈，而和杉浦他们同来的四人只是默默地喝酒吃饭。

餐厅的窗边摆放着红色的郁金香和紫色的风信子盆栽，一边放置着古色古香的橱柜和青铜雕刻的座钟，似乎是想以这些摆设来与酒吧区别开来。

杉浦的盘子中还有吃剩下的，而佩塔把两人份的派吃得精光，他把法式土豆一个接一个地塞进嘴里。酒吧里，维也纳和诺曼底的卡车司机已经走了，和杉浦同来的其中两个年轻人，去接替了在卡车里留守的人。

佩塔看了看表，现在是8:50，他对杉浦眨了眨眼，这是他们的信号。隔壁的酒吧里，华尔塔一言不发地付了六人份的钱。

瘦削的老板走到杉浦这边算账，一共230法郎，戴着眼镜的矮胖老板娘去了酒吧那边收钱。

9:00，两辆卡车相继在他们之前出发了，五分钟之后，佩塔的出租奔驰离开了“山谷旅店”。

他们很快地驶离了N66号线，行驶在D466号线上，这条路线架设在波若山脉，越过了整座山。

普通的车辆，根本不会选择走这条路。无论是从布鲁塞尔还是从卢森堡开来的车辆，都是通过西德的高速公路去瑞士。虽然是绕远路，但走高速可以更好地节省时间。

而偏偏选择走这条建造在山上不便行走的近路，是因为这是“瑞士快车运输”的高层避讳经过西德领地而下达的指示。这也是为了防止严格的盘查和意料之外的故障，也是对车内所装货物的担忧。

“终于快要越过这座山了。”

佩塔忙着操纵方向盘。

由于弯路很多，能看见在他们前方200米行驶的两辆硬铝卡车的红色车尾灯时隐时现。上坡路接连不断，限速110公里/小时的标志被车灯光照亮，两侧黑黢黢的山脉紧逼而来，倒不是很陡峭，而是一重重和缓的丘陵。居民区的灯光散落在山麓，不久，连灯光也看不见了，只剩下接连的树林和山岳。

弯曲的道路越来越多，四周是一片又一片黑咕隆咚的树林。车灯在树下照射，瞬间为树林点缀出一抹绿色。凉气从车窗中窜进来，树叶的清香混着山中特有的凉爽空气，从鼻尖流过。

对面开来的车辆在急转弯处突然出现，只见对方的炫目灯光匆匆一闪，杉浦叉开双脚使劲稳住身子。

这是个U形急转弯，他们已经爬得很高了。头顶上一片小小的夜空，星星触手可及。下山的路上，对面轰隆隆地开来一辆大卡车，和他们擦肩而过，一股树芽的味道传来。

前方已经看不到星星了，却不是因为云层遮挡，而是在他们的面前横亘着一座山。

“那是巴隆·达尔萨斯山吗，佩塔？”

“是的，先生。”

这座山海拔1200千米，是波若山脉中第二高山，他们已经接近山顶了。

从正面靠近巴隆·达尔萨斯山，即使在夜里，也能看到那漂亮的圆锥形轮廓，杉浦心里想道，这就是在日本被叫作甘南备形的形状吧。

就在快要撞上山麓时，D466号线突然向右避开。开过了高峰的侧面，就是下山的路。山下的两楼小屋里灯光闪烁，不知是建在山顶的茶馆，还是冬天的滑雪场。

下山的路呈“Z”字形，两边是森林和凿开的山崖。“小心落石”“小心打滑”的标志牌由于灯光的照亮，一瞬间从眼前闪过，就算是大型卡车，也不得不在这样的地方慢行。

眼前又是接连不断的急转弯，路旁探出的枝条打在前行卡车的高大车厢上，又被反弹了回来。新抽出的绿叶飘落下来，在灯光的照耀下熠熠生辉。

每次转弯的时候，车身都差点贴上山麓。前方的夜空逐渐变得广阔，山势也逐渐舒缓。山下村庄的灯光映入眼帘，黑暗的森林里，树木远比山顶低矮。他们终于越过了波若山脉。

开在平坦的道路上，他们再次行驶在 N66 号线。这是个弹丸小镇，道路特别狭窄。街上建着教堂，它的外形在这样的乡村小镇上已经显得相当华丽了。

道路变得宽阔起来，开过了缪斯这个地方都市。到了郊外，取而代之的是 A35 号线。

月黑风高，路上尽是卡车，轿车寥寥无几，路标显示距离巴塞尔还有 11 公里。

前面却堵车了。

“怎么了？”

“法国的治安警察的突击检查。”

“是出什么事了吗？”

“没有，这是常有的事，这是那些家伙没事找事做的伎俩而已。”

轮到杉浦他们了。

负责的警察向佩塔询问车辆的登记号码，要求杉浦出示护照。

杉浦一出示外交官的身份证，负责的警察便轻轻地点头表示敬意，接着又提醒佩塔小心开车。

车辆进入圣路易镇，一个位于边境的镇子。

卡车专用的海关和检查站，与轿车并不在一条路上。法国开来的，瑞士开来的，分为两条道排列，红白条纹相间的断路闸阻挡住去路。

检查站前是一个广场，没有铺路，到处都是水洼。

“没问题吧。”

杉浦看向“瑞士快车运输公司”的两辆卡车。

“大型卡车接连不断地从这过，检查站也不会拘泥于一些小地方。动作稍微慢一点，卡车就会堵在这里，到时候可就束手无策了，只要备齐需要的文件就没问题。”

佩塔揩了揩鼻子，笑道。

他们在那两辆卡车之前，先一步进了瑞士的巴塞尔。

杉浦看了眼表，现在是10∶30。佩塔在一个大型建筑物前停下车，等待从海关出来的卡车。这时，有人用手指敲响了座位上的车窗。

街灯将那个男人的半边脸照亮，接应的人是个日本人，他戴着贝雷帽，帽檐拉低至眉眼处。

“哦。”

杉浦口中叫着，打开门下了车。

“仓田君。”

“晚上好，好久不见。”

仓田重三郎稍稍鞠了一躬，随后向杉浦雄之辅走近主动和他握了握手，他的风衣衣领高高立起。

“你是什么时候到这儿的？”

杉浦的眼神，像是在细数最后一次与仓田见面以来的日子。

“自离开日本后只过了十天，现在准备在荷兰的乌特勒支做生意。”

“这样啊。”

“我在三天前离开了苏黎世，今天晚上8:00过后到了巴塞尔等你们。”

“在途中，卡车出了个小事故，因此花费了一些预料之外的时间。”

佩塔站在出租车的旁边，背对着杉浦他们，因为佩塔不懂日语，所以他们可以毫无顾忌地说话。

“那个男人是运输屋的主任。”

杉浦用下巴指了指背对他们的佩塔。佩塔此时果然面向前方，等待着从海关出来的“瑞士快车运输”的卡车。

“我听说过，这个男人是叫佩塔吧。”

听到自己的名字，佩塔迅速转身，红通通的脸上绽开笑容，向他们走近。

“我是佩塔·古内基，你是仓田先生吗？”

“我是仓田，抱歉，你能用英语和我说话吗，佩塔？我不太懂法语。”

“对不起，我是这次负责运输的佩塔·古内基，接下来由我代替杉浦先生，陪同您前往苏黎世。”

“是这样啊。”

“我知道了，请多关照。”

“请多关照，到达巴塞尔的时间不是9:30而是10:30，这件事我们已经通知了苏黎世银行。”

“谢谢，可以安心了，总算是出来了。”

佩塔大步走向硬铝卡车。

“那么，”这次是杉浦主动向仓田重三郎握手，“接下来就拜托你了，仓田君。”

交接过程结束了。杉浦的肩头一阵轻松，脸上露出安心的神色。

“好的，辛苦了。”

仓田回握住杉浦的手，窥探杉浦的眼色。

“请在迪沃纳等候。”

“不是在卡基纳吗？”

“我把这些货物存入银行之后，在凌晨2:00之前赶到卡基纳。在迪沃纳的饭店里开庆祝酒宴，天亮之前尽兴赌博。”

杉浦点头说知道了，去街角寻找回日内瓦的出租车。

这是一件不可思议的事。从鹿特丹载来的北海海鲜被存入银行，存入一个在不合常理的时间点营业的夜晚的银行。

巴塞尔街上的蒙蒙白雾里，渗入了屋外的灯光。

从巴塞尔到欧尔汀，从欧尔汀到伯尔尼，出租车在夜晚的高速公路上，往西南方向行驶。

座位上的杉浦雄之辅睡着了，虽说是过度疲劳，但也因为司机只是个普通人而安心不少。司机不是像佩塔一样的“组织”里的男人，从布鲁塞尔到巴塞尔的大约16小时里，杉浦感觉自己就像是被那7个人给扣留下来了。

巴塞尔的运输监督工作总算是平安无事地完成了，在把任务交给仓田重三郎的那一瞬间，他就从那七个人手里解放出来了。他深刻体会到，从肩头卸下重任的轻松感。

然而，这样的解放并不彻底，再过三小时，他就要在凌晨2∶00于迪沃纳再次见到仓田重三郎。在迪沃纳的饭店里举杯庆祝，之后两个小时可以享受赌博的乐趣。杉浦无法拒绝，因为仓田作为接替者的同时，也是他的搭档。即使职业、生活环境、身份都不同，在遵从上级命令这一立场来说，他们两个就是搭档。

高速公路还是老样子，卡车一辆接一辆川流不息，他依旧看到先行车辆的红色车尾灯和迎面车辆照射而来的炫目灯光，车流量如此之大的道路连接着比利时、卢森堡和法国。

杉浦眯着眼睛，还是黑黢黢的森林，谷底的街灯闪烁光芒，他经过一座高架桥，突然有了一种再次途经卢森堡的错觉，但这里是伯尔尼。

离开伯尔尼后，依旧是在森林里行驶，针叶树的树梢整齐而笔直地向上生长。林中一条宽阔的道路上，有一块路标写着“弗里堡23公里/洛桑95公里”，杉浦此刻又合眼睡着了。

两辆载着北海海鲜的大型冷冻硬铝卡车向东边开去，佩塔开着出租车跟在后面，他们到了苏黎世的某个银行后门。仓田在铁栅栏制的大门前下了车，华尔塔从卡车中下来，佩塔也下了出租车。银行的保安队长在值班室打着电话，值班室内大概有十个持枪的保安。

在如此深夜里，一个银行高层人物从银行里走了出来。隔着铁栅栏，和运输屋进行简短又小声的对话，其中掺杂着暗号。运输屋是属于“组织”的人，大门笔直打开，两辆卡车开了进去。

前面还有一道门，那位高层人物从口袋里拿出铁制的卡，这张卡里装着磁条，卡里的磁条像咒语一样，将门打开了。卡车开进了里院，在主楼的侧面，一株银杏枝繁叶茂，高高挺立。令人不可思议的是，在如此深夜里，银杏看起来竟然是一片鲜绿。

杉浦雄之辅在梦中不禁想道，有色彩的梦，是因为神经出现异常。灯光照射在银行主楼的便门里，灯下出现了几个人影。佩塔把卡车的硬铝货台的钥匙交给其中一个人，之后七个运输屋的人，就这么把卡车停在原地回去了。仓田也出现了。银行的两道门都关上后，就像什么也没发生一样，恢复了原来的寂静，默默地沐浴在灯光下。仓田向着迪沃纳的方向离开了。

在一家营业至清晨的酒吧里度过一夜的佩塔和华尔塔等人，在早上 6:00 又去了银行的后门，他们是去将卡车开回。在经过和昨晚一样的手续之后，门开了，里面依旧昏暗。

用油漆写着“瑞士快车运输公司”的两辆卡车和昨晚一样停在那里，硬铝货台也是关得紧紧的，银杏叶果然是绿色的。从里面走来那个高层人物，把银色货台的钥匙还给佩塔。卡车就从银行的后门开走了，就这样载着北海的海鲜，开在笼罩在晨雾的街道上，前往海鲜市场，在那里卸下新鲜的北海海鲜。

10

莱芒湖上烟雾笼罩。湖畔的灯在雾中微微泛起白色，从洛桑前往日内瓦。

离日内瓦市区越来越近了。

右手边有一条宽阔的岔路，路上有“距离迪沃纳2公里”的标志，约好了在迪沃纳的小剧场等从苏黎世赶过来的仓田重三郎。

从标志前经过，左手边烟雾笼罩的莱芒湖在视线中渐渐缩小，驻日内瓦国际机构日本代表部大使公邸往湖中突出，在黑暗中像一个影子。

进入街道，国际机构的白色建筑在高楼中隐约可见，主馆是以前的联合国欧洲总部，出租车开上了附近的一个坡道。

这是一片能与高级公寓媲美的高档住宅区。杉浦进入了其中一间公寓。公寓大部分窗户内都关着灯，他进入电梯。

电梯里是一对澳大利亚夫妇，丈夫是联合国欧洲总部的代表部员，他们互相用英语低声交谈着，这栋公寓中住着各个国家的代表部员。

丈夫来到了五楼的530室，有两个房间，窗户还亮着灯。杉浦按响了蜂鸣器，窗帘里掠过妻子美代子的身影，打了内线电话，这边的灯也亮了起来，他的妻子打开了门。

“你回来啦。”

美代子穿着胭脂色的连衣裙迎接丈夫，落地灯照着，浮现出她微笑的侧脸，细碎的头发散落在两边。

“辛苦了。”

她接起丈夫的包，到另外一个房间去给丈夫拿要换的衣服。

“没事，穿身上的衣服就可以。”

他看了一眼时钟，是 12:35。

“再过 30 分钟要出门一趟，你也一起去吧，在迪沃纳。”

“在迪沃纳啊。”

“在那里的饭店吃个饭吧，之后玩一会轮盘赌博。”

“虽然很开心，但是你不累吗？”

“没事的。”

“但你从昨天开始就出差到阿姆斯特丹工作，今天又去了苏黎世吧？你这个时候是坐苏黎世的车回来的吧？”

他跟妻子说过去阿姆斯特丹和苏黎世出差工作的事情。

“没什么好担心的，我在从苏黎世回来的车上睡过觉了。”

“真的没事吗？”

“嗯，真的没事。而且，在迪沃纳约好了要见从日本来的客人。”

“是我认识的人吗？”

“你应该不认识，是一位叫仓田的，国会议员的秘书。他到的时间比较晚，所以约好了在小赌场一起吃个饭。”

“我跟你一起去不会妨碍到你们吗？”

“又不是谈什么很重要的事情，很快就结束了。但是，约都约好了，不去的话会不太礼貌，你不是也想玩玩轮盘赌博吗？”

“是啊，跟赌博比起来，那里的氛围也不错。”

他留意到妻子的笑脸，出差这两天的心情好像也有了变化。

“我想，你今天晚上应该会回来，还准备好了饭菜。”

“真是抱歉呢。”

“不，没事的。我也没有花很多心思准备。我也觉得去迪沃纳好一点……你要喝咖啡吗？”

“嗯，给我泡一杯吧。”

杉浦脱掉外套，靠在沙发上。为了不让妻子察觉自己的疲惫，即便是坐着也坐得直直的。

到了凌晨 1:00 的时候，杉浦和妻子一同出门。妻子谨慎地关掉了室内的灯，锁上了门。杉浦换上了西装，还系着新的领带。美代子则穿着深红质地上点缀着淡红色水晶的二件式洋装。

开的车是来这儿工作匆忙买的奔驰，他们沿着高岗住宅区的坡道往下开，行驶在去往洛桑方向的宽阔道路上，开到能看到莱芒湖的地方他们就不再往前开，在出现“距迪沃纳 2 公里”的标志处左转。

在路上有一个国境检查站，迪沃纳是法国侵占的瑞士的领地，车子在检查站前面徐徐前进，税关的工作人员挥了挥手，示意他们可以往前开，连护照都没检查。

正面是圆顶的白色建筑，屋顶上挂着“CASINO”的灯饰。

杉浦开到那前面让妻子下了车，自己则把车开到停车场去，停车场停着好多车。这个时候，是小赌场最热闹的时候，迪沃纳的小赌场虽然规模小，但营业额仅次于摩纳哥，在欧洲排第二位。

他们夫妻俩在前台出示了护照，付了入场费，往入口走去。现在是凌晨1:30，因为到了这个点了，他们和回去的客人交替而过。到这儿任职还没多久的杉浦没有什么熟悉的人，场内混杂着成群的男男女女，呈现出一派盛况。

玩轮盘赌博的地方以中间的入口到里面的通道为界，左右分别摆放着四张轮盘赌的桌子，总计有八桌，靠近入口的四桌是筹码为20法郎的赌桌，里面内侧的四桌是筹码为50法郎的赌桌，形状都是细长的长方形。

八台赌桌都是三边围坐着人，后面还有人站着。在通道上，人们轻轻地走动着。

杉浦环视了一周，没有看到像是日本人的人。轮盘赌场隔壁的房间是纸牌赌场，里面放着四张长椭圆形的桌子。一张桌子周围围着大概有30多个或坐着或站着的客人。他们在争着扑克牌9和离它最近的数字，这种赌法叫作巴卡拉，纸牌赌场比轮盘赌场要小一些。

这个饭店把轮盘赌场设置在拐角处的正面，纸牌赌场则紧挨着在隔壁。

杉浦从纸牌赌场的入口往里看，没有看到仓田重三郎。

把“瑞士快车邮递运输”的两台冷冻卡车放到苏黎世银行，办好银行方面的手续后即便是在深夜的贝伦街飙车过来，从苏黎世到这儿也有大约280公里的路程，得花不少时间。

饭店前面有个柜台酒吧。仓田在来之前已经订好了餐，吃饭前先在酒吧喝点好了，也只能玩轮盘赌博了，美代子可是期待着呢。这么决定了之后，他到筹码兑换处买了十个 50 法郎的筹码，那个时候美代子走开了。

四张 50 法郎的桌子都没有座位了，杉浦和别的人一起站在了后面。白色的金属小球在旋转的文字表盘上旋转着，发出轻微的金属的声音。它掉到了“12”的文字表盘中，接着是“7”。身穿晚礼服的庄家用 T 字形的长柄木棍的一端拨拢堆积成山的筹码，根据规则往猜中的人的筹码堆中分别拨了相应倍数的筹码，动作机敏优雅，没有丝毫狂热和犹疑。

杉浦决定先观望三把，客人中还有人拿出笔记本认真记录每次猜中的数字，想要以此得出统计概率，跟二十法郎那边不一样，五十法郎这边的轮盘赌桌上看起来比较富裕的年长者居多。

观望了三把之后，在第四把杉浦决定下注的时候，美代子回来了。

“我去纸牌赌场看了一下，有个日本人在玩巴卡拉，你要见的人是他吗？”

即使周围一片喧闹，妻子还是小声说道。

“那个人长什么样子？”

“他背对着我坐的，我没看到他的脸。但是，那个人确实是日本人，他肩膀宽阔，发色是黑色，头发微卷，穿着一身黑色西服。”

当杉浦一边看着在圆盘上转的白球，一边在数字 5 和 6 之间犹豫要不要放筹码的时候，在桌子中央正面的庄家宣布停止下注，筹码还原封不动握在手中，球最终掉在了 12 那里。

杉浦往里面紧挨着的纸牌室走去，站在入口往里面看。

椭圆形的桌子正面凹进去的半圆形处坐着庄家，庄家的两侧坐着同等数量的客人，没有座位的人则在后面站着。

以杉浦所见，牌桌上以庄家为中心左右分别坐了15个人。美代子看到的那个穿着黑衣服的日本人，背对着入口，在左边的那一堆人中。

虽然周围站着十四五个人，但都好像在围观，看起来没有人参与这个游戏。

杉浦悄悄地在围观者后面踱步，在人与人的间隙中寻找一个日本人，跟他告诉美代子的时候所想的一样，是叫作武藤平吉的议员。虽然他们没有直接打过照面，但是和在报纸还有杂志上见到的一样，那个日本人有稀疏的乱蓬蓬的卷发，长着方形下巴的脸，淡淡的眉毛、下垂的眼睛、圆鼻子、厚嘴唇，宽阔的肩膀上面是肥大的脖子，额头和眉间的松弛的皮肤像是有60岁了，的确是那位被大家戏谑为窝囊废的日本议员。

武藤平吉到迪沃纳的小赌场来了。

杉浦脑海中立刻想到的是仓田重三郎，听说仓田在这之前一直担任武藤议员的秘书工作。杉浦是在4月8日美国巴顿总统来到日本会见矶部首相的一周前，通过亚瑟·杰弗逊知道仓田的，由于杰弗逊在日美首脑会谈中要担任总统的翻译，为了准备在那两周之前就来到了日本。

那个时候，杰弗逊了解到担任通产省官房国际室长的杉浦雄之辅是矶部首相的临时随行人员中担任翻译工作的，为了双方重要的翻译工作打算进行私人的交流。于是某天晚上，他们在都内的饭店一起吃了个饭，在座的还有仓田重三郎，杰弗逊介绍仓田是自己相识已久的老朋友，这是杉浦第一次认识仓田重三郎，杰弗逊还说仓田是武藤平吉议员的秘书。

在那之后，仓田就不断接近杉浦，还在赤坂的一家不起眼的日式饭店请他吃了饭。那个时候他们只是闲聊，没有聊到这种重要的事情。说以后想要有更进一步的交往，换言之就是类似于客套话这类的东西。

在矶部与巴顿会谈上，杉浦和亚瑟·杰弗逊担任两方的翻译，在会谈中也一直是这样。但那是在已经决定的两国政府间事务层面阶段上的交涉的基础上进行的，两国首脑的会谈只要按照日程走一个引人注目的仪式。

但是，4 月 10 日拂晓在波斯套间进行的避开所有政府内部和报道关系的秘密会谈的内容，跟政府层面安排好的剧本相去甚远。

杉浦对当时自己一边翻译一边不住颤抖的场景，至今依然感觉如昨天发生般历历在目。

那次会谈的内容是绝对机密。秘密会谈一结束，矶部首相就严肃地对杉浦雄之辅说：

“这件事情就连妻子等血肉至亲也不能告诉，死都不能说，可以发誓吗？”

眼神和声音都很严肃。

“我发誓。”杉浦掩饰住自己的战栗发誓道。

这么看来，巴顿也应该同样地让杰弗逊这样发誓了。

誓约之外有一个白发红颜的像是德国人的肥胖男人，他暗暗冷笑露出白色的牙齿，他没必要发誓，他看起来像是两国首脑的内部人员。

“另外，考虑一下自己的将来吧。”

首相盯着杉浦细长的眼睛，丢下了最后一句话。

日美首脑会谈结束后巴顿离开日本的第三天早上，杉浦被叫去了矶部首相的府邸。收到指示，说是要躲过一早就蜂拥而至的请愿团和报社记者的眼睛，从后门进来，表面上叫他去的理由是进行所管事物的汇报。

“能替我去一趟日内瓦吗？”

首相只把杉浦叫进了起居室，他用柔和的声音说道。

“是去日内瓦吗？”

杉浦对这个唐突的问题感到惊讶，首相把纸上写的备忘录给他看。

“与其让我跟你说，还不如让你看看这个来得快一些。”

杉浦正襟危坐，开始读那两行字。

“首相大人，这对我来说任务太艰巨了。”

“应该不会吧，听说武藤平吉的秘书仓田重三郎要到荷兰去开什么中式饭店。让仓田和你联络一下吧，反正从荷兰到日内瓦坐飞机的话也只要一个小时。但你也不要太苦恼了，只要在日内瓦舒坦地生活两年就好了，偶尔还可以去爬爬山什么的。”

与其说是明白了然后应承下来，不如说是别无他法，两年后的境遇——有很大的希望可以得到晋升。

矶部首相在他眼前撕毁备忘录然后丢进火中，在火光中，杉浦仿佛一下子看到了自己飞黄腾达的未来。

在那之后一个星期，他就已经作为驻日内瓦国际机构日本政府代表部顾问从日本出发。

在出发之前，美代子开心地拍手：

“去日内瓦啊？好开心哦，就像是在做梦一样。”

如果是在外交部任职，外派这种事情是常见的，但是通产省的官员被外派工作是很少见的。美代子就是因为这个原因所以很开心。

为什么快乐来得这么突然呢？只是工作调动而已，在妻子看来是因为丈夫能力出众才有这个机会的，真正的原因是就算在妻子面前也要死守的秘密。

“日内瓦这个城市是讲法语的吧，必须得开始学法语了。”

美代子更加深入地期待着畅想着，她要去另一个美好国度了，大家应该都会很羡慕吧。

杉浦旁观着这个纸牌游戏，发现武藤平吉议员那边的形式不太乐观，就他看到的，筹码堆都被取走了两次。

巴卡拉这种赌法下注金额高，决定输赢也快，和日本单双数那种玩法一样。

杉浦确认了一下武藤平吉的侧脸，看到他连续输了两把之后，悄悄地离开棋牌室回到了转盘赌博的那个房间。

美代子嘴角带着笑意，给刚回来的杉浦看手中剩下的三个筹码。

武藤议员来迪沃纳了，和仓田重三郎一起来的，武藤也是在这里等要从日内瓦回来的秘书仓田。

杉浦回想起刚才连续输了两把的武藤平吉板着脸嘴里抽着雪茄的侧脸。

这么说的话，武藤平吉是想知道比利时的SHAPE本部出发的“瑞士快速运输”的北海产海鲜冷冻车有没有安全交接，所以才到小赌场这儿等仓田回来报告，等着等着就玩起了这种叫巴卡拉的高风险赌博。

不管怎样，武藤平吉在这里等仓田这件事情让他将自己肩负的任务联系起来，他推测是矶部首相的秘密命令。

杉浦又看了一眼时钟，现在是1:45，仓田还没有出现，武藤平吉也还没有从巴卡拉赌场出来。

杉浦开始玩轮盘赌来打发时间，但是他的运气不好。美代子呵呵地笑着，在赢来的上百法郎的筹码中抓了七个左右给他看。

这时，仓田重三郎从人群中走来，衣服看起来像是刚换的，穿得非常整齐。

“久等了。”

仓田边走近边说道。

“辛苦你了。”

周围吵吵嚷嚷的。

“毫无差错地顺利结束了。”仓田低声说道。

虽然觉得在充斥着各种语言的环境中没有人会注意到他们两个东方人的对话，但他们还是压低声音交谈。

“那样的话就太好了。”

“瑞士快速运输的两台铝皮卡车上装载的北海海鲜以外的东西，已经完全消失在了隧道底下。”

“我们简单地干一杯吧。”

“武藤先生来了。”杉浦对说要干杯的仓田低语道。

“他在哪里？”仓田观望着轮盘赌桌上排列着的一堆堆筹码，一个日本妇女的身影出现在他眼前。

“在隔壁的棋牌室。”

“这样啊……”

仓田知道议员在玩巴卡拉。

“我们的窝囊废大先生昨晚就来这住了哦。”

杉浦睁大了眼睛。

“隔壁是个旅馆，和小赌场的走廊连着，可以两地来回，还有另一个人也在那住。”

“是哪位啊？”

“你可能不认识，是东荣相互银行的副社长饭塚信良。”

杉浦摇了摇头，他没听过这个名字。

“是他们两个人的好朋友。”

仓田解释道。

“现在和我们没什么关系，总之先去饭店。”

美代子拘谨地走了过来。

“这位是我的妻子。”

杉浦向仓田介绍道。

“哦，是夫人啊。”

仓田并拢了双脚。

“我是杉浦的妻子，我丈夫一直以来真是承蒙您的关照了。”

她往前鞠了一躬，双肩外露的三名法国妇人边回头看她，边从旁边走了过去。

“可以的话，夫人也和我们一同前往饭店怎么样？”

“其实，我妻子也是这么打算的，她到现在都没怎么吃东西呢。”

“哦，太好了，这么说夫人应该肚子饿了吧。”

“不，还好啦，其实之前她一直很开心地在玩轮盘赌。”

“夫人对轮盘赌感兴趣吗？”

美代子悄悄摊开手掌，给他看手中的七个100法郎的金边筹码，50法郎的筹码是红色的。

“哇……”

仓田惊讶地瞪圆了眼睛。

“这可真让人吃惊。”

在去饭店之前，美代子回头看了一眼轮盘赌桌，坐在最前面的几个男人用记事本细致地记下得胜的点数。

桌上堆积成山的筹码被棍子的一端拨走，然后又在此基数上继续下注。

他们三个人围坐在饭店的桌子旁，首先开了一瓶雷奈·拉鲁的香槟。

“为了我们的健康干一杯！”

美代子在那个场景下，恭喜这种话她说不出口，辛苦了这样的话在刚才只有他们两个人的时候说过了。

美代子拿过来了一份大的菜单。

“夜深了，吃肉的话有点油腻呢，给我上点海鲜吧。”

这两个男人视线交汇，不知道是不是脑海中都浮现了“瑞士快车邮递运输”的两辆卡车，车上有牛舌鱼、鲱鱼、贻贝、鳟鱼……

杉浦和仓田都点了肉类。

之后，稍微有一些冷场。

“虽然有点失礼。”仓田微笑着对坐在对面的美代子搭话，“夫人，你运气很好的吧？”

“啊，为什么这么说？”

她带点女人的娇媚回以微笑。

“因为你赢了那么多啊，也没玩几次吧？”

“玩了三次。”

“大丰收啊。”

“我妻子呢，赌起来的话就忘乎所以了。”

杉浦得意地介绍道。

“哦，那很有魄力嘛。”

“哪里的话，我觉得再怎么着也只是输掉五个五十法郎的筹码，就想着要结束的话趁早结束好了。”

“或许你比你丈夫还勇气可嘉呢。”

“我的勇气又细又长，而且还是逐渐衰微的那种类型。”

杉浦笑着说。

侍酒师过来询问上了香槟之后上什么酒，三人意见一致，选择了波尔多红酒。

美代子凑到杉浦耳边说了几句话。

“为了庆祝今天的好运气，我妻子说波尔多红酒她请客。”

杉浦对仓田说道。

周围响着酒杯和刀叉的声音，夹杂着谈话声和笑声，雪茄的烟飘散着，天花板上的照明让人有点眩晕。

开始上菜了，菜还没上到一半，服务员给仓田带来一张便条。

仓田看了一眼便条就在手中揉了两下放进了口袋，然后自然地用餐巾擦了擦嘴。

“真是抱歉。”

他礼貌地向顾问的夫人低头致意。

“因为发生了无可奈何的事情，我就先走了。真的很抱歉，你们请慢慢享用。”

说完他将用过的餐巾揉皱丢弃般地放在桌上。

“啊——”

正当美代子急忙起身鞠躬的时候，仓田已经站起来了。

“这样就好，这样就好，不用多礼。”

仓田过意不去，制止了她。

“夫人，我们还会再见面的。”

“你会一直待在瑞士吗？”

“大概是吧。”

他模棱两可地回答后朝杉浦顾问行了个礼。

“再见了，杉浦先生，谢谢你，承蒙你的关照了。”

“我才是承蒙你的关照了。”

杉浦在桌子前站起身。

“保重啊。”

“你也保重。”

这是暂时假装没有见过面的寒暄。

“呃，对了，结账的话……”

“不，仓田先生，我家在日内瓦这边，今天晚上就我请客吧，等我去荷兰的时候再有劳你的招待了。”

“真是不好意思呢，到时候，请把你夫人也带上吧。只是很可惜，荷兰没有像这样的社交场所。”

“不过，荷兰有郁金香之类的美丽的花啊。”

顾问夫人一脸浪漫的微笑。

一旁的丈夫累得够呛，也难怪他这么累，从今早七点开始就陆续去了比利时、卢森堡、法国、瑞士的巴塞尔、日内瓦，然后又到迪沃纳。

仓田重三郎离开小剧场，通过连着的走廊往旅馆走去。在走廊上走着的时候，他打了两次哈欠，揉了揉眼睛。

这是一家奢华的旅馆，从小赌场过来完全感觉不到已经是深夜了。员工们好像天刚黑时般充满活力地工作，周围一片亮堂。

他乘电梯去四楼，在412号房间的客厅，武藤平吉议员身着浴衣，外面还穿了一件毛织的焦茶色的和服外衣，盘腿坐在垫子上。这个姿势和在热海附近的温泉旅馆时一模一样，是从日本带来的习惯。议员浴衣的前面裸着露出了胸毛，微胖的身子坐姿不太雅观，也许是因为和榻榻米不一样，垫子坐起来没有那么稳定，前面的榆木桌子上摆放着德国啤酒。

有一个瘦高的男子在旁边，男子一半多的白发整齐地梳到一边，方脸、五官立体，容貌姣好。他的蝴蝶形领结都没有摘下来，端端正正地坐在垫子上。溜肩一副贵公子的样子，看起来很不错。这是在饭店聊天的时候说到的东荣相互银行副社长饭塚信良，把他们两个放在一起，形成了一种很奇怪的对照。

仓田在武藤平吉前面那个垫子上坐了下来，窗户上的白纱窗帘紧闭着，微微地映照着少量光线，小赌场附近是树木繁茂的乡下。

“上次的卡车在交接处交接好了，我一直看着的，没有出差错。”

仓田重三郎报告道。

“你确定吗？”

“没错的，请看这个。”

仓田解开里面的口袋的扣子，掏出一个黑皮纸袋，抽出里面叠好的纸。纸的质地比较硬，展开会发出声响。

印刷的英文旁边写着一样的钢笔字，武藤稍微看了一眼，就把它传给旁边的饭塚信良了。武藤的英语实际上并不怎么好。

饭塚从里面的口袋里掏出眼镜盒，他戴上镶着金边的眼镜，开始仔细研读上面写的英文。这个期间，武藤安静地喝着杯中的咖啡。

过了两分钟，饭塚把硬纸片拿回给武藤，大幅度地点了点头。这个回答表示一切顺利。

武藤接过纸片，犹豫着该把这张重要的纸片放在哪里。浴衣外面的和服外衣上没有可以放的地方。即使放在怀里也不放心，袖子的底部很浅容易掉出来，也没法放在垫子上或者桌子上，正当他犹豫不决的时候，饭塚说：

“在天亮之前，就让我代您保管吧。”

“那好吧。”

饭塚从武藤手中接过纸片，放到上衣里面的口袋中。武藤有点担心地看了一眼，因为这时眼睛周围的皮肤已经疲乏了，看起来像是他狠狠地翻了一个白眼。

武藤保持着那种眼神，厚嘴唇就那样疲倦地张着，把空杯子“咚”地往仓田前面一放，倒了点啤酒。

“辛苦你了，你做得很好。”

“我要喝了。”

仓田恭敬地端起酒杯喝了起来。

“您巴卡拉玩得怎么样了？”

他观察着窝囊废先生的表情问道。

“一般般吧。”

武藤露出不高兴的表情，旁边的相互银行的副社长笑得像个女人。

“哈哈哈，哈哈哈……”

“那个，仓田啊……”

窝囊废先生挑了一下眼睛。

“什么事？”

“还不是时候，上次的那个可南子决定要去伦敦了。”

“啊？这是怎么回事？”

“她去伦敦见巴顿总统。”

“什么时候？”

“26日下午1:00从成田出发的JAL43航班，她的名字一登记在乘客名单上东京那边就来电话通知了，没有搞错。那个女人带着之前的照片要住到克拉瑞芝酒店去了哦。我们应该怎么办？”

武藤平吉翻了个白眼。

第一次听说这件事情，太突然了，仓田一时间没法回答。

“是真的吗？”就连自己都被搞糊涂了，他反问道。

“当然是真的，你以为东京那边来的报告在敷衍我吗？”

武藤还是怒目圆瞪。

“……”

“JAL43 航班经过莫斯科，由于时差的关系，预计今天下午 7:20 抵达伦敦的希思洛机场。”

旁边那位溜肩的东荣相互银行副社长饭塚信良轻声说道。

“然后，9:30 或者 10:30 的样子会到达克拉瑞芝酒店，说是能让我看到巴顿总统。”

在垫子上盘腿而坐的武藤议员把前面的啤酒拿了过来。

“但是，巴顿总统住的克拉瑞芝酒店前面有警队严加保护，就算一个日本女人要求见总统，总统怎么也不会听她的话就立刻出来吧？”

仓田说道。

“怎么说呢。”武藤用杯底敲了一下桌子。

“那是在普通女人的情况下，可南子是巴顿总统的情人，没想到她会去见总统。她对总统的称呼都不是总统先生，她怎么叫来着？”

“我亲爱的……”

饭塚哈哈地笑着说。

“是啊是啊，在酒店前面暗示性地叫亲爱的，这样一来总统就会知道这个女人和自己不是普通的关系，警官队长也会识相地放她进去。”

“只是会觉得很意外吧。”

“觉得很意外是你的想象吧，如果不是那样的话，怎么办呢？不，应该说要是可南子进了酒店该怎么办呢？”

“在那之前，警官队长应该会问总统的随从该怎么处置可南子吧？”

“不会问这种多余的问题的。”

“啊？”

“可南子会给随从看她惯常用的身份证。”

“身份证？”

“头脑这么迟钝，不像你啊，就是胶片啊，之前的那个胶片。”

杰弗逊从巴顿那里听说，那个偷拍的地方只有可能是在五个人走出来的时候的走廊上。

“可南子应该知道那是日美首脑间的秘密会谈，因为一切都没有对外公开。但是，那个秘密会谈的重要性远远超过可南子的想象。如果那张照片公之于世，卷入这件事情的人能够从照片中发现巨大秘密的一部分线索，敏锐的报社记者也会从这个铁证中察觉出端倪，那将是一场世界级别的大地震。”

巴顿抱着头，对杰弗逊碎碎念道。

事情暴露的话，巴顿总统会被迫辞职，矶部首相也将地位不保，以历史来比喻的话，可能会演变成“水门事件”和“洛克希德事件”那样的丑闻。

当然，那个妈妈桑可南子不知道其中的重要性，但总之她知道拍的秘密会谈的照片是机密照片。

“所以，这个女人以那张照片作为威胁无所畏惧地来到克拉瑞芝酒店，所谓的克拉瑞芝，在日本就叫作迎宾馆，是国宾级别的人住宿的地方。从银座来的女招待对美国总统叫着亲爱的堂而皇之地去酒店见总统，这胆量真是令人感到佩服。原本应该会像沟鼠一样被揪出去，但是她手中握有胶片。一旦出现什么紧急情况，就把胶片拿出来。这样一来劣势就转为优势了。世界之都伦敦，还是伦敦的舞台克拉瑞芝，一切会怎样就是碰运气了。居然是个女人摆的赌局，这真是让人心情愉悦啊。”

“……”

“喂，仓田？”

“嗯，嗯。”

“搞得我好像个骗子在这里废话连篇一样，你倒是说点什么啊？”

“算了吧。”

饭塚像是缓和气氛般轻柔地说。

“对仓田先生这么严厉训斥也没办法，问题是可南子为什么要拿着那个胶片。”

“嗯。”

“即使知道了她 8:30 从希思洛机场出发和十点到达克拉瑞芝酒店，从我们现在的所在地日内瓦坐飞机过去的话也完全能赶上。”

“嗯，没错。”

武藤抱着胳膊说道。

“哎，仓田，可南子把胶片藏在哪里了？”

“这个嘛。”

“听说翻遍了她的公寓也没有找到。”

“……”

“看起来像是放在她很珍视的那个手提包里贴身带着，派人劫了来看，包里面也没有。”

“这样啊……”

“那个女人有跟谁在交往吗？”

“与其说是有男友，不如说是有后盾吧，吵了一架之后就分开了。”

“嗯，难道说她把胶片寄存在了那里？”

“不知道啊。”

“你不是和可南子有很多接触吗？”

“我企图这么做来着，但是对方戒心太重我无机可乘。我想，操之过急的话会坏事的。正当我慢慢准备一步步来的时候就被紧急叫过来了。”

“这样啊，不管怎样，那个女人既然来伦敦见巴顿，就一定带着那个胶片。”

“我也这么觉得。”

武藤闭上了眼睛。

“不如在机场抢了她吧。”

“啊？”

“把她塞到出租车里面，强制性带到一个地方，带到荒无人烟的郊外的旅店，行李全部卸下来，给她做个全身搜查。因为她有一个巧妙的藏东西的地方。”

窝囊废先生的表情猥琐，他用手擦了擦下唇滴到的啤酒。

“不可以用这么粗暴的手段。”

仓田制止道。

“真的不能这么做，要是她尖叫的话怎么办？行动失败被英国警队开警车追捕的话，可没法像在日本一样能堵住报社的嘴。武藤平吉议员涉嫌对妇女施暴遭到逮捕，我和东荣相互银行副社长因为有同样嫌疑也被带走，我可不想发生这样的惊天大丑闻。”

“这样一来我和他都会很困扰。”

武藤议员摩挲着浴衣的两个袖子。

“哎，仓田。”

“嗯。”

“仓田，阻止可南子的任务就交给你了。”

窝囊废先生收起了之前吓人的眼神，表情突然变得温和，正因为常年活跃于政界，被称为幕后黑手，他对人心操纵自如，时而威胁恐吓，时而拉拢教唆。

“不，这对我来说也太艰巨了吧……”

仓田边后退边摆手。

“怎么，你感到害怕了？”

他的眼神又变得贪婪起来，还放着光。

“我没有害怕，只是不想接受从一开始就没什么胜算的任务。可南子要是只做好了一般的心理准备的话就不会从东京到伦敦去了。她不仅仅是想见巴顿，还想利用美国总统计划她的大理想。”

“她的理想是什么？”

“我不知道，也许是想捞一笔。”

“嗯。”

武藤点点头。

“这样的话可南子可是女中豪杰哦，把一个胶片当作撒手锏。谁都没法阻止她，能对付她的只有一个人。”

“是谁啊？”

“迎宾馆的秘密会谈中担任巴顿总统翻译的亚瑟·杰弗逊。”

“哦，是吗？”

“亚瑟·杰弗逊现在应该作为巴顿总统的随从住在克里士斯酒店，所以可南子去克拉瑞芝的话，也一定会选择和杰弗逊见面。有他在的话，可南子应该就会明事理一点了吧。”

“你现在立刻去伦敦见杰弗逊，然后把事情的原委传达给他。”

“不行。”

“为什么？”

“杰弗逊是作为美国总统的秘书官住在克里士斯酒店的，我只是日本的一个普通官员，是不会被允许跟他见面的。”

“我会给你写介绍信寄到驻英日本大使那里去。”

“那样的话也还是不行，不管你怎么拜托，大使到一定程度后也没法过多干涉。首先，大使问起为什么要去见亚瑟·杰弗逊就会回答不上来，敷衍的话一定会被严肃拒绝的。”

“浑蛋。”

“但是，我有一个好主意。”

“什么？”

“就是深夜秘密会谈中担任矶部首相翻译的杉浦雄之辅，刚才我在小赌场的饭店刚跟他分开，他是日内瓦国际机关日本政府代表部的顾问。”

“……”

“日本政府代表部顾问是很了不起的外交官哦。即使是到克里士斯酒店正面的玄关，警察都要给他开道让他通过，他可以光明正大地见到杰弗逊秘书官。”

“很好，就这么做吧。”

思考完之后，窝囊废先生摊平手掌拍了拍在浴衣前面露出来的肚皮。

11

由莫斯科出发经由伦敦的JAL43航班的头等舱有三分之一的空座位，可南子随意地坐在旁边的座位上。

旁边并排坐着一对与坐经济舱的人有着不同特征的上了年纪的夫妇，这种情况其实是很少见到的。几个男子由于企业工作关系而乘坐一起出差的，他们有时候细品着空姐推过来的酒，有时候漫不经心地看看书。

这样不仅仅是节约两小时那么简单，从枯燥无味的西伯利亚再度出发，经过阿尔克兰吉的时候，西沉的斜阳光线在冰面上形成了一道耀目的彩虹，从斯堪的纳维亚半岛到斯德哥尔摩的漫长旅途中的灯光，在拂晓的云雾之中若隐若现，蔚为壮观。接下来经过了日德兰半岛，沿着北海进入意大利时，旅客们的脸上都洋溢出无比的兴奋，经过东西伯利亚、西西伯利亚，越过乌拉尔山脉等连绵的丘陵地带时真是乏味，飞机内能讨论的事情也只有男人们要处理的业务了。

在机舱进餐可谓是百无聊赖中的一道绿洲风景。一份份被处理得很精致的料理，看上去色香味也一应俱佳。空姐系着围裙为旅客提供服务，飞机的两翼如仙鹤展翅。

突然，机身稍微有些摇晃。

对面靠窗的位置上坐着一位日本妇人，大约三十五六岁，身穿红色西服，装束煞是气派，让人感觉她似乎有过在外国生活的经历，身边有不少这样的女子，与空姐操着一口流利的日语交谈，却看着英文书籍。

可南子从包里取出书，书店书架上《瑞士银行·秘密账号》的译本引人注目。

飞机座位上面的屏幕上开始放映电影，是一部一个半小时的美国电影。这部电影以美国东部的地方都市为舞台，市井气息浓郁，是一部没什么情节的消遣电影。终于放映结束了，可南子稍微吃了点东西，之后喝了精神安定剂。

“二楼床已备好。”空姐过来劝说道。要一直飞行到白天，可南子要了一块毛巾遮住眼睛横卧在椅子上，对面的日本妇人拎着手提箱朝二楼楼梯走来，通过过道时朝可南子微笑着点头示意。

可南子也友好地点点头，随后视线停留在手提箱上的姓名牌：Mrs. Jefferson（杰弗逊夫人）。

东京飞至莫斯科需要9个小时。

窗外连绵不绝的云层之上太阳释放着刺眼的光辉。可南子对面穿红色衣服的日本妇人依然在看书，眼底浮现出刚才看到的手提箱上的“杰弗逊夫人”的姓名牌。眼前就是那位杰弗逊大人的妻子吗？

真的吗？可南子这样思考着，杰弗逊确实会讲日语。在东京迎宾馆的拂晓会谈中他似乎是担任巴顿总统的日语翻译，他的妻子是日本人也不足为奇。

杰弗逊现在跟巴顿一起住在伦敦的克里士斯酒店，妻子去见杰弗逊的可能性也是有的，但是，如果是那样的话，不应该从华盛顿出发越过大西洋去往伦敦吗？为何乘坐从东京经由莫斯科的JAL航班呢？是自己弄错了吗？可南子想道。

又开始派发食物了，前面座位上的一位东洋绅士戳着炖羊肉，一边正反翻转着一边不厌其烦地询问空姐是不是猪肉。吃完后，东洋绅士将自带的毯子铺在通道上，朝南面方向叩拜，吟诵着古兰经，从他又跪拜又吟唱可以得知他是位伊斯兰信徒，他嘴里念叨的咒文其他人则根本听不懂。

乘客们用又担忧又奇怪的眼光注视着他的古怪举动。

疲惫不堪的可南子终于抵达了莫斯科机场，乘客们一个接一个地朝转机口走去。

简单的候机室，商店里摆着鱼子酱罐头。

可南子坐在长椅上，眺望着如旷野般的机场跑道，看向手提箱上有着“杰弗逊夫人”姓名牌的妇人踌躇着朝旁边走近。

“打扰了，请问我可以坐在这儿吗？”

在同架机舱里也没有过多语言上的交流，仅是轻微地点头问候，就会让人不由得产生一股意欲与她亲近之意，甚至想要立刻坐到她的身边。可南子长时间独自一人出门在外，她十分希望能有个说话的对象。于是她露出腼腆的笑容，让人一看心生好感。

“请坐，请坐。”

可南子往边上挪了挪身子。

“非常感谢。”

对方也同样看向云层低垂，空旷的机场。

“虽说比起朝北绕道缩短了两个小时，但仍然还是很久啊，还要乘坐 4 个小时呢。”

一口标准的东京腔。

“我这次是头一次呢。”

“咦？头一次吗？”

对方稍皱皱眉，眉眼带笑地看向这边。

“但是还真的看不出来呢。你看上去很沉着稳重，我以为你经常去欧洲呢。”

“你真细心呀。”

“我是去伦敦，你也是吗？”

“姑且算是吧，我还没有确定地点呢。”

“真是随性的旅程啊。”

“你经常去伦敦吗？”

“我吗？”

“嗯。”

“也不算经常，丈夫在伦敦出差，说让我去那里。出差是很久之前就决定了的，伦敦的工作一结束有了闲暇就去瑞士看看。”

果然，眼前的这位定然是杰弗逊大人的妻子了。

可南子不得不做出了最后的确认。

“您住在东京吗？”

“不。”

一片寂静。

“在华盛顿生活，因为丈夫在美国工作。”

“是吗？”

“实际上约好了在伦敦会合的，他先去华盛顿再来东京，两年之后才久违归来。两年前，丈夫在驻日大使馆工作。”

“那可真是……”

可南子没有发出以上的声音，尽量不让对方察觉到她的神情。

这时正回过头看阿德罗号起飞的对方正好背对着她，真是巧合啊。

“伦敦机场有接你的人吗？”

杰弗逊夫人似乎很担忧地问道。

“没有。”

“……”

“但是我提前预约好了宾馆，可以直接坐出租车去那里入住。”

旅行社大致安排的是花园酒店，先去那里落脚之后再去克里士斯酒店。

“到达希思洛机场大概是下午7:20，检查完通关手续什么的出机场中心大楼想必超过8:00了吧。虽说夏天这个时候外面还是微亮着的，但你一个人生地不熟的女子，怎么能一个人乘坐出租车呢，机关应该会派两三个人来接我，就让他们帮你吧。”

“谢谢，不用啦。”

真是的，万一跟杰弗逊意外相遇了呢。

“不必太在意，不过是举手之劳而已。”

“真的非常感谢您的好意，但是，真的不用。”

可南子果断拒绝了，杰弗逊夫人对此瞠目而视，点头致歉道：

“好吧，失礼了。”

“不，是我感到非常抱歉。”

可南子深深鞠了一躬。

气氛不由得尴尬起来，夫人装作若无其事的样子站起来走了。夫人苦笑着想自己把对方说只有一个人的话信以为真了，未察觉到对方实际上有人来接真是不解风情，这样被误会也好，接受她的热情的话，万一与杰弗逊碰面就麻烦了。

飞机离开了莫斯科机场。

天高云阔，太阳散发着耀眼的光芒，不过很快就步入黄昏了，天空通红一片。

已经是晚餐供给时间了，空姐推着手推车送来了围裙。

前面座位上的伊斯兰教徒仍然固执地询问空姐是否含有猪肉。

对面窗边坐着的杰弗逊夫人用完餐后在看书，机舱内的窗帘被拉上了，放映着一部比较新的西方影片，距离到伦敦还要三个小时。

杰弗逊夫人打开了读书灯继续看书，可南子从包里取出了《瑞士银行·秘密账户》一书。

她“哗啦哗啦”地翻动着书页，目光最后停留在文章中一段看上去很有趣的描写上。

总之，在瑞士银行的储户中，就这样将秘密带进坟墓的人也大有人在。只要没有从储户那里得到特殊的指示，是绝不会将储户的存款簿或者秘密账户的账号告知给任何一个人，即使有可能是其唯一继承人也不例外。他与其他的后继人一起尽可能地想要打开银行金库，为了证明到底谁才是真正的继承人，在法庭上无休止地争吵。在此期间瑞士银行家协会要求瑞士全部的320家成员分行必须要始终保持沉默。“不准在任何可疑的情形中发出声明”这样的原则限制。

由此可以推断，瑞士银行是与普通的“银行的概念”有所区别的奇特的银行。可南子本就对于银行的知识一窍不通，何况是外国的银行。看了一会儿各项实例，眼睛感到疲劳昏昏欲睡，此时电影也终于结束了。

左窗可以看到大陆移动的轮廓，稍上了年纪的那对日本夫妻，丈夫指着窗外告诉妻子这是荷兰哦，马上就到布鲁塞尔了。从这里看不到里面，是布鲁塞尔吧？

布鲁塞尔。巴顿昨天因参加北约的加盟国首脑会议应该来了布鲁塞尔附近的北约欧盟军。外媒是这样报道的，当然总统秘书亚瑟·杰弗逊也来了这里。

可南子看着杰弗逊夫人，她丝毫没有看向窗外，而是孜孜不倦地写着一些明信片。有气质的侧脸，优雅端庄的坐姿，想来是东京书香门第出身，圆珠笔不停书写着什么。

广播此时播报说距着陆还有20分钟，大海被远远地抛在了身后，距离陆地也越来越近。如同黄绿相间，白色同铅色斑点状模样的一块大理石，随着飞机高度渐渐降低，俯视下方可以看到村庄与都市相连，蜿蜒曲折，立体感更加清晰。

飞机降落在希思洛机场 2 号终点站，乘客们都站了起来。在通道上，可南子同贴着 Mrs.Jefferson 姓名牌的夫人互相道别。

“谢谢您一路的关照，请多保重。”

“哪里哪里，旅途非常愉快，与你相遇很开心。”

可南子笑容满面地点头示意。

可南子办理好入境手续出了税关，提心吊胆地怕与来机场迎接妻子的杰弗逊碰面。杰弗逊持有外交特权的旅行券，可以自由出入行李检查区。

她明白如果在见到巴顿之前被杰弗逊看到了自己，对她来说一定会造成潜在的隐忧。当可南子在税关前排队把机舱内的行李放上转车台周转时，她躲在人群的阴影中突然想到这一点。

但是，这都是可南子杞人忧天。杰弗逊夫人与两位外交官，估计是英国外务省的工作人员吧，年轻的他们像引导重量级人物一样并没有在税关排队，而是打开旁边关闭着的出入口从那里通过，应该是进入了特别招待室，在那里给旅行证上盖上入境检查的章，将飞机内的行李运送过来应该是对外交官家庭的特殊对待，这是各国之间的惯例吧。杰弗逊应该在这个特别招待室等着妻子吧。

可南子松了口气，出了税关，一个日本人屈身弯腰走近了。

“是中上可南子小姐吗？”

可南子吓了一跳，看见胸前佩戴着 JAL 的徽章，写着中田的名字。有迎接特等舱客人的服务。

“您一个人吗？”

“是的。”

“那可真是辛苦了，让我来帮忙吧。”

一起在转车台排队，中田服务人员将可南子所指的两个箱子两手拎起来放在了手推车上，把她手上拿的行李也堆在了上面。

“嗯，您预约的酒店是哪里？”

“花园酒店，营业场所在有乐町的住宅区。”

“请给我看一下预约券。”

对方翻开看了一下。

“嗯，是这样。”

出了机场大楼，中田先去了出租车区域告知了司机。出租车是黑色箱型轿车，古香古色倒也丝毫不违和。里面很宽敞，坐一个人，放一个大型皮箱，一个手提箱以及一个手提袋之后仍然是空荡荡的，司机头发花白。

夏日的晚上，已经过了8∶00，飞驰在高速道路上的时候西方天空中云的缝隙间仍然透着亮光，街道小巷已亮起了灯。

夜色阑珊，华灯初上，从郊外渐渐接近高楼云集的中心区。

“司机先生。”

可南子不留神稀里糊涂地说道，又重新改口用英语问：

“司机师傅，花园酒店离这儿不远，是吗？”

司机东张西望看了看用英语回答道：

“是的，不太远。”

可南子又问去克里士斯酒店要多久。

司机调整了一下后视镜的位置开始打量起可南子的服饰。

从布鲁克大街出来之前出租车穿过了宽阔的马路，狭窄的小道，这家酒店似乎没有想象中那么有名，与其说这条街道路不是很宽敞，不如说是郊区商业街的道路。如果没有看见那里有一队警卫通过的话，会担忧有不知情的旅客经过吧，警戒线连禁止通行的标识都没有。一般有国家重要人物出入时会禁止普通车辆通行，虽然没有这样但是酒店前后左右都是警卫。

克里士斯酒店并不是摩天大楼，而是看上去小而整洁的中型规模建筑，包含着英式传统的巴洛克风格的华丽。白金色大理石花纹，烦琐古典的装饰，与迎宾馆颇为相似。酒店二层突出的阳台旗杆上重重叠叠地悬挂着星条旗，无传统的美国人在传统国家挂起旗子来最是满足，这种传统美轮美奂。

可南子看到警卫队下了出租车，对司机说在这里等一下，三十分钟后回来，跟在警卫队后面参观完酒店，之后再去花园酒店。

白发的司机笑着点点头。

可南子走在警卫队后面，警卫帽子的细绳挂在下巴上，两腿之间半步距离站立着，中间间隔三人。从酒店两侧进去总共约有150人，腰际别着枪支，一只手拿着警棍，随时准备应战。附近的英国人也一片骚动，北爱尔兰有反英运动，中东地区也有反英斗争，美国总统是国家重要人物，全世界到处都是蠢蠢欲动的反美斗争。一不小心美英问题就会发展成国际问题。

况且在被华约组织作为军事力量封锁目标的NATO加盟国战略会议之后，要进行欧美“四极首脑会谈”，警卫戒备绝不能疏忽。

酒店大门口站着三名守卫，穿着像仪仗兵一样气派的制服，帽子、制服上都装饰着金色锦缎，守卫们威严地在石阶上和道路前走来走去。

巡逻的警卫后面商店林立，洋货商店、女士服装店、杂货店和书店等，可南子瞥了一眼商店橱窗，眺望着酒店，来到了警卫队一端，这里有一群围观的群众，期盼着国家重要人物出入，就算没有，参观一下也是值得的。

可南子注视着大门口，完全没有人出入，大大的星条旗垂挂下来，风吹过也丝毫没有起伏。警卫队排成一列，如同白金汉宫的守卫一样纹丝不动，面无表情。

给这些人制造点事情吧。

当然这不是可南子行动的第一目的，但是为她发起行动创造条件。

可南子朝克里士斯酒店的正门迈进，尽管那是再日常再自然不过的步调，最初三名警卫还是愣住了。

她的脚踩上阶梯的时候，最开始慌张的是站在台阶上的上了年纪的警卫，虽然他上了年纪，但依然是体形健硕。

他张开双手阻拦可南子，看到她停下步伐之后，在挂着金色吊穗的帽子旁举手行礼并严厉地质问道：

“抱歉，女士，请问你要去哪里？”

“这里不是酒店吗？”

“是的，请问您有预约吗？”

“我不是来住宿的，而是来与住在这里的朋友相见。”

“请问哪位？”

可南子从手提包里拿出一张纸条，在上面写道：

I have come all the way from Tokyo to see President Burton of the

USA.Kanako。

身着金色吊穗装饰的克里士斯酒店的警卫一看到可南子要递给政府高官的信息后瞪大了眼睛，不可置信地审视着她。

在这种场合，可南子没有口述，而是事先准备了更有效果的纸条，这也让对方明白她不是信口胡说或者是精神异常。

并且纸条上写了（I have come all the way from Tokyo）特意从东京赶过来见巴顿，而且她连一路过来的衣服都没有换，风尘仆仆一脸疲倦。

与其说是来见大总统，不如说是一名日本女子因个人原因来见一名美国男人，作为长时间看惯了男男女女之事的酒店警卫，瞬间就解读出了她的来意，而且纸条上只写了“可南子”，而没有写姓氏，也足以让他推断出。

警卫没有说会见总统需要哪些麻烦的手续，暂时让她在侧门等候，走了进去。

其他的年轻警卫代替他站在他的位置，在可南子的位置可以看到街灯通明的马路上戒严的警卫队，队列两端有驻足观看的行人。

人们对正面出入口前面站着的看上去像是日本人的女子投来讶异的目光。

对可南子来说有一个小时那么长，在这期间，没有国家重要人物出入，也没有前来访问的外交官。

实际上经过了12分钟吧，之前进去的那名年长的警卫出来了。

“久等了，女士，请往这边来。”

警卫微笑着鞠了一个躬，殷勤地打开门带可南子走了进去。

那里站着的警卫仍然很严肃，如同日冕一样的枝形吊灯，映照在白亚色大理石和黄金色装饰上散发出淡淡的蔷薇色调，宏大的前厅里是高贵的绅士淑女们，与酒店门口道路的景象完全是不同的两个世界。

服务员并没有引导可南子去前厅中央，而是带她来到了铺着厚厚的浅驼色绒毯，如同希腊神殿一般的大理石列柱的走廊下。走廊长到使得拐角处的壁画看上去很小。服务员在前面引领着，列柱一个一个地被抛在身后，迎面的壁画渐渐变大了，颇为古典的绘画。

“想必总统一直觉得很麻烦吧。”

可南子只有微笑的余地。杰弗逊出现了，自己反而有了胆量。

“不，不是这样，他一直想见你。”

“杰弗逊！”

“我不撒谎。”

可南子盯着杰弗逊的脸，他依旧面不改色，尤其是那双绿色的眼眸，即使被她盯着也一眨不眨。

尴尬的反倒是可南子。

“那么，为什么帕尔默小姐寄来那么冷漠拒绝的回信呢……”

“你想想看？”

杰弗逊笑眯眯的，故作神秘地说。

“华盛顿是他的根据地，首都天子脚下，而且他是现任总统，也是下届总统候选人，如果他身边人知道他与日本女子有来往，被反对势力抓作丑闻大肆宣传的话，他会怎么样呢？这是基本的常识不是吗？”

这个走廊很少有人通过，有路人经过的话杰弗逊就压低声音用日语说。

“东京是在国外，因此可以见你，而且12年前去东京时巴顿还不是总统，那时他只是上院议员。在那里初次见你，就再也无法忘怀。因此在12年后成为大总统正式访问日本时，他诚恳地拜托我无论如何都要见你一面。这是多么痴情啊，他可是总统啊。”

可南子不由得脸颊发热。

“因此，我托仓田帮忙见到了你，之后就是你所知道的那样了。另外，这次在伦敦，完全意想不到你的到来。当巴顿收到酒店看守送来的信息之后高兴极了，他马上就叫了我。”

“那么，马上就能见到他了？”

可南子欢呼雀跃。

杰弗逊摊开两手。

“不能在这家酒店见面。”

“啊？为什么？”

“遗憾的是，这是伦敦的克里士斯酒店，与东京迎宾馆的条件不一样，没有小路。”

“现在，可以与他在外面的某个地方相见吗？”

“现在巴顿正在出席晚餐会，在此之后，国务院的干部们暂时还不会离开他，在这家宾馆与巴顿会面基本不可能。”

“那么，什么时候可以相见呢，杰弗逊？”

“今晚晚一点。”

“今晚？”

“不是在这家宾馆，在这里会面极其困难，巴顿从这里溜出去去你那里相见。”

“巴顿总统。”

可南子的心怦怦直跳。

“你住哪家酒店？”

“我还没有入住，预约的是花园酒店。”

“花园酒店吗？”

杰弗逊听闻皱起了眉头。

“那里出入人员也挺多的。”

他手指摩挲着棱角分明的下巴若有所思。

“伦敦哪里有比较安静并且不会让人注意到巴顿的宾馆呢？”

“唉，美国大总统谁都认识啊，四极会谈期间，伦敦各大报纸大张旗鼓地报道，到处都是他的照片。”

“虽说如此，但是英国跟美国有所不同……”

杰弗逊手离开下巴敲打着膝盖，似乎有了主意。

“对了，有一家蔷薇·王冠酒店。”

“蔷薇·王冠酒店？”

可南子重复道。

“嗯，莱恩公园的东侧，梅菲尔 W1 大道，表面上莱恩公园是嘈嘈杂杂的希尔顿酒店等高层建筑，实则费尔顿地区是有名的名门住宅区，蔷薇·王冠酒店在后街，非常清静，不会引人注意，正适合私访。你先去那里预定好房间等着，巴顿随后就到。”

“但是，我还是第一次听说这家酒店，一个人去的话有点不安，告诉出租车司机名字的话，司机知道吗？”

“应该知道，当然了，我会派内部人员带你去的，内情不会告诉他，只负责带你去。虽然我去比较方便，但是手头上有事脱不了身，用合适的名字先在蔷薇·王冠酒店预订房间，你跟服务台确定好房间号后，告诉引导你的年轻人之后就回去。”

“杰弗逊，我的行李还在出租车上，怎么办呢？”

“你还没有入住公园酒店吗？”

“从机场去公园酒店的途中，正好顺路经过这家克里士斯酒店，出租车还在等着呢。”

“啊，真是太幸运了。”

杰弗逊不由仰头长出了一口气。

“幸运？是因为不用再花费工夫了吗？就这样直接让出租车去蔷薇·王冠酒店。”

杰弗逊打完电话回到了可南子旁边，叫来了年轻的随行人员。

“可南子，与你在伦敦相见，真想与巴顿一起好好喝一杯。”

杰弗逊似乎很怀念地笑着说。

“现在说这些却做不了，还请你包涵。”

“谢谢你的挂念。嗯，对了，杰弗逊先生，完全出于偶然，我与你的夫人曾有一面之缘。”

“哎？我妻子吗？”

杰弗逊似乎很吃惊。

“那真是太好了。”

他最后还是这样说道。

“不问在哪里见到的吗？”

“飞机上吧？我妻子也是坐从日本经由伦敦飞往莫斯科的 JAL

航班。”

“不愧是杰弗逊先生啊。”

“也就能猜到这种事情而已。”

“我们都在头等舱，但不是邻座，她真的是位端庄优雅的夫人。”

“过奖了，但是，你是怎么知道是我妻子呢？谁介绍了吗？”

“夫人提着的手提箱上有Mrs.jefferson的姓名牌，她同我搭话了。”

“原来如此。”

“但是我们直到最后也没有自报姓名。”

杰弗逊似乎觉得很有趣低头微笑着。

“夫人真的非常有魅力，知性优雅，保守谨慎，内在又很有行动力。”

“真的过分称赞了，谢谢。”

杰弗逊耸耸肩。

“很想与她结识呢，她说起等这次丈夫的工作结束后一起在瑞士附近旅游很是开心呢。”

“连这样的话都说了吗？可见并不谨慎保守呢。”

“不，真的非常谦虚，太完美了。对了，杰弗逊先生为什么没有去机场接夫人呢？”

“忙于工作，英国外务省的朋友同情我，代我去机场接了。哎呀，多半是我们手下的年轻人来了。”

的确是一个三十出头，长脸的美国男子，他像穿过纽约小胡同一样急匆匆地从庄严气派的走廊走了过来。

又到了灯火辉煌的大门口，可南子在如同仪仗兵一般的看门人前与亚瑟·杰弗逊轻轻握了手。在他的目送中走下石阶，辉煌的灯光下警卫队排成一列，这次有美国大总统的年轻随员带着自己像阅兵官一样从他们面前走过，来到之前等在这里的黑色出租车跟前。比预想中进行得顺利，心怦怦直跳。出租车没有停在马路上而是停在比较隐蔽的地方，上了年纪的司机半个身子倚在方向盘上闭目养神，可南子轻轻敲了敲车窗。

“不好意思呀，司机先生，让您久等了。”

“事情办完了吗，太太？”

司机睁开眼马上看向计时表合计着等待时间。

美国人坐在副驾驶席上，举止傲慢地告知了目的地，帽子下露出花白头发的司机不高兴地又询问了一遍。

12

高层建筑的灯光，从层层叠叠的一个个格子似的窗户里透出来，高级酒店和停车场聚集在梅费尔 W1 区。大楼之间，繁华街道放射出的灯光重叠交错又延伸开来，这里也聚集着像花花公子俱乐部之类的高档娱乐场所。

出租车副驾驶上坐着的美国年轻外交官，是个受杰弗逊之命而跟随巴顿总统的小随员，不久前他依照笔记将目的地告知司机后，自己就饶有兴趣地望着窗外的景色，看样子他也是第一次踏上这片土地。

繁华街外，是一条安静的高级酒店街。这里无高层建筑，夜晚看来更有种静谧之寂寥。然而，微妙的是，旅店的正门不在灯光明亮的正面，而诡异地设置在背面一个昏暗的出入口处。不用说，这一点也是酒店的过人之处，但这里的道路十分狭窄，简直像是一条深邃的巷子，而且弯弯曲曲多是拐角。

巷子坐落在一个平缓的斜坡上，平日少有陌生路人经过。但是附近的繁华街一带，夜生活此时才刚刚开始。

“司机先生，这叫什么街？”

“柯曾街。”

车转过一个拐角，来到一条稍宽敞的巷子，这是一条平缓的下坡。迎面，绚烂的灯光突然晃进眼睛，原来映入眼帘的是层叠庄重的灯光装饰中的几个字：蔷薇·王冠酒店。

这是一座整洁气派的酒店。

虽不及克里士斯酒店，但仍有穿着金丝衣服的门童伫立在灯光回旋闪烁的门前，弯腰拉开停在门口的出租车车门。

那个美国人从副驾驶上飞奔下来，催促可南子往前走，他结了车费。

前台工作人员翻开登记簿。

“您要住几晚呢？啊！明晚詹姆斯也会来吗？暂且说是贾斯特·欧博·纳特，请出示您的护照。”他说着从手提包里取出护照放在柜台上。年轻的美国人性急地不停询问：“哪个房间？哪个房间？”工作人员转过身，从钥匙盒里取出一个配有钟形手柄的钥匙，递给可南子。

“305！”

工作人员高声说道，美国青年却一言不发地走了出去，工作人员呆呆地望着空转的旋转门，他原以为眼前的这俩人是要一起入住的。

门童和侍者一起搭手把一个手提箱、一个行李箱和一个手提包，一起从出租车的后备厢里拿出来，然后协力搬往305号房间。

可南子付给司机比平时还多的车费、等待费和小费，司机上了年纪，看上去是个善良的人。

“不去花园酒店了吗？”

“临时改变主意了，情况有变。”

司机眯着一只眼若有所思地笑了。

花园酒店今晚的违约费，就明天或者后天过去入住的时候再交吧。巴顿明晚会不会来这里呢，这是一场“赌局”，“四极会谈”还会持续明后两天。

可南子走向电梯，不论是前台还是门厅看起来都是中级酒店的样子，但从走向电梯的通道却能明显感觉到低劣，走廊又窄又暗。

电梯也是旧式的，坐六个人就已经密不透风，客房在四楼。下了电梯，可南子遇到了正帮她把行李搬进房间的搬运工和服务生。他们用满是污垢的宽大的手掌接过小费，说道：“谢谢您，小姐，晚安！”说不出具体缘由，那抹笑容也甚不入可南子的眼。

房顶上的灯很少，走廊的红色地毯也边上打卷儿，客房在走廊两侧，只有黄铜的把手排成两排闪着光。

可南子把钥匙插进锁孔转动了一下。因陈旧而已经发黑的钟形黄铜钥匙柄沉甸甸的，像是一把小铁锤。可南子进入房间，就是一间普通旅馆的房间。

房间略显陈旧，但是也算宽敞。房间里有一个壁橱，窗边摆着一张化妆台，还有一张双人床。浴室里是浴缸、马桶和女用坐浴盆，还有洗手台，毛巾叠在一起，一切都是双人份。

可南子巡视了一遍，又回到小小的桌子前，行李放在壁橱旁边的行李架上，下面是大型的手提箱和行李箱，手提包放在行李架下面，都是上锁的状态，没有异常。

但是，这间房间很亮，从一进来可南子就这样觉得，太耀眼了，耀眼得叫人厌烦，那倒不是因为光线的亮度，而是因为房间的颜色装饰得花里胡哨的。

墙壁是粉色的。

可南子在房间里转来转去。

房顶上是一个小型枝形吊灯，四个角安着小灯，打开灯后，粉色的墙壁和墙壁之间，多个长方形的位置都映照出可南子踱步的姿态。

嗯，是镜子。桃红色的墙壁之间，甚显别扭地镶嵌着几面镜子。

多恶俗的趣味啊，粉红的颜色也好，红色墙漆上还夹杂着白色也罢，都看起来污浊不堪。长镜也看起来十分廉价，顶部和底部都映照得不规则。

可南子发着愣，这样廉价的情人旅馆，就算自己能忍受，但巴顿总统那样的人真的会来吗？

时间一分一秒地过去了。

走廊里传来脚步声，很多人的脚步声。

心跳加速。

可南子看了一眼手表，23∶32，可能是巴顿带着几个随身保镖来了吧。可南子朝向门的方向站直，心脏如同就要挣破身体一般剧烈跳动着，脚步声却往前面走去了。

一下子像被抽空了力气，可南子靠在门上，一下子拉开把手，可以看见走廊的尽头，两对挽着手的男女的背影经过，个子高挑，金黄的头发散乱在背后的两个女人，一眼就能看出是妓女。

这儿不是普通的情人旅店，她如今才领会了廉价粉色壁纸与嵌入式镜子的装修。杰弗逊为什么偏偏选了这样的旅店呢？

还是说这就是巴顿的“嗜好”？和之前在日本时候的“迎宾馆”是截然相反的审美趣味。

那是贵族嗜好，这是平民嗜好。

但是，迎宾馆也只是针对他而提供的环境，并不是他想要的，而且也不是他想要就能得到的，他享受着沉溺在17世纪法兰西王朝典雅的肉体中。

今夜是低级的好色趣味，男人兼有绅士与兽性的两面。

可南子想到这里，她觉得既然巴顿会来这样的地方下榻，那不如化个讨他喜欢的妆来迎接他。差不多快24:00了，巴顿要处理完总统事务才能脱身，所以并不会这么早到，不过应该不久就会到来了。

这段时间，可南子准备清洗一下舟车劳顿的疲倦身体，再化个妆。她把65000美元的旅行支票分成两份，分别放在大型手提箱和手提包里，又把作为零用的150镑放在手包里。

她摘下戒指和手表，把衣服都脱了，只剩内衣，又把金项链从脖子上摘下来。项链下端的手制棉袋的两侧都缀有一个小环，平时都隐藏在衣服之下，只露出上面的链子。布艺挂坠里装有用防水塑料包着的照片。可南子把布艺挂坠从链子上摘下，拿进浴室，链子就那样放在那里。

可南子关上门，踏入浴缸。

棉布艺挂坠放在哪里呢？那本来就是考虑用在浴室的东西，所以除了有两个和链子相连的环以外，还给袋子缀了拖绳。

可南子把布艺挂坠的拖绳挂在门内侧的把手上，然后开始脱内衣。

躺在浴缸里还没3分钟，她就听到房间门被打开的声音。

确实是这个房间，自己明明已经用那把沉甸甸的，配有钟形柄的老古董钥匙给门上了锁。但是，只听到三四声锁被转动的声音，门就开了，传来闯入者的脚步声。

可南子想，也许是在走廊看到的那种男男女女走错了房间。305房间，难道有两把钥匙吗？

她一下子明白了，是服务生的钥匙。

她想着要去投诉，服务生竟然搞错把别的客人带了进来，自己还在泡澡，发不出声音。

她在浴缸里用两只胳膊用力拍打水面发出声音。

进入房间的脚步声开始混乱起来，怎么说也有三四个人。可南子蒙了，难道是巴顿派来的吗？

对方似乎也听到了浴室的水声，混乱的脚步声一下子消失了，取而代之的是一个人静静走过来的声音，接近浴室门。

可南子有些害怕，她把身体靠近浴缸一角，用毛巾遮住胸部。

低低响起两声沉稳的敲门声。

一个女声说道："打扰了。"

可南子没有回应，只死死盯着门，门把手上悬挂着白色的棉布艺挂坠。门被打开细细的一条缝，袋子轻轻摇动。

意外的是，从五厘米左右的细缝里看进来的是一位穿着制服戴着警帽的女警官，严厉的神情，眼睛眯起来，帽子底下左右露出红色的头发。

"我们是苏格兰警局防范科的警员，你是来自日本的中上可南子小姐吧？"

可南子艰难地点了点头。

“因为涉及拍摄北约的军事机密，我们有些话想问你，请马上从浴室里出来一下。”

“那个……”可南子出声时，女警官敏锐的目光朝浴室里瞥了一眼，“咚”的一声关上了门。因为震动，棉布艺挂坠差点要从内侧的把手上脱落掉下来。

可南子出了浴缸，开始慢慢穿起内衣。

门的另一边，不仅是脚步声混乱，三件行李被从行李架上取下，在双人床上一一摆开。各个行李箱的钥匙都被放在手包里，所以取出钥匙简直轻而易举。

可南子明白了，亚瑟·杰弗逊已经代替詹姆斯·巴顿，向英国行政机关的朋友打好了招呼。

巴顿和杰弗逊想要什么呢？答案只有一个。

棉布艺挂坠从浴室的手把上掉了下来。

不能就这样放着，会被“敌人”发现的，藏在哪里好呢，可南子慌张地四处张望。

脚步声再次靠近，依旧是那个女警官的声音隔着门传来。

“中上小姐，请马上从里面出来一下。”

浴室内侧的门把也不安全，女警官似乎是要挤进来。

可南子焦急地环视四周，浴缸里的水放完了，露出底下白色的瓷砖，马桶盖，坐浴盆也会暴露，没有可藏的地方。小小的架子上重叠放着毛巾，因为是双人份所以微微隆起，浴巾、洗面巾、手巾……

转移视线，预备好的卫生纸映入眼帘。

她把袋子从门把手上取下，几乎同时响起了敲门声。

“可以进来了吗？”

“不行！”

可南子强硬地回答道，她跑过去按下马桶按钮，响起一阵水花声，听到这些，门外的女警官也没有打开门。

可南子把旅店配有的厕纸盖揭开，这是一个遮蔽卷纸的不锈钢制轻便的盖子。一开始她把棉布艺挂坠塞进厕纸中间的圆柱形纸筒里，但因为有一个实心棒，所以空间太狭窄塞不进去。重新思考过后，她把棉布艺挂坠展平，从纸筒上方横着将布艺挂坠贴紧筒壁放好，又把盖子放下恢复原样。简直像是一个银制盖子，同时她再次用另一只手按下了马桶按钮，又响起一阵水声。

杰弗逊让我带着底片来伦敦与巴顿相会，将我置于这个淫乱的旅店，又差遣苏格兰警厅的防犯科来抢走底片。他肯定是对苏格兰警方声称我的底片是涉及“北约军事重大机密”的间谍照片吧！如果是杰弗逊的话，不难通过外交的路径来动用英国的内务省。

可南子这样想着。

洗手间里一直响着水声，那位女警官也有所顾虑没有推开浴室的门，水声停止了。

又重新响起敲门声。

“请进！”

可南子站了起来。

神情严肃的女警官，嘴角含笑走了进来。

她瞥了一眼椭圆形的白色马桶里不深的底部还在缓缓流动的水，紧接着查看了厕纸盖，又看了看浴缸，她把手指伸进浴缸壁上的小凹陷，那是放香皂的地方，并无其他。

她又直起腰看着厕所墙壁上的毛巾架，女警官肥胖的腰身像是要把制服撕开一般。她用手检查了叠在一起的毛巾，把两块叠放整齐的毛巾“哗啦”一下抖开，把手伸入两块手巾的袋子，里面什么也没有。

女警官又打开香皂盒的盖子，把香皂倒出来，又看着蒸汽缭绕的天花板上的球形灯罩。灯罩里要是放着东西，那就无法发出光了，所以她似乎断了进一步查看的念头。

女警官迅速转身重新面对着可南子，她柔和地笑着，走向此刻只穿着内衣的可南子。

“打扰了，不过你不用害怕，你在机场接受过安全检查吧，就是像那样的一个很简单的检查。”

虽然被轻柔地拉过背去，但是可南子却感觉到像是被这个身材高大的女人倒剪双臂一般，她把手指插入可南子的头发，来检查是否有什么藏匿物。

“啊——”

可南子反抗，但是反抗被绕过背部的大手像机器般迅速地钳制住了，真是一次屈辱的检查。

“可以了，出去吧，穿上衣服。”

女警官在指尖抹了些香皂，打开洗手池的水龙头边洗手边对蹲着的可南子说。

她慢慢走出了浴室。

便衣男警察一个站在床边的窗户边上，两个坐在床边。桌子和两张椅子被推在角落，空出来的铺着地毯的地板上放着大型手提箱、手提包，床上放着行李箱和手包。

可南子穿上衣服，她在浴室的这段时间，衣服应该也被仔细检查过了。

她穿好了衣服。

“我要化妆了，让你的这些人离开化妆台边。”

可南子强硬地对女警察说道。

窗户边的男人走开了。

可南子打开手提包，取出化妆包。果不其然，锁已经被打开了，她直接打开了箱盖。

她坐在镜子前，从化妆包里一件件掏出瓶瓶罐罐。她往脸上拍了些化妆水，又涂了妆前乳……

“中上小姐，请你快点。”

女警官着急了。

“中上小姐……”

“我无所谓，你们随便调查，想怎么翻都可以。”

“OK！”

不等女警官的指令，三个男人就奔向那三件行李，打开盖子，把里面的东西随意扔在地上、床上。

算上女警官在内的四个人，一件件仔细查看了他们扔出来散落开来的东西，检查得很仔细，衣服都一件件展开，连领口袖口也用手捏过，打开自带的手电筒，让一打袜子透过手电筒的光，来看是否有影子。

四个人发出惊叹的声音，他们看见了好几沓装在大型手提箱里的价值35000美元的旅行支票，手提包里也有几沓30000美元的。

“哇，厉害！”

“多有钱的女人啊！”

警员十分惊奇似的用手抖晃着一叠百元大钞。

防犯科的四人依次检查了数套连衣裙与和服，检查了这些后，又用手敲打着手提箱和手提袋，判断是否有夹层。

凌晨3:00，防犯科的四个人只说了一句“I'm sorry”，就由那位体型壮硕的女警官带头离开了房间，这是27日的事。

可南子隔着门听着他们走进电梯的脚步声，听到电梯的声音逐渐下降消失时，她立刻飞奔进入浴室。

她悠闲地打开圆筒形卷纸的不锈钢盖，白色的棉布艺挂坠好好地贴在那里——安然无恙，袋中是底片和相片。

可南子返回卧室，她把那个手制的“吊坠”挂回链子底端，藏在衣服下，心中掠过一股物归原主的惬意。

接下来，她又花了一个小时收拾行李。

最后，她眼神冷冽地掏出一张便笺，写了如下的信件：

小幡浩三先生：

您好！我现在人在伦敦。

有幸得到久美子引荐，我只与您见过一次面，突然给您写这样的信一定会让您觉得很奇怪吧。但我实在没有别的认识的人了，请您什么都不要问，请达成我最后的心愿吧。

我马上就从伦敦返程了，现在我还没计划好接下来要浪迹去哪个国家。不管怎样，如果我在异乡死去的消息传到日本，请把我已故母亲的尸骨存放在左记寺的纳骨堂。

东京都中野区上高田一丁目 荣福寺（曹洞宗）

住址 川村荣禅（白胡子的人）

亡母的戒名 静香院释尼妙博信女

供养主不要写成中上可南子，写成田中良子。

如果您拿到骨灰罐，请确认后进行处理。但是这一切一定要在我的死讯传回日本被广布后再进行。在那之前，我拜托您的事请一定对其他人保密。

我之所以提出如此请求，有很多原因在其中。实在抱歉，我希望请您也对您亲爱的久美子保密。

要求冗多，不胜惶恐。在那以前一定请您保密。

祝您和久美子平安康乐。

中上可南子
一九八 × 年 4 月 27 日
晨六时
于伦敦　柯曾大街
蔷薇·王冠酒店

若是经济新闻记者小幡先生，从荣福寺的骨灰罐里取出底片和相片，一定会明白那“场所”“时间”和“非公开”所带来的巨大冲击吧！

这封信里所写明的时间、旅馆名和地点，都做好了日后的准备向小幡先生传达。

第二天上午 8∶00 多，可南子叫了一辆的士，把行李堆放在后备厢，离开了蔷薇·王冠酒店。

虽然道路狭窄，两边的旧建筑却别有风味。两个警察在早晨的马路上巡逻，两人无所事事地走走停停，时不时抬起头看看高层建筑的窗户，然后又继续走两步。两个巡逻的警察，在旅馆房间里看到的交替排列的粉色墙壁与镜子，构成了柯曾后街的现在。

巨大的白色高层建筑拔地而起，在空中闪耀着炫目的光芒，这是希尔顿大酒店。酒店里面，建筑投下的长长影子处也有妓女勾引客人的事。

看到巡逻警官的时候，可南子突然想起，从昨夜到凌晨，踏入蔷薇·王冠酒店 305 室搜查的伦敦警厅防犯科的四个人，一次都没有出示过证件。自己也是刚到伦敦的第一夜，难免有些兴奋，再加上看到那个女人身着制服，就完全相信了他们。

但是，就算自己没有要求他们出示证件，不是也应该由警方主动出示证件的吗？更何况搜查对象还是外国人。

而且所谓“问话”也并无其他内容，只有那个屈辱的搜身罢了，也没有财物被盗。那 65000 美元的旅行支票自不必说，连放在钱包里的 150 镑现金也分毫不差。

他们的目的就是夺取底片，虽然声称“北约军事机密照片”，但实际上是“东京迎宾馆拂晓会议的照片”。杰弗逊应巴顿总统的意愿，委托英国内务省的机密组织，英国内务省任命苏格兰警视厅。可南子如果住在普通酒店的话，就无法进行“现场搜查”。为了创造这个条件，杰弗逊诱导可南子下榻柯曾大街的蔷薇·王冠酒店，还声称巴顿之后会来这里。

无论杰弗逊有多大能耐，但是他有如此摆弄英国内务省的勇气吗？

可南子不禁再次起疑，杰弗逊的行为很明显属于国际诈骗，这未免太过大胆，他这是给英国政府下套。

而且，假设杰弗逊确实拜托了英国内务省，那从伦敦警视厅，经手英国内务省，再交还给杰弗逊（或者是巴顿），底片绝不会没被打开过，英国方面必定会复印留底。这样一来，画面中呈现出来的不是什么和北约军事机密（或者别的什么名义）有关的照片，而是美国总统与日本首相并肩而行，后面还跟着杰弗逊和下属官一样的日本人，还有另一个外国人。如此，对于杰弗逊来说，这是一个无法挽回的局面。

“的士”走到了宽阔热闹的大街，从希尔顿酒店前飞驰而过。

可南子断定，昨夜闯入声称防犯科的 4 个人，绝对是假扮的刑警。

证据就是，他们 4 个人面对 6500 美元的旅行支票时情不自禁地“叫”了一声，如果是公务员，应该更谨慎沉稳。

特别是那个假扮警察的女人，体型壮硕，四十岁左右，有种大姐头的流氓气。在浴室搜查毛巾转过身时，她宽广的后背几乎要把制服撑裂，肥硕的臀部快要从短裙里溢出来。杰弗逊应该是找了一个流氓女，勉强套了一件不知从哪里搞来的不合身的旧制服吧。

从那过了分寸的“搜身”方法其实也能看出这一点，对方的臂力之强不仅单纯在于体格的差别，而能感觉到对方是经过严格训练出来的。那样的检查方法也如同把牺牲者钳制于股掌之间玩弄一般，那时表情严肃的女警官半闭着眼，匆忙深叹一口气。

想来那个“女警官”的样子也不可信。想至此，可南子感到十分懊恼。

面对“制服”任何人都不禁示弱吧。

这些闯入蔷薇·王冠酒店305室的假警察是亚瑟·杰弗逊派来的，杰弗逊和美国大使馆勾结，驻英美国大使馆的情报局，也间接性地参与了此事吧！

13

在花园酒店结账时，酒店方只收取了昨晚之前的费用。可南子在前台买了邮票，贴在了给东邦经济新闻社·小幡浩三先生的航空邮件上，之后投到了街道上的邮筒中。

可南子进了房间后，终于能慢悠悠地泡上一个澡了。当然，她首先把布艺挂坠悬挂在了浴室内侧的门把手上。

她拉上窗帘，让房间变得像夜晚一样昏暗，之后便倒在床上昏睡过去。一是因为时差，二是因为终于从一整晚的紧张和疲劳中解放出来了。不过最大的原因还是安心，而安心则是由于自己胜券在握。

可南子睁开双眼时，看到窗帘之间有一道像日光灯一样晃眼的白光。她看了一下钟表，是下午3∶05。她起了床，用力拉开窗帘，阳光从外面照射进来，远处有一条像海德公园一样的绿化带。

她终于睡了一个好觉，早饭、午饭都没吃，连续睡足了6个小时。

可南子看向梳妆台，那里除了映着白色的墙壁外再无其他，现在谁也没有在盯着自己。可南子感到大脑放松了下来，心情舒畅，她解开头发，像狮子一样甩了甩头。

接下来她静心化了一个精致的妆容，从手提箱里拿出一条鲜艳的连衣裙穿上，提了个鸵鸟皮制的大而轻便的手提包，而金链子依然稳稳地贴在胸前，整个行装给人的感觉为之豹变，手提包里放着装有英镑的钱包和两万美元的旅行支票。

可南子在酒店的咖啡厅里点了一杯咖啡和一块薄饼，大睡一场之后，空腹感尤为强烈。

之后，可南子打车去了克里士斯酒店，这是第二次了，可南子此时感觉自己像是在奔赴战场。

古色古香的酒店，偌大的美国国旗，还有相对而立的仪仗兵一样的警官队列，当这些再次映入眼帘时，可南子感到全身都在微微颤抖。

着装威严肃穆的看门人在可南子面前展开双手，这个动作看起来像是要拦住可疑人物进行审问，但那匍匐着金色苜蓿花纹的制服帽檐下的脸却是笑眯眯的。

“噢，小姐……”

那展开的双手就像要环着可南子的背一样，其实是一种献殷勤的动作。

昨天，美国大总统随员的一位重要人物到访并受到了十分郑重的对待，那位日本妇人的脸，吃这行饭的他记得清清楚楚，而她今天这一身与昨天的风格截然不同的装扮也让他感到着实很新鲜。

“我是来见亚瑟·杰弗逊先生的。”

可南子严肃地说道。

“小姐，请到里面来，我马上联络杰弗逊大人。”

他那方才还是嬉皮笑脸的面庞上露出了愧色，惶恐不已，恳切地引导可南子从玄关正面的大门厅走向休息厅。

“我先来联系大总统随员的休息室，请他们帮忙转达给杰弗逊大人。”

站在一旁的看门人说道。

“请稍等。”

可南子从手提包里拿出十英镑塞到他手中。

“这、这、小姐……”

“现在联络随员休息室的人可能有点麻烦，所以你先跟那边的侍者这样说，请杰弗逊先生到这边来，要是他本人不在的话就算了。”

“明白了，我会这样跟侍者说的。”

“……如果，杰弗逊先生不在的话，请你打听一下他什么时候回来吧？”

“明白了。”

“四极会谈”将在今天结束，不出意外的话巴顿大总统明天就会如期返回美国。

可南子深深地把自己埋在休息厅那柔软的沙发里，戴着黑色蝴蝶结的绅士们和穿着连衣裙的淑女们或并排坐在沙发上，或在休息厅里徘徊着。可南子看到了大总统随员中的一个年轻下属——昨天把她带到蔷薇 · 王冠酒店，并告诉可南子 305 号房是她的房间后，就立刻上报杰弗逊，飞似的从前台奔向门口的那个男人——正在那边踱来踱去。可南子担心被他发现，于是抓起不知是谁扔在那里的报纸，放在膝盖上并埋下了头。

冷静下来一思考，华盛顿事务所里那位秘书格雷斯 · 帕尔默女士的回信——万分抱歉，您询问的事情巴顿总统好像完全不记得了——没有一点想要改变主意的意思。巴顿十分满意在迎宾馆的一夜，也就是时隔 12 年的“再召”，仅此而已，他丝毫没有想过要把情人带到华盛顿。

而且令可南子更没想到的是，在华盛顿时杰弗逊还用花言巧语欺骗自己说巴顿回心转意了，而自己竟然还傻傻地相信了。

可南子当然知道，巴顿之所以隐忍自己，不仅是因为床榻之爱。他用铺天盖地的爱抚使她沉沦在官能获得享受，在舔舐着她的耳垂时说尽所有的甜言蜜语，这些都不过是为了试图从她那里拿回偷拍的胶卷而已。

杰弗逊应该是从丢在迎宾馆主套房化妆室里的一个胶卷外盒，推断出她可能在走廊边上偷拍了秘密会谈的照片。日本方面的公安关系科也在秘密地通缉她吧。因为不止巴顿，日本首相的脸也出现在那上面了。

美国和日本的极少数高层试图从她手里夺回偷拍的照片，这样的推测，可以说是夸张妄想吧。

只要巴顿揣着那样的意图，私服出访来到杰弗逊所说的酒店的话，可南子就有对策，反正到了现在，二人之间也没有情分可言了。

“詹姆斯。”

她双手缠上巴顿的脖颈，迷蒙的眼睛半睁着说道。

“我有你想要的东西。”

“是什么，可南子？”

巴顿的吻暂时堵住了她的唇。

“你知道的吧，是胶卷哦。4 月 10 日凌晨 4:00，我在东京迎宾馆的走廊上等你时偶然拍到的照片哦。”

“果然是你啊。”

“你想要吧？”

“嗯，想要。”

“想要的话我就给你。”

“好。”

虽然上了年纪，但是巴顿那毛发浓密的胸膛还是紧实有力地挤压着她的乳房。

“不过，我也有要求，亲爱的。”

“是什么呢，宝贝？”

“作为交换，我想要 200 万美元。”

巴顿的胸膛和粗硬的毛发离开了她，他注视着她。

“呐，我一个女人，对自己的将来还是很没底的。我想趁着自己还没衰老，去创一番事业，好让老了之后有保障。我不想现在才来说这些情情爱爱，到最后却收到对方让人代笔写的‘我不记得你了’之类的信。”

“……”

“我也想与你到此为止，留下一些好的念想。200 万美元也好，相应的权力也好，我希望能在你还是大总统的时候得到这些东西，这样的话，亲爱的，我什么时候都能给你胶卷哦。”

但是巴顿背叛了这个约定，虽说自己被赶到克里士斯酒店，被女刑警搜身这些都是杰弗逊耍的小伎俩，但不用说，那一定是和巴顿商量过的。

可南子既然只身一人来到伦敦，潜入巴顿下榻的克里士斯酒店，就一定带着胶卷——对方就是盯上了这一点。不过，四个警官长达三个小时的对行李的精密搜查，还有由“妇警”进行的屈辱的搜身，都没能发现胶卷。

巴顿和杰弗逊因为自己的估算失误而暂时松了一口气，但他们并没有放弃怀疑可南子把底片藏到某处去的这种可能性。不然她为什么要千方百计地从日本来到伦敦的郊外去见巴顿呢？因为她偷拍了照片，所以绝不会是来谈恋爱这么简单的，对方都深谙这一点。

对方一定在想，要不就是精密搜查不够严密，出现了遗漏；要不就是有不为人知的“同伴”拿着，不然怎么会找不到胶卷？

如果对方是出于第一种考虑，那么自己有可能会再一次被“强制检查”，而且这次将会使得自己身处于更为危险的境地。

如果对方是出于第二种考虑，那么自己就安全了，而对方将会全力找出自己的“同伴”是谁。

让对方陷入第二种考虑无疑是最明智的，可南子这样想道。为此要让对方觉得“同伴”就潜伏在欧洲的某个地方。这样一来，就怀疑不到在东京照看着骨灰盒的小幡浩三身上了。

接下来如果有机会，一定要表现得好像真有“欧洲的同伴”一样，这样才能确保自己的安全。

这样一来对方就拿自己没辙，自己就可以暂且抽身了，再这样下去对方也只能平息敛气地看自己脸色行事了吧。

要说安全，还有一点。总有一天是要给杰弗逊看那洗出来的“证据”的，为了应付这种场合，可南子拿了动过手脚的底片和复印件过来，在那底片上，只能看到巴顿和矶部首相放大的脸，还有差一点点就露出脸来的杰弗逊，旁边的翻译杉浦雄之辅和后面那个身份不明、大腹便便的德国人模样的人却没有出现在画面中，之所以没有选择五个人都露脸的照片，是因为可南子觉得不应该从一开始就亮出自己手中所有的“证据”。

侍者终于向可南子的方向走来。

她从沙发上站起身来，侍者来到跟前。

“让您久等了，美国大总统随员的休息室里有六个人，因为要不经意地问杰弗逊先生，所以多少花了点时间。”

她把10英镑塞到他手中。

“谢谢您，女士。”

“辛苦了，那情况怎么样？”

“是这样的，大总统刚刚抵达美国大使馆，驻英大使夫妻盛情招待大总统，召开了花园宴会。”

是犒劳宴吧，可南子脑海里浮现出那幢路过时看到的壮丽的美国大使馆，那杰弗逊也应该出席了吧。

“杰弗逊大人好像刚刚回了王室兰开斯特酒店。”

“回去了？杰弗逊先生不是下榻在这个克里士斯酒店吗？”

“听说杰弗逊大人是和夫人一起下榻在王室兰开斯特酒店的。”

可南子听罢立刻走出了正门大厅。

“小姐，您就要回去了吗？欢迎您下次光临。”

看门人敬了个礼，胸前那参谋悬章模样的金丝缎晃荡着。马路前的伦敦警队庄严地列着纵队。

可南子吩咐计程车司机道：“去王室兰开斯特酒店。”

青翠欲滴的绿色在道路的右手边蔓延着，公园里郁郁葱葱的植被深处，有一潭池水泛着粼粼的波光，那光影一直追随着可南子，骑着马并排前行的女性的身姿在树木间时隐时现。计程车沿着海德公园的外缘奔驰着，从南向西，从西向北，不停地绕着路。

出了公园的北门，在东西走向的马路上行驶了一段时间，不久车就停在了王室兰开斯特酒店的正门前，这是一幢十五层的、典型的美式酒店。

可南子在前台旁边的一个角落里拨响了酒店内的专用电话：“请接到房间管理员那里。”

是电话接线员的声音。

“您好，我是房间管理员，亚瑟·杰弗逊夫妇的房间是157号房。”

“那个，请问他们现在在房间里吗？”

“酒店这边没有在保管钥匙，所以应该是在的。”

可南子没有直接问前台，她不想让别人看到自己，也不想给别人留下有一个日本女人来拜访他们夫妇的印象，杰弗逊的夫人也是日本人。

可南子来到了休息厅，坐到了椅子上。不同于克里士斯酒店那顶高级的贵族气氛，这里只是寻常的高级酒店而已，面向大门的沙发上坐着几对年轻的日本情侣。

那么，接下来应该怎么做呢？

要与在飞机内遇见的“杰弗逊夫人”，那位在下机时对自己说“祝您旅途愉快”的友善的妇人再一次相见吗？

这次就要把她当成杰弗逊的妻子正式拜访了，最理想的情况是，给 157 号房打一个电话，而且恰好是杰弗逊接的，要是她接了这个电话就有点难办了。杰弗逊也很难在夫人面前，因为一个女人的传唤就下来吧。

那么，难道要直接敲响 157 号房的房门吗？这更行不通了。在夫人面前，杰弗逊很难说出那件事，自己也无法问责。最后不过是说一些不明所以的场面话结束这场会面而已。

但是也不能把问题留到明天才处理，据新闻报道，巴顿大总统参与的“四极会谈”将会在今晚结束，明天他就会离开英国了，而杰弗逊也将携妻子飞往瑞士开始度假。

有些话一定要今天之内说，而且必须是现在，趁杰弗逊还在这个酒店里。今晚，“四极会谈”正式结束，发表共同声明，出席晚会的杰弗逊到底什么时候回酒店，可南子无从得知。

只剩下最后的方法了，就是把信息写在信上装入信封，让侍者交给杰弗逊。尽管如此，也难保夫人不会怀疑，不过杰弗逊一定能蒙混过关，下来见她的，为此她必须把一定能让他下来的信息写到信上。

可南子询问了侍者，出了休息厅，正准备走向有写字台的门厅时，迎面而来的人群中，有一个日本妇人看到了她，站住了脚。

“咦？”

可南子也停下了脚步。

那是杰弗逊夫人。

就像被对方抓住把柄的人常有的反应一样，可南子微微低了低头，向对方打了个招呼。

“夫人。”

“哎呀！”

对方有点不可思议地拿着手提包走了过来。

“果然是您呢。”

她笑容满面，微微地向可南子弯了弯腰。

“没想到还能在这种地方再次见到您呢。”

她站直身子，注视着可南子说道。

“我也是。”

“那您是住在这里吗？”

她看着可南子的连衣裙轻快地问道。

“不是呢，我住在别的酒店。”

“啊，这样呀。”

可南子觉得她有必要说明一下自己为什么会出现在这个酒店里，放在平时，她是不会这样做的，不过现在自己处于劣势。

“我听说这边的地下商场有挺不错的商品，所以就过来看看了。”

“噢原来如此，那您已经逛过了吗？”

“嗯，我只是随便看了看。”

自己手里并没有拿着购物袋。

“我本来以为在机场是最后一次见面了，没想到还能再见到您，我真高兴。”

杰弗逊夫人这样说道。

“我也是，夫人。”

“您有时间与我一起喝杯茶聊聊天吗？只要一小会儿就好。”

“嗯，我非常乐意。”

房间里的杰弗逊应该在看文件或者写东西吧，为了不打扰丈夫的工作而下楼来的妻子却偶然遇见了在飞机上认识的日本女性，所以想和她聊聊天，哪怕三十分钟也是不错。

而可南子这边也在想着如何才能与杰弗逊单独见面。

“酒店的咖啡厅太没意思了，您要不要到我的房间坐一下呢？”

“欸？夫人？”

“我丈夫现在正在美国大使馆出席大总统的游园会呢，他应该没有那么快回来的，所以这期间想请您上去坐一坐。”

杰弗逊原来不在酒店。

克里士斯酒店的侍者传达的信息原来是有误的。

“可是，上您的房间去的话……”

“不挺好的吗？我很想和您慢慢说说话呢。在从东京飞往伦敦的飞机里一起度过了那么长时间，还能在这个酒店偶遇到您，这难道不是难得的缘分吗？请您一定要来坐一坐，谁也不在那上面的。我还想请您品尝一下我冲的咖啡呢，虽然我手艺不太好。”

“嗯……”

“啊，一直在说任性的话真是十分抱歉，我挽留您是不是给您造成困扰了呢？”

就像到达希思洛机场时，她以为会有人来接可南子一样，她现在也考虑到了同一点。

“没有的事，我没有同伴也没有朋友。”

“噢，这样呀。”

夫人听说后，眼睛里闪烁着光辉。

“这样的话，不是挺好的嘛？一小会儿就好，陪我说说话。”

她轻轻地握住可南子的手指，微微地把脸侧向她那边，那和蔼可亲的邀请之心溢于言表。

可南子客气地答应时，杰弗逊的妻子真诚地向她道谢：“谢谢您，我真高兴。”她在搭乘电梯时也照顾到了可南子，先进去按下了十五层的按钮。

157号房是一间主套房，可南子被带到招待室，起居室和卧室好像就在旁边。

杰弗逊夫人马上走到旁边的房间，咕噜咕噜地烧着水，不停地开合着冰箱。

可南子走到窗边。

海德公园就在这下面，森林的翠绿或浓或淡，或重叠或分离，或斑斑点点，延绵不断足有140万平方米，展示着其万千变化与纵深。

针叶林夹杂着葱绿的嫩芽与去年留下的暗青色的树叶，在那之下，穿得五颜六色的小小的人影忽隐忽现，大概是小学二三年级的时候吧，自己曾在英国童话绘本里读到过这个住着精灵们的美丽公园。

咖啡的香味飘来，杰弗逊夫人捧着一个托盘出现了，上面放着两只咖啡杯。

“公园真漂亮呀。”

可南子离开了窗边。

“是呀，所以我才跟丈夫说想住这间酒店的，虽说是大总统安排住在克里士斯酒店的，但那边的风景不太好……”

杰弗逊夫人把咖啡杯端到桌子上，又添上两罐砂糖和牛奶。

“排场太大了，总觉得有点紧张。而且那幢豪华绚烂的酒店也有点年月了，那些古色古香的地方总觉得像是镀了金似的。”

夫人低着头，微笑着说道。

可南子也有同样的感觉，这样一来，她和杰弗逊夫人的距离就更近了。

夫人又急急忙忙地小跑到旁边的房间里，再次出现时她手上拿着装有水果的果盘。

“吃吧，请不要客气。”

“好的，失敬了。”

夫人又小跑着出去了。这次她拿了两个大托盘，上面放着水果刀、叉子，还有叠好的茶色布餐巾。她关了门，把这些东西放到桌子上。

“手忙脚乱的让您见笑了。”

她停下来坐到椅子上后，带着微笑说道。

“我才是，给您添麻烦了。”

“吃吧，不要客气。哎呀，咖啡都冷了，真是抱歉。”

可南子啜了一口。

“真好喝。”

可南子捧着杯子，不由自主地放松肩膀，深吸了一口气。

“您喜欢喝咖啡吗？”

“嗯，非常喜欢。不过这么好喝的咖啡，在日本可喝不到。”

“这是我丈夫在伦敦的朋友送给他的，说是那位朋友经营着一流的咖啡店，听说这是蓝山的咖啡豆，煮的时候很需要技巧，我丈夫也是咖啡党呢。”

果然是日本人，两句话不离“丈夫”。

她好像也察觉到了，双颊浮上了红晕，说道：“不好意思，自我介绍晚了，我叫节子·杰弗逊，请多多指教。”

可南子站起来低下头：“我才是，我叫中上可南子，请多多指教。”

“请您坐。”

节子用手示意她坐下。

“我真高兴呢，能跟你这样说说话。”

可南子坐下后，节子就问她想吃什么水果，可南子选了苹果，于是她边把苹果放到小碟子上边说：“那您是住在东京吗？”

“是的。”

可南子觉察到，就算对方没有问，也应该表明一下自己的身份，因为对方早就明说了，还邀请自己到夫妇俩的房间里来。

“我是从事设计行业的，这次到欧洲来就是想参观学习。”

可南子低垂着眼眸说，不能明说自己的情况，那只能用这个借口了。

“您是设计师吗？是设计西装的吗？”

“是服装一类的。”

“一类”这个词范围很广，界限也很模糊。

不过节子·杰弗逊好像已经认为她就是设计西装的了，再看她时都带着新的眼光。

可南子穿着连衣裙，衣领像是竖起似的垂到前襟来，金项链上的布艺挂坠就隐藏在前襟的下面。可南子特意从东京带来了有这样特殊设计的裙子。

节子·杰弗逊是如何看待这位设计师穿着的这条形状特殊的连衣裙呢？她应该想不到这是为了要隐藏那个特殊的布艺挂坠而穿的吧，她更想不到在那个布艺挂坠里，有她的丈夫最想得到的底片和复印件。

“为了发展自己喜欢的事业而到欧洲来参观学习，真是太棒了。”

节子·杰弗逊也选了个苹果，边削皮边对可南子说道。

“不不不，还说不上研究，我还只是新手呢。只是为了学习，一个人来到这里而已。”

可南子切着苹果，没有弄出一点声响。

“一直都是一个人吗？”

“是的，那样就不用顾虑别人了，会比较轻松。我现在正在到处寻访能为我写介绍信的地方呢。”

“真羡慕您啊，能有这样的旅行。”

节子·杰弗逊的眼里确实浮现出了羡慕的神色。

“我记得您说过，这是第一次来欧洲……”

“我之所以能到处跑，都是多亏了旅行指南。”

可南子把一小块苹果放入口中，莞尔一笑。

“您真了不起，这趟旅行会很久吗？”

这应该怎么回答呢。

“预计一个月左右。”

当然，一个月不到，杰弗逊和妻子就会结束瑞士之旅，回到美国了。

节子·杰弗逊继续说道：

“我父亲很严格的，在我还没结婚前，绝对不允许我去国外旅行，真是保守啊。我是从英文教育的学校毕业的，所以很想很想出国。之后因为和丈夫结婚了，才得以了结这个心愿，要是没和他结婚，终究是不能如愿的，也不知该庆幸好还是该失落好。反过来说，我可能就是被那个梦想蒙蔽了双眼，才跟杰弗逊结婚了呢。”

节子·杰弗逊开朗地笑了。

“和我相比，现在有很多日本女性都很勇敢地独自到世界各地旅行，真是大不相同呢。”

这听起来像是上了年纪的人说的话，不过她应该不比自己大几岁吧？可南子偷偷地观察着节子，肯定大不过六岁。

从她的谈吐来看，应该有着很好的出身。豁达开朗，待人友善亲切，说话有分寸，又不失自己的见解，这些都得益于她的家庭环境吧。

“我们住在华盛顿，是在比较郊外的地方，不过那里很清静。”

节子·杰弗逊把手提包拿到面前，从里面拿出了一张小巧的名片，放到可南子的面前。

“您下次来美国的时候，一定要过来玩哦。”

名片上只印有装饰字体的名字，十分高雅。

“谢谢您。”

可南子把几乎是被迫接受的名片放进手提包里，这时门铃响了。

“不好意思，失陪一下，可能是我丈夫回来了。”

节子·杰弗逊轻轻地捋了捋裙子，走向门那边，此时可南子脸都变得僵硬了。

本来是想只跟杰弗逊对决的，不过自己既然来夫妻二人居住的酒店拜访，就应该预料到会碰上这种场面。

难就难在节子还在这里，面对此情此景，杰弗逊也一定是这么想的吧。

打开门，迎接杰弗逊的节子在刚进门处拦住了他，小声地跟他说着话。可南子也听到了那英文的低语。“我碰见了从成田一起飞往伦敦的那位妇人了，哪，就是跟你说过的那位呢。”节子低声说道。

杰弗逊抑制着惊讶的声线从口中发不出任何声音，但之后便是一片沉默，他显然是意识到了也许会被可南子听到。

杰弗逊应该在努力不让妻子觉察出自己异样的惊讶吧，接着他该做的事就是整理情绪，准备和可南子短兵相接了。

他必须先准备好诸如“初次见面”之类的寒暄语，以及与之相符合的沉着的举止。

他完全没有想过可南子会来这个酒店这个房间，这个冲击简直是太大了，以至他需要花点时间费点脑筋思考该怎么演戏。

一分钟过去了。

杰弗逊终于现身在节子的后面。

“中上小姐，这位是我的丈夫。”

丈夫向前一步，恭恭敬敬地行了一个日本式的见面礼。

“欢迎光临寒舍，我是杰弗逊。”

“初次见面，我是中上可南子。”

演技这种东西并不难，倒不如说要是认真起来，杰弗逊都能去当演员了。可南子不禁想道。

“在您外出期间擅自进来，真是十分抱歉。”

“没有没有，是我邀请的。”

节子急忙向杰弗逊解释道。

“我偶然在大厅里遇见了中上小姐，就是在日航的机舱内对我十分友善的那位，我之前跟你也说过的。”

“嗯，我听闻了。那时内人承蒙您照顾了。”

杰弗逊又鞠了一个躬，戏还在演着。

“没有的事，我才是受到了夫人的热情款待，十分感谢。”

可南子低下了头，只有在这时候，杰弗逊才会从眼里消失。

“听说中上小姐在东京从事着设计的工作呢。”

节子接过丈夫的话头。

“噢……”

坐在妻子旁边的亚瑟·杰弗逊听了这话后，笑了起来。因为刚从外面回来，所以宽大的额头上还在冒着汗，但是他却眉开眼笑，露出一排健康的白牙。不过，那是没有感情的，仅仅是礼貌性的微笑而已。

“这次是因为工作的缘故，来欧洲学习的，还是一个人呢。”

“噢。”

妻子热心地介绍着，他的微笑还是那么沉稳，看起来像是对初次见面的妇人该做出的保有分寸的表情。

但是，在可南子眼中，那个微笑分明是回应自己谎言的冷笑，这也是他不变换表情的原因。

“都说巴黎才是设计的发源地，您接下来是要去巴黎吗？”

他果然是一个出色的演员，借助“您接下来要去巴黎吗”这样的发难，姑且在妻子面前蒙混过关。但可南子的目的地是巴顿所在的地方，顺水推舟带出巴黎，真是十足的戏。

“巴黎是一定要去看看的，不过我想等时间充足一点再去，现在在伦敦还有要事要解决。”

“伦敦的要事”终于摆到台面上来了，这对节子来说当然是一头雾水，但一定已经在杰弗逊心里做出了回应。

“您真是贵人事忙啊。”

他若无其事地说着。

“因为我比较贪心嘛。”

可南子回答道。

“确实呢，来到国外就会想到处走走，一个月的时间也不够。”

“一个月？”

杰弗逊在时间上留了心。

“中上小姐的旅行预定是一个月呢，趁着这一个月时间到处参观学习。”

“那一定是一趟非常愉快的旅行。”

“不过，也有可能提早结束行程回国，一切取决于这趟旅行的结果。”

对于“取决于结果”这句话，杰弗逊佯作不解，装作漫不经心的样子继续说道，“也是，对于初次到海外旅行的人来说，一个月太长了，想必一定很思念故乡吧。”

故作糊涂的他，绿色眼眸闪烁着诡异的光。

“思念故乡什么的，您日语说得真好，我听夫人说您曾在美国驻日大使馆就职过。”

“我在东京曾跟着一名日语老师学习过，但日语实在太难了，无论怎么努力也说不利索。”

他从来没有提过自己曾在驻日大使馆就职一事。

“也多亏了有夫人那么出色的日语老师在身边呢。”

“内人说的都是女性用语，那是学不得的。”

“我们在家里都尽量说英语的，反而是我受教了呢。”

必须尽快制造可以和杰弗逊单独谈话的机会，可南子心里想道。

天空染上了暮色，窗外的海德公园已经亮起了路灯。

可南子站了起来。

“不知不觉叨扰了这么久，真是十分抱歉，今天请允许我先告辞了。”

只要这边有行动，对方也一定会做出反应，可南子是这样判断的。

毕竟对于昨晚的事，他是心中有愧的，也明白可南子今天到这里来是对他的抗议，不过对于这种抗议让他感到有点不快。

“再稍微坐一会嘛，反正我丈夫今晚要去参加大总统的宴会，只留下我一个人了，要是不介意的话我们一起共进晚餐如何？”

不明就里的节子还在挽留自己。

“实在抱歉，不知不觉打扰了这么久了，不能再给您添麻烦了。”

“这样啊……”

杰弗逊不淡定了，他不时地看一下钟，这一切都在可南子的意料之中。

“我现在就去克里士斯酒店。”

杰弗逊站起身来。

“这么快就要走了吗？”

节子看着丈夫，眼里像是在说“明明还很早”。

“我在那边的酒店里还有事情要解决。”

节子方才说了在家里二人一般用英语对话，现在用日语交流是出于对客人的尊敬。

“那你要不送一下中上小姐？”

“您的酒店在哪呢？”

杰弗逊微笑着看向可南子。

“是花园酒店。”

“啊，这正好顺路呢。”

“嗯，我这就去送一下中上小姐。”

可南子走到节子面前。

“夫人，今天真是太感谢您了。”

“我还想再跟您慢慢地聊聊天呢。”

“您是明天就要启程去瑞士了吗？”

“嗯，明天在希思洛机场目送大总统登机之后就去呢。”

必须在明天中午之前与巴顿一决胜负。

“那祝您有一趟美好的瑞士之旅，夫人。”

“我们难得相识，然而现在就要分别，真是太遗憾了。中上小姐，您回国之前来华盛顿吧，打个电话或者电报告诉我到达时间就好，我会去机场迎接您的……你说对吧，老公？”

“嗯，是的，是的。”

杰弗逊忙不迭地点头应和。

“谢谢您，有机会我一定会去的。”

“我会等着您的，在那之前，希望您的欧洲之旅收获满满。”

节子握住了可南子的双手。

杰弗逊夫人也随着二人搭乘电梯下来了，她站在酒店大门前目送着他们，对坐上车的可南子久久地挥着手。

14

日暮渐迟，车子奔跑在悉尼海德公园的外围，出租车司机是个肩膀下溜的英国人。

“您的夫人真是漂亮啊，杰弗逊先生。”

可南子和杰弗逊并排坐在座位上，如此说道。

“谢谢夸奖。”

“您的夫人谦逊明理，温柔大方，我真是太喜欢她了。”

“这是她比我更优秀的意思吗？”

杰弗逊所涉猎的日语词汇非常广泛，让可南子吃惊。

“您是不是有什么话想对我说，可南子小姐？”

杰弗逊说完，对着司机吩咐不要开太快。司机将车速放慢，后面的车一辆接一辆地超过他们疾驰而去。

“您请说吧，司机是英国人，听不懂日语。”

出租车来到一个矗立着大理石拱门的广场，向南转就是公园的车道。

杰弗逊指挥司机就这么沿着牛津大街向东直行，接着又让他左转向北开去。

接下来的贝克大街是一个上坡路，杰弗逊明显是为了和可南子的谈话，才让车这么迂回行驶。

“我去了蔷薇·王冠酒店，那是个充满情调的酒店。可是，总统却没有来，杰弗逊先生。”

可南子语带遗憾地说。

“是啊，第二天早上巴顿和我说了。他那时似乎筋疲力尽，实在迫不得已，很抱歉，可南子小姐。”

“反而有人在深夜造访了我的305号房。”

这次，可南子露出带有挖苦意味的微笑。

“来人说他们是苏格兰场防犯科的人，其中有三个穿私服的男人，还有一个女警察。他们花了将近四个小时搜查了我的三箱行李。说是调查，但一开始他们就是带着目的来搜寻某样东西的。他们把我的衣服一件一件拿出来，恨不得拿着显微镜来看，连沾上的灰尘都不放过，简直就和夏洛克·福尔摩斯一样，搜查方式也是十分周密细致。”

车子在小说中福尔摩斯的居所，贝克街221号前的一个十字路口右转，沿着玛丽伯恩大街向东行驶，以虐杀场面为卖点的塔索夫人蜡像馆前，灯光闪烁，并列串起来的各国国旗映入眼帘，商店街的灯为黑夜增添了光明。

“那个女警察，为了搜查某样东西，甚至还对我进行了屈辱的搜身，就算是警察，这也是侵犯人权的行为。说起来，他们也没向我出示警官证。”

“这真是不像话。”

杰弗逊说着，拿出烟斗，往里头塞进烟草。

“为了向伦敦警察厅提出抗议，我去了日本大使馆。”

杰弗逊扣响打火机，却没点上火。

“我把事情向高濑一等书记官说了之后，高濑先生立马就打电话给英国内务省，内务省又询问了苏格兰场，防犯科、搜查科还有国际刑事科，都回答说他们根本没有做过那样的事。”

可南子将脑中想好的说辞就这么说了出来，杰弗逊甚至没有调查过高濑一等书记官这个人是否真实存在。

杰弗逊将烟斗点上火，吐出一口烟。

“那是假刑警和假的女警察，即使如此，钱包里的钱他们一便士都没拿，虽说是小偷，但目标似乎不是钱。”

“……”

“那些假警察，杰弗逊先生，是你派来的吧？”

“你说这话是不是有点失礼？”

杰弗逊吐着烟，轻笑道。

“如果你觉得我冒犯了你，那很抱歉，但是那些假警察是目标直指蔷薇·王冠酒店的305号房。这肯定和你的那个年轻部下有关系，他跟着我去了酒店，仅仅是确认了我的房间号后就匆匆离去了。”

“这事我还真不知道呢。”

杰弗逊又吐出一口烟。

车子在摄政公园的环形交叉路南转，驶上波特兰大街，车速还是一成不变地缓慢。

“杰弗逊先生，你和巴顿感兴趣的东西，就在我手上。”

可南子“啪”的一声解开膝盖上手提包的别扣，她打开包，取出藏在包里的茶色信封，交给了杰弗逊，从信封的触感看来，里面应是装着稍硬的纸。

“请看看吧。”

杰弗逊从信封里抽出一张黑白照片，照片的画面很暗。

他看向可南子的侧脸，那眼神就像是早已洞察了可南子心中所想。

他们开到了牛津马戏团的宽阔的四岔路上，两侧商店街的电灯光彩夺目。

“去悉尼海德公园。”

“请您再说一遍，先生。”

悉尼海德公园是他们出发的地方，司机害怕自己听错，向杰弗逊再度寻求确认。

“嗯哼。”杰弗逊用鼻子哼着回答，用靠窗的手拿着照片，对着商店街的灯光。

照片前方站着的巴顿总统和日本的矶部首相，抢镜地映入杰弗逊绿色的眼瞳。照片中，能瞥见巴顿身后紧挨着的杰弗逊的脸孔，而且，照片背景场所，一目了然。

杰弗逊烟斗中的火熄灭了。

从他口中能听到低低的咒骂声。

车子再次渐渐靠近悉尼海德公园的漆黑森林。

杰弗逊将照片从车窗边拿开。

商店街的灯逐渐减少，照片画面看不大清。即使是这样，杰弗逊依旧用手指夹住照片。他叼着烟斗，一声不吭地坐在座位上。

他们再次见到了在悉尼海德公园一角的大理石拱门，远远望去皇家兰开斯特酒店高高的窗户上，灯光闪烁。

司机会错了意，正想要将车开到酒店门前。杰弗逊注意到这件事，突然挪动身体吩咐司机在四岔路向左转，斜穿西北方向的艾吉维尔大街与南下的公园车道正相反。公园车道上车辆川流不息，但是艾吉维尔大街上却屈指可数，大街上就和郊外一样黑咕隆咚，只能看到前方车辆的红色车尾灯在街上穿梭。

杰弗逊在伸手不见五指的车内陷入沉思，幽幽叹息。

他一动不动，想要把手中的照片还给可南子。

“你留着吧，杰弗逊先生。”

杰弗逊一脸震惊。

“什么意思？”

他将烟斗从嘴边拿下。

“不用露出这么可怕的表情，也请给巴顿看看这张照片吧。”

“……”

“我只是为了让你们明白，我手里有拍得清清楚楚的照片。”

可南子将目光投向杰弗逊手里的照片。

“至今为止，你也好，巴顿也好，是不是都在猜测我手里有没有像这样的东西？”

“……”

“你能从迎宾馆的化妆室里留下的新胶卷盒中，察觉到我偷拍了照片，真是厉害。其实我也是之后才想起胶卷盒的事，意识到事情要败露了。那天一大早，你开车将我从迎宾馆送到酒店，在那里吃过早饭后，我就去了街上的照相馆冲洗照片和胶卷，进了照相馆，我才注意到我将空盒子留下是多么愚蠢。但是，也是为时已晚了。”

“显像的胶卷有几帧？”

杰弗逊终于出声询问。

“没几帧。”

可南子没有说具体的帧数。

“但是，因为没开闪光灯，拍出来的照片光线不足，一片漆黑，派不上用场。这是拍得最好的一张，相机也只是小型的便宜货。”

“为什么不好好地拍一张？”

“我本想拍巴顿的快照，为了找他我从套房的化妆室出来，到了走廊，那时是在凌晨4:00左右。然后，在微弱的灯光下，我看到走廊对面的身影逐渐向我靠近。我不是非法侵入禁忌甚多的迎宾馆的女人吗？杰弗逊，真有你的，你就是这么引荐我的啊。”

“……”

“因为这层身份，被发现的话就糟糕了，我迅速地躲在柱子后面。然后，定睛一看，走来的正是巴顿总统和日本的矶部首相。接着，我又看到杰弗逊你，也出现在总统身后。”

“嗯——你看到的是三个人吗？”

杰弗逊问的是可南子是不是只看到他们三个人而已，可南子心知肚明。

“这个嘛，好像还有其他一两个人同行，但是周围太暗，我的情绪高涨，就没怎么看清楚。”

还有两个人，杉浦通产省官房国际室长和一个疑似德国人的身份不明的外国人，可南子没提起，她提到的只有她给杰弗逊看的照片上的人物。

“巴顿总统在楼下送矶部总理离开的时候，我逃回了套房的房间，大约5分钟后，巴顿虽然回到了房间里，但对和矶部首相见面的事只字不提。然后，哈哈，我明白了，那是日美首相的秘密会谈。所以，我向巴顿隐瞒了我偷拍的事。”

艾吉维尔大街很长，前方通往南哈姆斯忒德，地势逐渐隆起形成高地，这个地区是高级住宅区，在夜晚万籁俱寂。

杰弗逊看了一眼手表，像是责骂一般对司机说：

“请掉头。”

车子转了个U形的弯，开向来时的方向，是一条下坡路。

“请继续说，可南子。”杰弗逊催促道。

他的烟斗里重新点上了火，稍微镇静了下来。

“后来我终于明白了。”

可南子眺望着折射在风挡玻璃上的伦敦市中心的灯光，说道。

“这次的两国首脑会谈，无论是报纸还是电视都没有报道。会谈时间还是黎明前，想必是相当重要的会谈。不仅如此，两国首脑在那种时间点进行秘密会谈，如果这事泄露出去，那可就大事不妙了。”

杰弗逊吐出一口烟。

“日本的首相，在非正式的场合，而且还是掩人耳目地在黎明前来迎宾馆与巴顿总统见面。仅仅是这样，也是史无前例的怪事了，密谈的场所在‘波斯套间’。”

杰弗逊将烟斗稍稍移开嘴边。

“那个走廊前方就是‘波斯套间’，这件事还是之前，杰弗逊，你告诉我的。第一次正式会谈的第二天黎明前，日本首相和美国总统在‘波斯套间’密谈，这该是一次相当机密的会谈。”

可南子将话头停下，做了个深呼吸后接着说。

“所以，我拍的照片有着相当大的价值。”

就像是想要强调一样，可南子变了声调。

“之后，在日本时发生在我身边的一些奇怪的事情，以及在银座街头的抢包事件，伪装成趁主人不在家时的入室盗窃，等等，是对方教会我懂得我手中的胶卷是多么贵重。在我看来这个‘对方’，应该就是官厅。”

“日本国民口中的‘官厅’，就是政府的意思吗？”

“在我身边搜查的人，我想并不是政府直接派来的，而是掌握权力的人或组织。而且，他们伪装成入室行窃，搜查我的家。这种做法，和你杰弗逊将我引入柯曾大街上那家充满情调的酒店里之后再派遣假警察的手段，有异曲同工之处。”

杰弗逊大口吐出烟斗中的烟，他的笑容有些扭曲。

“总之，我确实有你们竭力寻找的东西，你们寻找的东西并不是虚幻的，而是真实存在的照片。我把这张交托给你，请你给巴顿看看。”

杰弗逊拿开烟斗，清了清嗓子。

“底片在哪？”

“我将它严密保存起来了。”

可南子强调底片藏在一个怎么搜也搜不到的地方。

“你把底片取出来之后，能交给我吗？”

“当然，只要你能给我金钱或是特权。”

“特权？你想要什么特权？”

“我想要开始自己的事业。我已经不年轻了，不再是追求情爱的年纪了。我也深知不能再依靠别人。一个女人为了生存下去，只有开创自己的事业，可我不知道该做什么。女人的事业，总是想要选择更有安全感的，所以我选择拥有特权的事业。巴顿如今坐在总统的宝座上，我想要从他那里得到承诺。”

“承诺？”

“就是承诺书，只要是他亲笔写的，即使是书信也没关系。”

“这件事很困难，不，应该是不可能。在美国国内，给予你一个外国女人这样的承诺，会惹出乱子。在你通过资格审查之前，这事会成为总统的丑闻，引起骚乱。”

“在美国不行的话，在外国呢？比如说欧洲的某个地方？”

“……”

“巴顿总统与欧洲各国财政界都建立了牢固的关系，只要运用那些门路，就能给我特权。”

“那相当困难。”

出租车再次沿着牛津大街向东行驶，以一个缓慢的车速。

“给不了你特权的话，那你要钱可以吗？”

杰弗逊重新调整了坐姿，像是在他屁股下硌着什么东西。

“是啊，那就只能要钱了。”

“想要多少？”

“150万美元，你觉得怎么样？”

她本想说200万美元的，但还是减去了50万美元，合计3.4亿日元。

“150万美元！”

杰弗逊差点从座位上跳起来。

他重重地叹了一口气。

“如果我拒绝呢？”

可南子笑了。

“如果你拒绝，那我和巴顿总统干脆就一损俱损。我只是得不到特权和金钱，而巴顿总统则是会损失特权和金钱，都是难以相提并论的大损失啊！”

“怎么说？”

“我会把打印好的照片寄到伦敦各个报社，《泰晤士报》《每日快报》《每日邮件》《守护者》等，底片在我手里，照片想冲洗几张都行。”

“……”

“只凭刊载在各大报纸上的一张照片，就能轰动一时了吧。这样一来，美国的各个报社也相继转载，会给全美国带来莫大冲击吧。在野党和报社也会逼迫巴顿总统，让他把与日本首相出乎常理的黎明前的秘密会谈内容公开吧。”

“……”

杰弗逊拿烟斗的手在颤抖。

“不仅是美国的报纸，日本的报纸也会大量转载这张照片。照片旁会备注上‘4月10日凌晨4点的迎宾馆会谈’，报道的言辞会很气愤，因为这是在公开的日程表之外的，避开记者耳目的会谈。他们会要求巴顿总统和矶部首相说出会谈的具体内容吧。当然，在野党也会追究，这毫无疑问是绝对不能公开的日美之间关于机密问题的会谈。不光是在野党，执政党也会追究矶部首相的责任，因为黎明前的会谈，连内阁官僚和党干部都不知道。不管怎样，这件事在日本会引起轩然大波，矶部首相会陷入窘境，身败名裂。”

“……”

“所以我才说，你如果拒绝我的请求，比起我，巴顿总统的损失更大。”

“我知道了。”

杰弗逊抬起他棱角分明的下巴。

“这不是我能独断的事，接下来我要去见总统，和他说明情况，由他决定。”

“巴顿是在明天下午从希思洛机场出发吗？”

“是的，所以才要在今天之内和他说明，得到他的回复，结果由我通知你，你住在哪？”

“公园酒店，962 号房。”

“到时候我会联系公园酒店 962 室的，先把电话告诉我。”

“你可不能再派假的苏格兰场警察来公园酒店了哦。”

“我大概是不会派人去的吧，我也不能确定。”

“还有，杰弗逊，丑话说在前头，即使你为了得到底片而对我出手，最后也只是白忙一场。”

“……”

“其实我有几个朋友待在欧洲，虽然我对您的夫人说没有朋友在欧洲，但那意思是说我并没有旅伴。我不能告诉你他住在哪里，不过他确实是在欧洲的某处。我把照片的复印件交给了他，虽然交给他的照片比起这张拍得更糟糕，但我还给了他剩下的底片，在那其中只能辨别出巴顿和矶部首相。如果我有什么不测，比如突然失踪或死亡，我的朋友就会毫不犹豫地将我给他的照片送至伦敦各大报社，甚至还会直接送去东京和美国的报社。”

杰弗逊对司机说：

“请把这位女士送到公园酒店，我另找一辆出租车，去克里士斯酒店。”

枕边的架子上放着收音机和电灯开关等用具，安装在架子凹陷处的电话响了起来，传来总机的声音。

可南子看了一眼钟表，22∶10。她透过窗帘的缝隙偷瞄街道的路灯，灯光在夜晚显得格外寂寞。

不出意外，电话果然是杰弗逊打来的。

“是我，抱歉这么久才来接电话。”

“晚上还打电话给你真抱歉。”

他深知日本人寒暄的方式。

“哪里，我一直在等您的电话。”

“方才，我得到了总统的答复。”

他的声音低沉。

“接下来20分钟，我会赶去你所在的酒店，在电话里说不清楚，你能在大厅等我吗？”

“我知道了。”

大厅的其中一盏枝形吊灯熄灭了，光线减了一半。杰弗逊从回转门进来，在门边迎宾的服务生对他点头示意。杰弗逊稍微停下脚步，朝着沙发方向看了一眼，远处有两位客人站在服务台前，和接待员说着话。

杰弗逊的风衣领子紧紧扣好，一顶灰色的圆顶礼帽戴到眉眼处。他小心谨慎，防止别人见到他的相貌，但是，在这个国家里，戴圆顶礼帽的人并不少见，却没人会想用它来遮脸。

杰弗逊见到可南子从四角形的柱子后走出来，他对着可南子点了点头，微微扬起圆顶礼帽下的嘴角，他诱导着可南子走到灯光最暗的一个角落。

“我和他说了。”

杰弗逊停下脚步，面对可南子说，“他”是指巴顿，两人在一旁低声私语着。

“他说他不得不答应你。”

“这是他看到照片之后做的决定吗？”

杰弗逊没有回答她，照片交到巴顿手里后，立即发挥了它的作用，巴顿投降了。

“你们会给我钱吧。”

“没错。”

“150 万美元，作为交换，我交出底片。”

“一手交钱一手交货，对吗？”

“是的。”

“可是，筹措150万美元很困难。”

杰弗逊耸肩。

“我们现在在旅行中，没有办法马上拿出这笔巨款。”

“明天银行关门之前，从美国大使馆的机密费用里通融一下怎么样？以总统的命令。”

可南子轻笑。

“你真会说笑，但这是不可能的，这150万美元应该是私人支出才对。哪有从总统的机密费用里支出的呢？”

杰弗逊无视了可南子的这句话，正想要拿出烟斗，但环视了一下四周，还是放弃了。

“总之，钱今天是办不到了。”

“这样的话，我们的条件可就……”

他们没法谈拢，可南子只觉自己被背叛了，绝望之感涌上心头，150万美元近在眼前，然而由于对方的阻挠，却怎么都无法触及。

“但是他还是希望你能将底片交出来，他还对我说，请你千万不要把照片寄给报社。”

眼前的150万美元，似乎还有到手的希望。

“这是我们能做的妥协了，可南子小姐，如果是50万美元的话还能筹措出来给你。”

“又砍掉了一大笔钱啊，真讨厌。”

马上就要分出胜负了。

“希望你听我说完，这不是砍价，50万美元是预付金。”

“剩下的100万美元什么时候给我？”

“等我回到美国，会打进你的银行账户，以某种方式……”

可南子喜上心头，但是，她的面上却不动声色。

“杰弗逊先生，您什么时候才回到华盛顿呢？是和您的夫人绕道瑞士之后才回去吧。”

“我和妻子在瑞士大约停留十天，到达华盛顿，应该是五月中旬左右。”

“5 月中旬啊。”

“我需要知道你的银行名和账户号码才能汇款，请在这之后告诉我。”

“之后？”

“不是的，可南子小姐，50 万美元没法在伦敦给你，我会去瑞士再给。所以，你愿不愿意和我们夫妻二人一起去伯尔尼呢？50 万美元会在伯尔尼给你。到那时，再告诉我要将这 100 万美元汇进哪个银行。”

一个戴着圆顶礼帽的美国人和一个东洋女人在大厅的黑暗角落里偷偷摸摸地交谈。

这场面看起来很奇怪，但这个酒店寄宿着来自世界各国的客人，前台和服务生都不会觉得怪异，那些服务生一边闲聊一边打着哈欠。

“如果你愿意同行去瑞士，我妻子也会高兴的，她似乎很喜欢你。”

杰弗逊的声音依旧低沉。

“我也很喜欢夫人。”

她并不是说着无心的恭维话，她确实对节子很有好感。

“我会在伯尔尼给你50万美元，你收到钱后，就可以和我们分道扬镳，即使只在伯尔尼住一晚也没关系。”

可南子有些动心。

和节子在一起，杰弗逊就没法再图谋什么。自从住进柯曾大街的蔷薇·王冠酒店以来，可南子就一直提防着杰弗逊的小动作，但若是节子在场的话，他也没办法有所行动，节子就是她的安全保障。

“我和你们一起去伯尔尼，希望我不会打扰到夫人。”

“我妻子肯定会很高兴的，我想她会很欢迎你。”

“真是这样的话，我也很高兴，那我们什么时候出发去伯尔尼？”

“明天下午2:00，在我们夫妻二人送总统回国之后。”

“我能去送送巴顿吗？”

“这个时候，我想你还是不要去见他会比较好。”

杰弗逊说完后，咳嗽了几声。

可南子和巴顿之间，已经不再存在任何爱情和情绪了。既然如此，那就拿到能拿到的一切。

“送走总统后，我们再去日内瓦。”

“请让我同行。”

“我等下回到酒店，把这事告诉我妻子。明天一早，航空公司会安排好明天的航班，请你暂且在机场的瑞士航空接待处等待，我们在那里会合。”

“我知道了。”

“伯尔尼的酒店我也会安排好。”

杰弗逊瞥了一眼手表。

“接下来我要马上回到酒店打电话，帮你预订房间。那么，我们明天机场见，晚安。”

“晚安。请代我向夫人问好，能和她同行，我很高兴。”

“好的，我会代为转达的。”

杰弗逊拉低圆顶礼帽的帽檐，快步走向门口。

第二天早上 9:00 多，电话响了。

可南子似乎是早有预料，拿起听筒。

“是中上小姐吗？早上好，我是节子。”

爽朗的声音传来，和可南子预料的一样。

“哎呀，是夫人啊，早上好。”

可南子眼前浮现出节子的面孔。

“昨天的拜访真是唐突了，谢谢您让我度过这么愉快的时光。”

“我才是要谢谢你呢。”

可南子眼前的节子正眉开眼笑。

“其实有件事，我丈夫昨晚回到酒店，和我说中上小姐也想要和我们一起去瑞士。”

“抱歉，我这么晚才和您说。”

可南子道歉。

“那天您的丈夫送我回到酒店的时候，我接受了他的邀请。瑞士也是我想去的一个国家，我和您的丈夫说过，我去瑞士的条件是必须得到您的同意。”

“我从丈夫那听说了，我当然是无比赞成。我要是知道中上小姐想去瑞士，早就邀请你了。能和你一起去，这是多么令人兴奋的事啊！瑞士的旅行将会倍加愉快，真是不胜感谢。”

“要说感谢的是我才对。”

“那么，我们下午3:00机场见。”

“我一定会去的。”

电话那头，节子·杰弗逊充满喜悦之色的声音被挂断了。

和节子去伯尔尼，让可南子很安心，最起码她不会有生命危险。杰弗逊肯定会瞒着他的妻子将50万美元的现金交给她，他表面上装作是去观光的。可南子也必须在节子的面前，和杰弗逊演好这场戏。

拿到50万美元现金之后，该怎么处理它呢？

这个问题梗在可南子心头。

如此巨款放在身边，不知会招来什么灾祸。虽说如此，她也不放心通过瑞士的银行，将钱汇入东京的银行账户。在自己不在国内的期间，从外国汇款的举动让她不安。

她突然灵光一闪，既然是在瑞士拿到50万美元的，那她可以在瑞士的银行开一个账户，将钱存入账户里。

对，瑞士的银行。

可南子想起从东京来到这里的时候，在飞机里随手捡起来读的《瑞士银行·秘密账户》，上面就写着这样的做法。

在瑞士的银行第一次开账户的存款人，只要向银行出示能证明自己身份的东西，就有资格开账号，并且身份的证明不涉及法律的义务。也就是只要出示证件就好。

存入瑞士银行的钱，不论是渎职得来的、敲诈得来的、贪污得来的，还是通过贩卖毒品所得的，即使隐隐能猜出这些钱来路可疑，瑞士的银行也不需要存款人的任何说明，而且也不会有任何人能进入金库。

那上面大约就写着这些，不管怎么样，对于存款人来说，瑞士的银行都是一家值得托付信任的银行。

15

从伦敦到日内瓦乘坐了一个多小时飞机，多弗尔海峡和法国境内的景象都在白色的云层之下相继映入眼帘，但是由于距离太远，有些看不清楚。

杰弗逊夫妇刚送巴顿总统离开，就去希思洛机场二号门和可南子会合了。

这样一来，交涉对象就是身在伯尔尼的杰弗逊了，巴顿等人都到北极地区那边去了。

日内瓦机场一片晴空，红底白十字的瑞士国旗映衬着万里蓝天。

出来迎接的人很多，杰弗逊因为有外交官特权所以能免费过海关。节子和可南子都是普通旅行者，出来迎接的瑞士官员与入境检察官低声耳语了一会儿，就那样把她们带到了旁边的专用房间。

那个房间是 VIP 休息室，杰弗逊已经躺坐在中间的沙发里了。他把妻子和可南子叫到旁边，向周围来迎接的人介绍她们。

虽然杰弗逊不是带着公事来的，只是纯粹地和妻子一起观光旅行，但是曾在伦敦的四极会谈中跟随着美国总统身边的秘书，在这个地方的各国外交官中非正式地露了脸。杰弗逊自己本身面子就大。

联合国欧洲部设于日内瓦，是仅次于纽约联合国总部的联合国中枢机关。

在专用房间迎接杰弗逊的人中有纽约的联合国职员是不言而喻的，除了英国人和加拿大人外还有一些日本面孔，这是杰弗逊曾在驻日美国大使馆工作的缘故。总之各国的官员和他们出身的省厅机构以及派驻地的联合国事务局都不尽相同，这些就像这个狭窄的专用房间中人群混杂般乱糟糟的。

可南子稍微和杰弗逊夫妇分开了一会儿，她尽量像节子的侍女一样不惹人注意，跟她打招呼的人也是这么认为的。不过这样一来，可南子就能从配角的角度将这里的情况尽收眼底。

一对中年的日本夫妇往杰弗逊的跟前走去。那个男人和从椅子上起身的杰弗逊并肩站着，满脸都是笑意。他们紧紧地握着手，用英语说着久别重逢之类的话。可南子看了那个男人一眼，不由得低垂下了脑袋。

“杰弗逊先生，这是我的妻子美代子。”

那个男人用日语介绍身后的妻子，很明显那是和杰弗逊并肩站着的那个日本人的妻子。

“我是杰弗逊，在日本工作期间受到了很多你丈夫的关照。”

他迅速地行了一个日式的叩拜礼，将语言切换成流利的日语，回头看了一下节子。

“你是杉浦先生吧？在日本工作那段期间真是承蒙关照了，现在是……”

看到杰弗逊的话卡在日语的名称中，杉浦雄之辅连忙递上名片。杰弗逊看了一眼上面印刷的字点了点头，一边把名片放进口袋一边说："这位是联合国欧洲本部日本代表部的顾问。"他这样向妻子介绍道。

"初次见面，我是杉浦的妻子。"

美代子往前走了一步，将目光转移到节子身上。

"我是节子，丈夫一直以来承蒙关照了。"

她哈哈笑着接话。

"你是第一次来瑞士吗？"

"很久以前来过一次，但那次比较匆忙，所以这一次想好好到处转转。"

"接下来是要去伯尔尼吧，在日内瓦也请务必好好玩玩。"

"谢谢你，住在每天都能眺望如画般美丽的莱芒湖的地方，真是令人羡慕啊。"

"简直就像是在风景明信片的照片中生活一样，即便这样，稍微习惯之后这种感觉也慢慢弱化了。"

美代子看起来像是干脆爽快的人，她人又年轻，眸子里还透着理性。

可南子在心里鼓起了掌，杉浦雄之辅没有注意到自己这边真是太好了。

没有通过杰弗逊把带有杉浦的照片给巴顿看，是因为杉浦只是矶部首相的翻译而已，这张照片没公开的话，目前还是担心会给善良的第三方添麻烦。恐怕与其说这个身份不明的外国人是巴顿和矶部秘密会谈的见证人，不如从某种更积极的意义上说他是这个会谈的引导者，只不过是没有进入拍摄角度罢了。

但是，在其他底片里，杉浦雄之辅和相貌魁梧、肩膀宽阔的外国人都入了镜。

总之，可南子很庆幸自己选择的是把复印件交给杰弗逊，她很感激那样做的自己。看着好了，如果可南子真的和杉浦雄之辅就在眼前见面的话，杰弗逊到底能不能沉得住气呢？当然，杉浦什么都不知道。

日内瓦国际机关日本代表部顾问杉浦雄之辅迎接了在矶部和巴顿秘密会谈上只是翻译伙伴这样关系的亚瑟·杰弗逊，他视线落在刚刚离开的可南子身上。

“这一位是我朋友中上女士。”

虽然有节子这样的介绍，他也只是轻轻地点了点头，没有说什么。果然还是被当成了节子·杰弗逊的侍女。

只不过，美代子用眼神朝可南子致意，她一副饶有兴致的表情，露出一副属于女人的那种观察的神色。

杰弗逊也没法只和杉浦顾问夫妇交谈，他们接连着和特别招待室的来宾快速地互相寒暄。

同时，机场那边托运的行李已就绪，车也已经准备好了。机场前有两辆大型奔驰，前面那辆坐着杰弗逊和驻伯尔尼美国大使馆顾问，后面那辆车坐着节子和可南子。

“可南子女士。”上车前杰弗逊叫道。

“想订伯尔尼的皇家酒店，它位于眺望视角良好的地方，是伯尔尼最有格调的酒店。但是预约已经满了没能预约上，最后总算想法子约上了。”

“行吧。”

节子回答道。

“真让人开心呢，对吧，夫人？”

可南子面带微笑。

他们行驶在日内瓦到伯尔尼的高速公路上，离莱芒湖已经很远了，他们没有经过尼翁和洛桑，走的是带有平缓起伏山地的白色大道，几乎全都走的直线。今天是4月28日，瑞士的春天姗姗来迟，新绿的嫩芽汇聚成一片蓝色的晚霞。车子经过了平原，也经过了绝壁上的高架铁桥，远远地还能看到阿尔卑斯山脉上的积雪。在断崖的下面，有一片红色房顶的村庄和尖塔的教堂，一幅巧克力般构想的景象。

可南子和节子谈论着瑞士的风景，节子完全看不透可南子的心里在想什么。

载着杰弗逊的那辆车在前面疾驰，车身后面的车牌号前蓝底白字写着“CD”。“CD”表示这是外国公馆的车，大概是因为杰弗逊乘坐的是伯尔尼的美国大使馆的车吧。虽然是同样的车，但节子他们坐的那辆车的车牌号上没有那样的标志，因为外交特权还没有被承认。

高速公路上有几个标志，距弗里堡伯尔尼还有40公里，时速120公里。

已经到伯尔尼了，街上都是古老的建筑，可能因为是黄昏了，给人一种十分阴郁的感觉。灯光照着街道，暮色残留的浅蓝天空下，高耸的教堂巨塔突兀得像是一个黑色的剪影。

两辆车都在酒店前面停了下来，酒店正面的出入口处有六根大理石圆柱，圆柱上面雕刻着展开叶片的莨菪叶形装饰，旋涡状的支撑物支撑着的门楣上排列着“HOTEL ROYAL PALACE BERNE”几个大写字母，上面凸出的窗户间的墙壁围成一个椭圆形，上面雕刻着月桂树。往上看的话，会发现凸窗的栏杆上也细致地刻着相同的19世纪古典主义风格的雕刻。

门童恭敬地迎接他们，美国大使馆顾问把杰克逊带到了服务台。前台那儿有一个中年管事从环绕着服务台的大理石楼梯下来接待。顾问和管事用德语短短交谈了几句后，管事用英语对杰弗逊说了些欢迎的话以外还赔了不是。

“实在是不巧，刚刚社长外出了，他一回来我就到房间里告诉你们。”

伯尔尼属于德语圈。

进行了房间分配，可南子拿到的钥匙是423房间的。

“可南子女士，我们的房间是520哦，刚好就在你房间的正上方，有什么事情的话就请打室内电话吧。”

节子走近说道。

“好的，我会的。”

“可南子女士。”

这次是杰弗逊在叫她。

“我们夫妇二人今晚8∶00会参加美国大使的招待晚宴，本想让你也一起去的，但是晚宴上一大半都是走官方性的流程，请原谅我不能奉陪！”

“啊，我啊——请不用顾虑我。”

“吃饭的特别菜单我已经问酒店的工作人员要来了，你只管点你喜欢吃的好了，这里的葡萄酒非常棒哦。”

“谢谢。”

预付的50万美元应该是要到明天吧。

“到饭点还有一点时间，我们到附近的寺院散散步怎么样？那座古老的寺庙叫作桑科特·文森特，挺有名的。它的尖塔高达百余米，伯尔尼市内的任何一个地方都能看得到。”

“就是能看到的尖塔吗？”

“不仅仅是有名的尖塔哦，教堂内殿的彩色玻璃是15世纪文艺复兴时期的样式。今天由于时间关系已经关门了，我们可以明天过来慢慢参观，但教堂正面入口的上面刻着圣经上的《最后的审判》，这是18世纪的作品，从外面就能窥得全貌，也有讲英文的引路人，不管怎样，我们一边散步顺便到那里去参观一下怎么样。”

可南子在电梯前和杰弗逊夫妇分开了。

下到四楼，通往房间的长走廊上也是古典的装饰，伦敦的克里士斯酒店虽说是古典风格，但它是以黑白两色为基调，加之茶褐色、红色和淡绿色为辅色，是直线的交会。而这里，是用微微的贝壳光泽的白色作为基调，演绎着18世纪宫廷风的优雅及曲线之美。

可南子倚在423室的窗边，口中小声地自言自语。

映照着暮霭的溪流和昏暗的森林以及华灯初上的街道在眼前沉下去。

伯尔尼是发源于阿勒河台地的街市，皇家酒店就建于河的断崖之上，虽说只有四层，但从溪谷底部算起的话大概有50米左右的高度。

桑科特·文森特寺院教堂的正面，前面是广场，沐浴在薄暮残留的光线中。而且，因为那儿面向西边，还带着点淡红色的余晖。

《最后的审判》的雕刻，刻在前面的山墙上，大大小小的人物聚集在一起，即便是从下往上看也无法立刻看出细微之处的区别。

“这儿雕刻着 235 个人像，是 18 世纪的作品，是一个非常写实而且很有名的作品。”

皇家酒店给客人配备的女职员说道，她颧骨突出，说的英语带有很浓重的德语口音。

“轮形扇窗下面的天使在耶稣的十字架之上，中间的耶稣在审判人们复苏的灵魂。耶稣的周围围绕着天使，以轮形扇窗为中心左右的横梁上，第二层斜面上雕刻着圣母和十二使徒，与耶稣的审判相反的是心怀慈悲的祈祷。”

她指着山墙上的雕像给可南子看。

“以耶稣为中心，对面的左侧是天国的门，上面的塔门带着王冠，这时神父在那里迎接受到‘善者’审判的人。耶稣的后面有一个拿着天平的人，将复苏的灵魂放到天平上，善行分量重的人去往天国，恶行分量重的人被发配到地狱。”

余晖渐渐消失，《最后的审判》也渐渐看不清晰了。

视线里取而代之的是可南子眼前的一幅画。

在京都的寺院看过的《地狱极乐图》。

中间坐着像是中国法官样子的阎王，他看着死者生前的品行记录，善行者去往上面的极乐世界，恶行者被打入地狱。地狱的图案应该是取自《地狱草纸》，上面有黑云沙、粪屎泥、铁钉、饥饿、焦渴、石磨、脓血、量火、灰河、铁丸、斤斧、豺狼、剑叶、寒冰等各个地狱。恶行的死者们被鬼带走，在血池地狱里被沉溺，在寒冷地狱里冻得颤抖，被放到臼里被杵搅，被火烧，被放去走全是针的山，被车轮辗轧，在饥渴和饥饿中喘息。

可南子觉得基督教的教义和佛教的教义归根结底是相同的。

这么看来，自己今后将要走的这条路，完全就不是通往天国和极乐世界的，可南子想，如果真是那样的话也没事，反正又不相信死后这样的事情。在活着的时候，能做到什么地步呢。

可南子回到了酒店。

“在客厅已经准备好了椅子和饭菜，从那里眺望一直都是很愉悦的事情。”

看到了可南子，管事过来了。杰弗逊夫妇跟他吩咐了用餐的事情，受到美国大使接待的夫妻俩一定是要很晚才能回来吧。可南子被从服务台带到了客厅，看起来像是大型的会面，接待的桌子排了好几列，和日本的酒店一样。

客厅在酒店的里侧，朝着南边，在山崖边上突出去，正下面就是溪谷。三列的桌子大概排列到了50米的长度，各个遮阳伞的下面都坐满了客人。

可南子当然是一个人一桌，尽管预约申请的人应该很多，但这张桌子的话，杰弗逊应该吩咐了酒店方面谢绝别的客人。杰弗逊在这里面子也这么大吗？

从坐的位置可以看到，被地上的光照射着的桑科特·文森特寺院的尖塔在夜空中兀自散发着光辉。

“特别菜肴”的菜单被拿过来了，这也是杰弗逊的吩咐，从这个菜单里点菜，还有白葡萄酒。

森林昏暗而寂静，家家户户的灯在谷底稀疏亮着。溪谷很深，看不见阿勒河，桥上传来车灯的光，天上还有星星。

在地面投去的光中显现的大寺院的尖塔像朽木般泛着阴森的茶色，像是长着奇怪的皱纹。

服务员给可南子斟满了酒。

她抬眼看到有两个人从主楼走到这个客厅，其中一个是管事，在管事前面站着的那个男人，宽阔肩膀上面的脑袋上的部分白发被照明灯照得反光。

跟着管事的那个人并不是客人，在他附近有一张桌子坐着五名绅士，他们看起来都比较年长，从他们的穿着和举止来看应该是有地位的人。肥胖男人和他们挨个握手，就那样站着谈笑风生。客人们仰头看着他谄笑，肥胖男人则俯视着他们，旁边站着的管事也拘谨地微笑。

从可南子的位置只能看到肥胖男子宽阔的背和说话谈笑时动着的后脑勺。

起风了，叶子被吹得沙沙作响。

虽然可南子已经将视线收回盯着餐盘，但还是有点担心，并不是说这个肥胖男人的背影好像在哪里见过，也不是对他的体态举止有印象。非得说的话，身体肥胖和被白发盖住了一半面积的头也不算什么特征，这样的人实在是太多了。只能说是感到特别，一股可疑的味道像风一样飘荡着。

可南子时不时抬眼看向那边，那一桌人正相谈甚欢，用的是德语，肥胖男人还是保持着背朝她的姿势，看不到侧脸。

另外一张桌子的客人站起来了，包括妇人一起一共是六人。

管事眼尖一下子就看到了，急忙往那边跑过去。两个妇人走在前面，四个绅士紧随其后，这些客人看起来也是上流阶级。

肥胖男人首次将身体转了个向，他悠然地跟回来的妇人和绅士们寒暄，灯光从正面照在他脸上。

可南子不由得倒吸一口凉气，对着客人微笑的那张脸是迎宾馆见过的那张脸。他是从波斯套间的拂晓会谈回来时路上的五人之一，和偷拍的那张照片上的德国人很像，一个严肃面孔，至今身份不明的男人。

如今，那个人就活跃在眼前，他带着落落大方的微笑目送包括妇人在内的六个人，同时趁机向那四个绅士客人轻轻招了招手。那五个客人一起从椅子上起身，这个大腹便便的男人为了稳住重心弓了下背，悠然地往主楼走去，管事也紧随着他离开了。

他肯定是这家酒店的老板。

但是，为什么伯尔尼的酒店经营者会是日美首脑会议的伙伴呢？两个翻译员另有他人，他的存在有什么意义呢，或许是秘密会谈的观察员？还是说是见证人？如果酒店的这个老男人是美国总统和日本首相秘密会谈的见证人，那他究竟是怎样的国际黑幕人物？

服务员过来了，这个年轻男子从刚刚开始就没有给一个人坐一张桌子前的可南子上任何菜，只是一直在旁边察言观色。

“刚才在那张桌子和客人们聊天的白发胖绅士是哪位啊？”

可南子用英语加上用手势比画那个人的体型，悄悄问道。

“他是舒尔茨先生，是我们老板。”

“啊，是老板啊。”

果然如此。

“你们老板看起来社会地位很高呢，他还有担任别的什么职务吗？”

“陆军指挥官。”

“是司令官吗？”

可南子目瞪口呆。

“作为中立国的瑞士是没有军队的，所以国民们既是市民又是士兵，每年都要接受军事训练。在演习的时候老板作为指挥官指挥大家。”

服务员自豪地说。

房间的电话响了，时间已是23:00。

“可南子女士，我现在回来了，回来得有点晚。”

是节子打来的电话。

“啊，你回来啦？”

“让你一个人，真是不好意思啊。”

感觉杰弗逊也在旁边，还有人在说话。

“没关系啦。”

“现在我和我丈夫一起在酒店的酒吧里，你可以过来一下吗？”

杰弗逊的声音靠近了。

“啊，我丈夫好像有话和你说，请稍微等一下。”

换成了杰弗逊接电话。

“真是抱歉，大使的晚宴有点耽搁了。跟外人一起吃饭吃这么久不太好，给你添麻烦了。”

还是不变的流畅的日语。

“我在酒吧，你要过来一起喝一杯吗？我有个人想给你介绍一下。”

“嗯，知道了，我去问一下。”

“酒吧在地下一层。”

可南子给自己化了厚厚的妆，涂了眼影，口红也涂得很浓，很适合黑暗的环境，匆忙间化的妆也是手法娴熟。

她在电梯里暗自窃笑。

交给杰弗逊的是那张杉浦雄之辅和肥胖老外都没有入镜的复印件真是太好了。如果给的是那张五个人全员都在的照片，就没法同驻日内瓦国际机关日本代表部的杉浦顾问正面会面了，也就不会有接下来要和舒尔茨老板见面的事情了。

地下一层的点心酒吧的室内装饰是美式的那种，其风格和古典主义浪漫派不太协调。

可南子一进去，围坐在小桌子旁的三人从沙发上站了起来。杰弗逊夫妇中间的那个体态肥胖，突出的小腹被两层上衣包裹着的人无疑就是“照片背后的人物”。

他两手交叠在前，严肃的脸上露出谦逊的微笑，接受杰弗逊对他的介绍。

“瓦尔特·舒尔茨先生是我朋友，也是这家皇家酒店的老板。”

杰弗逊用日语向可南子说道。

“舒尔茨先生不仅是这家酒店的老板，还是一个军区的 brigade

commander。”

“Brigade commander？”

“用日语该怎么说才合适呢？”

“大概是旅长吧。”

节子帮忙说道。

“哦，就是旅长。但是，瑞士没有常备军，只有民兵，从20岁到60岁都有接受军事训练的义务。据说在第二次世界大战时顷刻间就动员了50万人的军队，舒尔茨先生就是民兵旅长，人称鬼旅长，但他平时也是一个温厚的市民。”

舒尔茨多面的脸用鬼来形容再合适不过。

杰弗逊保持着微笑用英语对舒尔茨说道。

“这位女士叫作中上可南子，是我们的朋友，这次是来瑞士观光的。”

“很荣幸见到你，中上女士。”

皇家酒店的老板兼旅长将硕大的肩膀往前倾了倾，眉眼都是笑意。

“此时有杰弗逊先生的介绍，但我见到你是在三个小时之前，也就是说是你作为宾客在客厅用餐的时候。”

“哇，真不愧是老板，眼神真是敏锐啊。”

杰弗逊赞赏道。

“那里食物的味道如何？”

“味道很棒。”

“承蒙夸奖，但跟在客厅看到的你比起来，此刻的你更加美丽，你长得真的很漂亮。”

“啊，你真有眼光。”

节子用手轻轻地敲着，她有点醉了。

全场的气氛高涨起来。

巴顿和矶部的秘密会谈的内容到底是什么?

可南子躺在洛可可风格的床上闭上了眼睛。

在地下的那个酒吧和杰弗逊夫妇，还有瓦尔特·舒尔茨一起喝了一个小时，回到房间里，可南子洗完澡后已经是00:30了。

“照片”五个人中最后一个身份不明的肥胖男人，原来是伯尔尼老牌酒店的老板。

与从照片上看起来的严肃粗野不同，刚开始接触到他本人，发现他是一个老成持重，聪明机智的绅士。虽然想着他是酒店的经营者，有着本职的服务精神，但他那丝毫不假惺惺、丝毫不奉承的自然举止让人感到礼貌的亲切，在他得体的举止中，他那肥胖的身躯仿佛从眼前消失了。

还有他刚刚被介绍的民兵旅长的头衔也一并让人忘记了，他的那张粗野的脸反而让他的微笑更加突显。

舒尔茨老板和杰弗逊像多年的老友般交谈着，对节子则是保持着一种很谨慎的态度。如此想来，他和这个美国友人的夫人应该是第一次见面吧，而且能看出来，他对节子的朋友，这位与节子一样同为日本女性的可南子更加关注。

对可南子的目的毫不知情的舒尔茨还问她在瑞士的这段时间有什么打算，如果不是一直和杰弗逊夫妇待在一起的话，之后的观光计划她可以自己定，他也可以帮忙安排。因为他从事酒店这个行业，和一些值得信赖的旅行代理社都有联系，交给他就不用担心了。

他可能是觉得这么提议还是不够充分。

观光的话，如果只是走循规蹈矩的路线就太没意思了。瑞士还有很多观光客都没有去过的地方，而且这个地方离得很近。在伯尔尼的话就以伯尔尼为中心玩一天或者一天一夜，就像在苏黎世和日内瓦时那样，美丽的原野风景，宽阔的森林和湖泊，这些都是一般观光客不会注意到的净地。

舒尔茨向可南子投去了善意的目光，他说他知道那样的地方，因为他有时骑马会经过那儿，那里是必看的绝美景致。如果时间有富余的话，他甚至想自己给可南子带路。

杰弗逊一边听着一边笑着喝酒，节子则一副难以判断的表情。舒尔茨老板这样推荐是属于业务上的客套呢，还是因为他个人对可南子感兴趣所以这么热心。外国男人通常对女人都殷勤温柔，还有甜言蜜语和丰富的肢体动作，再加上他从事的是服务业，很擅长让对方自我陶醉。虽然很难看出来有没有夹杂着不带商业气息的个人情感，节子还是想看看舒尔茨为什么会对可南子感兴趣。

节子和杰弗逊夫妇一起在大使馆的员工招待宴会上喝了开胃酒和甘甜的葡萄酒，还在酒吧里喝了好几杯，心情变得十分舒畅。

至今为止，可南子在短时间的相处中了解到节子是恭谨而理性的，她不礼貌地对夸赞可南子的舒尔茨说“啊，你真有眼光”，以及她兴奋地对杰弗逊说“老板都这么说了，可南子小姐和我们分别后就拜托老板给她当向导吧”，这些肯定都是因为她喝得头晕眼花了。

“随时恭候，交给我们的话，会由万全的组织保证你们安全愉快地旅行。”

舒尔茨老板干脆将自己隐到了“组织”这个词里面。

“计划中还加了老板的爱好呢。因为老板还担任了旅长，在瑞士国内的演习地点四处奔走，正如刚才所说，知道很多风景名胜呢。”

节子退后让舒尔茨站到前面。

“正是如此，那，中上女士你什么时候只身一人呢？”

这意思就是说和你们这些人分开后。

“你只身一人的话，我这边就要开始做点准备了。”

舒尔茨两手交叉，短脖子往前伸了伸。

“大概是明天中午在苏黎世。”

杰弗逊答了一句。

“明天中午在苏黎世。”可南子躺在床上思考着杰弗逊的这句话。

明天中午分开，意思就是说50万美元会在那个时候付给我，他给舒尔茨老板做出的回答就是他想让可南子听到的答复。

但那样的话，为什么不直接从日内瓦去苏黎世呢？

主要是杰弗逊当初在瑞士的时候说去伯尔尼有要事要办。

杰弗逊在伯尔尼到底有什么要事？是和驻瑞士的美国大使会谈？还是和皇家酒店的舒尔茨老板见面？

可南子如果不知道舒尔茨是迎宾馆事件的在场人物，就会毫不犹豫觉得是前者吧。但是，当她在酒店客厅初次了解到他是拂晓会谈的当事人——巴顿总统、矶部首相以及两个翻译以外的参与者的真正身份，她立刻就明白了杰弗逊来伯尔尼的目的。前往美国大使馆是顺便，只是去表示一下尊敬。

可南子兴奋了起来，虽然房间的灯关了，但是面向溪谷断崖那扇窗户的窗帘没有关着而且还留着细小的缝隙，街道上的灯光透过纱窗淡淡地照亮了室内。

室内显露出的苍白色调是中世纪的优雅格调，在这里没法走向典雅的梦境，能看到的只有带有中世纪特征的阴谋色调。

在迎宾馆的波斯套间，巴顿总统和矶部首相筹划了什么阴谋是不为人所知的，而且，政治阴谋要显现出结果，应该要两年到五年的时间吧。

抑或是，围绕两个首脑利益的私人交易？

也就是说，对于存在胶卷这样的能证明这个秘密会议召开过的证据，巴顿和他的代理人杰弗逊比预料得还要害怕。从他们应她要求迅速预付 50 万美元的行为就可以看出来，这么想来真是蹊跷。

如果是政治性策划的话，不会害怕到这种地步吧。因为有各种各样政治上的理由，可以从政治层面去克服。但如果是个人的交易，那么这个秘密会谈被人知道的话就是一件很危险的事情了。如果在这件事上被别人嗅探出丑闻，造成的轰动将会成为总统和首相的失足之举。

巴顿所害怕的不正是那样吗？

虽然知道会谈内容的有翻译杰弗逊和杉浦雄之辅，但参与者则是什么都知道。与翻译不一样，作为见证人和巴顿总统及矶部首相站在相同的位置，见证人在这场交易中是一种什么都知道的立场。

而那个人就是酒店老板！

瓦尔特·舒尔茨充满善意的眼睛，根据理解的不同，他的话说得很漂亮，听起来像是若无其事的劝说。在不了解事实的情况下，一般可能会像在旁边的节子一样被唬得出神，而知道他是阴谋的帮凶，就得事先警戒起来。

不知道什么时候睡着了，可南子听到了一些细微的声音，声音像是从锁着的门外传过来的。

因为是浅睡，所以一点点声音就把她吵醒了，可南子神经也没有得到休息。

睁开眼睛，可南子注意听外面的动静，没有任何声音，是梦里的声音吗？不，不是的！恰恰相反，梦境是被这个声音打破的。

可南子在床上一动不动凝神听着。

声音消失了，确实是触碰门把手的声音，不过现在中断了，四周万籁俱寂，寂静包围着门外的走廊，包围了四楼整个楼层。

她伸手够到茶几上的手表，轻轻地拿了过来，就着一缕灯光，确认已经凌晨2:24了。

还是没有声音，但是，也没有人开门离开，不是什么错觉，外面确实有人站在那里。与其说是有那种迹象，不如说是感觉有种人的气息。

门那边好像在窥视这边的动静，屏息静听，没有呼吸声，也没有吞咽唾液的声音。对方刚才把手放在门把手上，停下来看起来在等下一步动作。可南子凝神注意着那边的动静。

可南子的直觉告诉她是舒尔茨，是关于在酒吧的提议，这个肥胖的男人受到半老的感情驱使潜入感兴趣的独居女性的房间。

现在的沉默是因为暂时平复了激动的心情吗？由于肥胖，要是激动的话心脏肯定会受不了吧。等心情平复后，把钥匙插进锁孔，他是酒店的经营者，应该是从服务台拿来了智能钥匙，打开门，一下子闯进来。

那样子的重量压上来，经历过军事训练的民兵旅长臂力强劲，女人抵抗会被阻止，还会被堵住嘴不让发出声音。

也许并不是想要满足情欲，女人反而是被抱起来，从打开的窗户丢到断崖下，让她坠落下去。

杰弗逊可能都跟舒尔茨说了，那个女人就是拍到迎宾馆秘密会谈还威胁巴顿的人，这个女人很危险，虽然她说她有同伴，但一定是撒谎。总之，她是个给将来埋下祸患的麻烦女人。

交给杰弗逊的照片里没有杉浦和舒尔茨。但是，舒尔茨因为杰弗逊的一句话就充分地行动了起来。也有可能，这就是杰弗逊和舒尔茨讲明事情原委的话。

可南子眼前浮现出白天时看到的酒店的里侧，这座位于阿勒河深深的溪谷的北岸的 20 米的断崖上的建筑物，加上四层的高度，四楼的窗户应该是超过 30 米的高度了。

在桑科特·文森特寺院的教堂入口上雕刻的《最后的审判》中，有一个人朝向地狱，张开四肢，头朝下掉下去。对于巴顿、杰弗逊和舒尔茨这些人来说，碍事的人就是要被丢到地狱里去，这个风景优美的地方具备了处刑的天然条件。

当腐烂的尸体在溪流的岩石上被发现时，面对警察，酒店老板一定会缩着肩膀，故作诚实地交代他知道的情况吧。

为什么会发生这样的事故呢？如果不是自杀的话，那就是客人看夜景看得入迷，不知不觉身体探出窗户，导致重心过于前倾，所以就掉下去了。虽然窗户上安装了防止这种事情发生的设备，今后一定会更加重视这个问题的。

可南子从床上一跃而起，故意制造出一些吵闹的声音，她把桌子拖到门的内侧，还有箱子、手提箱和椅子也全堆了上去，她又把双人床空着的一边的羽绒被和下面的毛毯铺到榻榻米上，把下面的垫子剥下来叠到上面，加强防御。

她站在电话的旁边，如果稍微有一点点破门而入的迹象，她随时准备好打楼上520房间杰弗逊夫妇的电话。

服务员推着摆放着早餐的盖白布的带轮子的桌子过来时，是8∶20。这时，房间被收拾得干净整洁，明亮的光透过开着窗帘的窗户斜射进来，房间内浮动着安静的气氛。

为了不引起眼尖的服务员的怀疑，可南子两个小时前就起来开始整理房间。她把夜里那些用来堵门口防御的东西都从门边撤回了原来的位置，床和被子都不留痕迹地叠好，桌子椅子也都放回了它们原来应该在的地方。

之后看来，并不是像往常一样一切安宁什么都没有发生，夜里会遭到袭击的迹象是真的存在。也就是说不像童话里，天亮了怪物就会消失在阳光里，魔性也过去了，而是这次事情过去了，可能下次还会发生。

可南子喝完咖啡，往窗边走去。正值四月末，能看到姗姗来迟的春天的天空和被新绿包裹着的山头。她慢慢走到窗户前，想起昨天晚上的记忆，靠近的同时觉得害怕。

森林的全貌浮现了出来，家家户户的红房顶也一望无际，段丘下的阿勒川蜿蜒成大大的弧状，上面架着一座桥，公交车和小轿车在阳光的照映下奔驰着，昨晚的光是车前灯发出来的，最终靠近窗沿了，下面丝柏成群，河面也被树荫给遮挡了。

但这30米的高度还是让人害怕，不仅仅是因为有种会被吞噬的错觉，还因为深夜的那份记忆，被抱起来然后被抛下去的坠落感，她感到晕眩，身体往后退了几步。

为什么非得要怕瓦尔特·舒尔茨呢？

不用说照片里没有舒尔茨，她主观想象杰弗逊已经把迎宾馆的偷拍事件告诉了舒尔茨，但这也还不能确定。

不，也许是自己多虑了吧。如果真说了的话，那杰弗逊就等于把自己不高明的地方暴露给舒尔茨了。因为巴顿让杰弗逊跟可南子斡旋，结果两个人都被她拿照片威胁了。那么丢人的事情，杰弗逊是不会跟当时重要的见证人瓦尔特·舒尔茨说到那种地步的。

可南子觉得自己的脑子也开始混乱了，身处异常的环境中，她觉得自己的神经也有点异常了，是产生了幻觉吧，做出的判断也开始错乱了。

但深夜听到的门外的声音绝对不是幻听，确实是现实中发生的事情。

那是亚瑟·杰弗逊吗？如果说是杰弗逊的话，他的确有充分的动机来杀害自己。

但杰弗逊胆子有那么大吗？虽然确实想过为了巴顿铲除祸根，但估摸他不会真正做出杀人的行径，尤其是要从妻子熟睡的房间抽身。

深夜的那个声音是手搭在门把手上的声音，那声音听起来并不是想要强行闯入，而是想要插上万能钥匙进来。

果然还是舒尔茨老板吧，但不是带着杀心的舒尔茨，而是带着情欲的舒尔茨。他停止转动万能钥匙是因为他意识到自己的酒店老板的身份，最终抑制住了自己。

可南子坐在垫子上。是哪里判断出错了吗？她唇角露出苦笑，不一会儿苦笑又变成微笑。舒尔茨这样的人好对付。

电话响了。

“早上好，可南子女士。”

是杰弗逊打来的。

“早上好，杰弗逊先生。”

“你吃过饭了吗？”

“吃过了。”

杰弗逊故意咳了两声。

“我来付谈好的价钱了。”

她很惊讶。

50万美元！

“我向舒尔茨老板借了一个单间。”

“舒尔茨先生的单间？”

“舒尔茨先生还没有出去工作，已经跟管事打过招呼了。”

“你妻子呢？”

“她当然是先留在房间里，就我们两个去，社长室在二楼，下了升降电梯往右走，在里面的右手边，管事会过来迎接。”

“好，我马上就过去。”

50万美元终于要到手了，确实很激动，她告诉自己要冷静下来。

她从项链末端下方的布制口袋拿出了一张底片，避开光线看到底片上的内容。巴顿总统和矶部首相站在前面，巴顿总统的斜后方是头发五官发白的杰弗逊译员，上面没有拍到舒尔茨和杉浦议员。底片的复印件已经在伦敦街道上坐车的时候交给杰弗逊了。

还有一张复印件留在棉布袋里的坠子里了，那一张上面还包括了肥胖的舒尔茨和瘦小的杉浦雄之辅，小心谨慎地原样塞在了袋子里。

那一张的底片则放在了准备好的小盒子里，那可是比任何宝石还有价值。

她把坠子放回胸前，整了整装，调整了一下表情，把小盒子放回包里进入电梯的时候，心情总算开始平复下来，是面对交易的商人的心态。

到了二楼，她像被告知的那样继续往走廊走去，这儿的装饰也是充满了古典主义，其中还站着一个穿着晨礼服的男人，是昨天在客厅看到的管事，他慎重地打开了上面写着“PRIVATE”的房间，又紧随可南子后面把门关上了。

社长室像厅一样大，里面放着一张大得离奇的桌子，桌子旁摆放着一圈椅子。看起来像是多个会议室，又像是沙龙。首先吸引匆匆进来的可南子的是张贴在高高的天花板的一面墙壁上的大地图，这间房间和门外华丽的古典主义完全隔绝了。

可南子没什么闲暇去环视四周，宽敞的房间里只有一个人，杰弗逊像置身于掩埋着文明的器物旷野般从大桌子前起身走过来。

“早上好。”

杰弗逊只有眼角扯出了笑意，他把小会议用的垫子拿来给可南子坐。

“因为是机密，没法叫别人进来，所以也就没法上茶了。”

可南子看着杰弗逊严肃的眼神点了点头。

“那就直接步入正题吧，你把底片带来了吧。”

“一手交钱一手交货。”

“行。”

可南子拿出小盒子，杰弗逊拿出了一个硬纸信封。

杰弗逊打开小盒子拿出底片走到窗边，他避开阳光，拿出带来的放大镜，认真地端详细节部分，看了两三分钟。

既而他像表示赞同般把胶片收回了小盒子里，看了复印件之后，把它交还可南子手上。

“确认过了，”他说道，“那就请你收下吧。”可南子拆开信封。

“50万美元。”

支票上的发行写着Zurich的“V.Kunkel”银行和“凭票即付”。

“确认过了。”

可南子确认过面额后对杰弗逊说道。

“小库卡尔是苏黎世的大牌私人银行，位于班霍夫街，因为很有名所以很容易就能找到，不过像日本的银行一样招牌不太显眼。”

“杰弗逊先生，那之后的钱呢？”

50万美元是预付款，剩下的100万美元巴顿要什么时候给呢。

“会尽快的。”

“这样的话我就很为难了，能把期限说得清楚一点吗？”

“之前已经跟巴顿说过了，我只是一个传达者，对此并不负有责任。”

“那你就尽你传达者的责任帮我给巴顿传达一下吧，约定就是约定。如果无法履行约定的话，那预付款的契约也就失效了。我朋友那儿还持有一份相同的底片，请帮我告诉他，遗憾的是我可能要把那份复印件寄到报社去了。”

“……”

“巴顿直接给我回复也好，你帮他给我回复也好，期限是五周之内。”

“条件还真是严苛呢。”

杰弗逊耸了耸肩。

“杰弗逊先生，我也是没办法。”

“巴顿正在为选举资金的筹措发愁呢，他在准备参加下一次竞选，对手太强劲了，需要很多的钱。”

“这跟我又没什么关系。”

杰弗逊叹了一口气。

“总之我的这50万美元会开户存到开这张支票的苏黎世的小库卡尔银行，之后的钱也请打到这个账户去。”

“这个想法不错，要办数字账户、号码账号哦。”

“号码账号是？”

她脑海中浮现了在飞机上读到的《瑞士银行·秘密账户》的内容。

“这是瑞士的银行的特征，绝对为客户保密，超出了日本政府的法律的所及范围。”

这并不需要别人告诉她，书上就有写。

“带着50万美元的支票是很危险的。因为是凭票即付，所以和现金没有什么区别。总归是要存，在发行支票的银行开户是最好的方法，而且号码账号也是最安全的，手续办起来也很简单，你这样的英语水平就足够了。这件事情就不要带翻译或者让第三者陪着你去做了。”

杰弗逊很热心地建议可南子。

“好的。”

可南子把支票收回信封，放进手提包里。

“叫辆车吧，虽然有快车和公交车去苏黎世，但叫车的话比较安全，可南子女士可以叫司机把你送到小库卡尔银行的门口。”

“杰弗逊先生，那你呢？”

“我啊，我们还要在伯尔尼多待四五天，今天想带妻子去少女峰观光，然后在少女峰附近找个旅馆住一晚。”

“那会玩得很开心呢。”

可南子微笑道。

“夫人可真是幸福呢。”

“你呢，去苏黎世办完事之后有什么打算？”

“我会回伯尔尼，在苏黎世也没有什么别的事情。”

可南子走出房间，第一次仔细地端详墙壁上的大地图，这是瑞士的全国地形图，不是所谓的观光地图，上面细致地画着蜘蛛网般交错的等高线和山川、沼泽、村落、森林、草原以及地名，这是参谋本部用的地图。杰弗逊可能像一个演习的观战武官般看这幅作战地图。

“老板一有空就会看这幅地图，他的大脑回路可能都已经变得像是瑞士地图的褶皱了。”